ちくま文庫

幻の女

ミステリ短篇傑作選

田中小実昌
日下三蔵 編

筑摩書房

目次

PART I

幻の女

ミステリ短篇傑作選

PART I

たたけよさらば

「たたけよ、さらば開かれん」という札がぶらさがっている。なんとも古ぼけた、ばかでかい門だ。源太は、札にかいてあるとおり、たたいてみた。すると——

「もしもし」

という声がよこのほうからきこえた。ふりかえると、ちいさな窓口から、しなびた、ほそい手が、おいでおいでをしている。

窓のむこうには、やはり古ぼけた、粗末な机があり、「聖受付係《セント・インフォーメーション》」とかいた名札がおいてあった。その机に肘をついているじいさんは、門よりも、机よりももっと古ぼけていた。頭の上の輪光《ヘイロウ》も、埃をかぶったうえに、寿命がきた、なんとかサークラインといった蛍光灯みたいに、ぼんやり、なさけないひかりかたをしている。

「なんの用かね？」

聖受付係《セント・インフォーメーション》はたずねた。どこの受付もおなじような声をだす。けっして感じのいい声でない。

「え?」源太はききかえした。

「なんの用か、とたずねてるんだよ」

「ええ……それが、あの、どうして、おれ、こんなところにきたんだろう」

「じょうだんじゃないよ。それを、こっちはきいているんだ」

セント・インフォーメーションは鉛筆で、コツコツ、机をたたいた。

「教会発行のパスポートは?」

源太は頭をかいた。

「教会? パスポート? さあ……」

「この天国にくる者は、たいてい教会発行のパスポートをもってるからな」

「へえ、ここは、天国ですか?」

「天国としらずにきたのかね、きみ」

「ええ、ただ、急に、まるっきりまわりの様子がちがって、だから……ふらふら、あるいているうちに……いや、あるいてたのかな。ともかく、ここにきてしまったんです」

「ふうん。すると、今、昇天してきたばかりだな。じゃ、天国にはいることにするかい?」

「おれ……こんなことははじめてで、よくわからないけど……」

「死亡者が、今後どこにいくかは、だいたい本人の自由意志によることになっている。きみはなにもしらんようだから説明しとくが、昔は、天国と地獄、それに煉獄があった。しかし、今は、なんでも二大勢力の対立時代でね。中間的な煉獄は、天国か地獄に吸収されてしまっている。だから、きみは天国か地獄か――」

「地獄！」源太はさけんだ。

「うん、そのどちらでも選択することができる」

「じゃ、地獄にいきたくなければ、いかなくてもいいんですか？」

「そう、きみ、地獄はきらいなのか？」

「も、もちろん」

「へえ、最近では、天国は刺激がなくてつまらん、地獄のほうがスリルがあるというので、とくに若い人たちには、地獄のほうが人気があるんだが、きみは若いのに、かわってるな。ま、それはともかく、じゃ、天国の入所手続きをしてもらおうか」

なんだか刑務所《ムショ》にでもはいるみたいだ、と源太はおもったが、だまっていた。セント・インフォーメーションは机の引出しから紙をだし、ペンをかまえた。

「姓名は？」

「福田源太郎。しかし、名前をつけた父親《おやじ》も、源太郎と郎をつけてよんでくれたことはありません。みんな源太っていうんです」

「きいたことだけ、こたえればいい」セント・インフォーメーションは顔をしかめた。

「職業はなんだ？」

「ヤー公」

「ヤー公?」

「テキヤです」

「きみは日本人だろ。日本語でいいなさい」

「テキヤは日本語じゃないんですか?　いや、あの……香具師《ヤシ》です」

「ヤシ?　ああ、露店で物を売ってる?」

「ええ」

「ヤシは職業かな?　ま、いい。死亡年月日は?」

「え?」

「いつ死んだんだ?」

「さあ……、だいぶ前みたいな気もするけど、ついさっきじゃないのかなあ」

「ぼんやりしてちゃこまるよ。こっちはいそがしいんだから——」

およそいそがしくはなさそうな顔で、セント・インフォーメーションは言った。

「で、死亡原因は?」

「さあ……」

「さあ、っていう返事はあるまい。自分の死因だよ」

「ええ、だけど、あなたに、ここは天国だといわれ、はじめて死んだみたいな気になっただけで……」

「病気だったんだろう?　その病名をいいなさい」

「病気？　おれが？」

源太は首をひねった。やっと、稼《かせ》ぎこみの若い衆を卒業して、親分に歩合《チョウフ》をもらう、つまり一本立のヤー公になったばかりで、ほかになんの取柄もないが、からだだけは丈夫なはずだった。

「じゃ、交通事故で即死したのかな？　自動車か、そうそう、近頃流行のオートバイのカミナリ運転でもやっていて……」セント・インフォーメーションは、じりじりしている。

「ちがいます。あ、そうだ。おれ、焼酎をのんでたんだ」

「ショウチュウ？　そんな頭にくる、下等な酒より、せめてトリスハイ……いやいや、それはどうでもいい。どこで、焼酎をのんでた？」

「飲み屋です」

「飲み屋のなかで？」

――飲み屋のそとで、酒をのむってことがあるかい。源太もうんざりしてきた。

「トラックでもとびこんできたのかな？」

セント・インフォーメーションはきいた。

「その飲み屋はマーケットのなかの、せまい路地の奥ですから、トラックどころか、バタバタだってはいってはきません」

「ふうん。まてよ、とうとう下界では、押しボタン戦争をおっぱじめたか？　いや、それなら、きみひとり死ぬということはない。自分の死んだ原因だ。見当ぐらいつかんのかい」

「それが……どうも……」

「死は厳粛な事実だよ」セント・インフォーメーションの声は説教調になった。「しかも、自分の死にたいして、確固たる自覚のない者は、天国にいれるわけにはいかん」セント・インフォーメーションは、ちょっと声をやわらげた。「この入所手続用紙には、ちゃんと死亡原因という項があるんだから、これに書きこまないと、書類は完全なものといえん。もう一度下界にいってしらべてきなさい。それとも、地獄のほうをあたってみるかな？」

「とんでもない」

「じゃ、また。ひとつだけ、注意しとくが、きみは、もうユーレイだからね。それをわすれんように」最後の言葉を言いおわらないうちに、セント・インフォーメーションは、ピシャッと受付の窓をしめてしまった。しかたがない。源太のユーレイは、鳩の如くに天より降《くだ》り、つまり魂魄《コンパク》この世にとどまることになった。


源太がおりていったところは、新宿駅裏口の陸橋の上だった。なぜ、こんなところにきたのか、源太にはわからない。ともかく、陸橋の上にたって、ぼんやりあたりをながめた。西のほうの空が、すこしあかるく、駅の大時計の針は七時をさしている。どう見ても、夕方の景色だ。焼酎を飲みはじめた時は、もう日はくれていたはずだが……と源太は首をひねった。もちろん、天国と下界の時差のことなど、新米ユーレイの源太は知らなかったのだ。

暮れかかった貨物の操車場から吹きとおしてくる煙くさい風のなかを、独身の安サラリーマンは角筈《つのはず》の食堂にいそぎ、すれちがうパンスケは、今、目をさましたばかりなのか、生あくびを嚙みころしながら、陸橋をこし、旭町の銭湯にはいっていく。

新宿駅の裏口から、第一劇場にかけてのこのあたりほど味気がなく、殺風景なところはない。源太は、もともと感傷も反省も、薬にしたくもない風来坊《フーテン》のヤー公だが、ユーレイという身分になってみれば、さすがにあわれさが身にしみたらしい。ぶつぶつへんな声がきこえるので、あたりを見まわし、しゃべっているのが自分だとわかって、源太はおどろいた。

「……はてさて、不可解なのは、わが死の原因である」

なにしろ、魂が苦悶する声だから、陰にこもるし、言葉も、自然、大時代がかってきている。

「病にたおれたか、雷に触れたか、記憶をたどるも無駄、思考するも無益としれた。主観の墓をあばいたとて、でてくるものは混濁の瓦ばかり……。しかしこのままでは、魂の平安と安住はのぞめない。さらば、自ら密偵《イヌ》となって這いまわり、嗅ぎまわり、わが死の原因をつきとめよう」

新宿東口の線路ちかく、取りはらいになった和田組マーケットの裏のちいさな飲み屋に、源太ははいっていった。そこで焼酎をのんでいたのが、下界での記憶の最後なのだ。

ほとんど、毎晩、源太はこの飲み屋にきていた。何百、いや何千と酒をのませるところは新宿にあるのに、商売《バイ》がおわったあと、源太がいつもここで飲むことにしていたというのは、やはり理由がある。安く焼酎《チュウ》がのめることはむろんだが、じつは、この店の娘の美子にちょっぴり……、いやだいぶ熱をあげていたのだ。

しかし、名前と面《つら》つきと、これほどちがう女もすくなかろう。美子のおふくろが、もと露店をだしていた関係で、ヤー公仲間がよくくるのだが、みんな、彼女のことを「火星人」といっている。人間ばなれなんてものじゃない。地球の生物ばなれをしているという意味だ。どんなふうにチンクシャで、アンヘソで、ファニイかと、いくら説明しようとしてもむだだろう。ともかく、美醜の標準をはずれている。その美子にほれたのだから、源太もかわっている。いや宇宙美とでもいう新しい美を発見したのだとすればえらいもんだが——。

その「火星人」美子がいたので、源太はなつかしくもあり、ホッとした。美子は、片手で新聞をかかえ、片手でガラスのサカズキをもっている男と、さかんにおしゃべりをしている。その声だが、やはり、地球の上ではちょっときけないような声だ。

「それがさ。ちょうど、あんたが腰かけてるところにいて——」

「その福田源太郎という男がかい？」と新聞をもった客はききかえした。

源太は、自分の名前がでたので、がぜん緊張した。

「ええ、そしてさ、焼酎をのんでたの。焼酎しかのまないのよ。いつも、ピーピーして、シケてる男なのよ。昨夜も焼酎をのんでたら——」

いつのまに、今日が昨夜になったんだろう？　源太はポカンとした。いや、昨夜が今日になったのか？

「パッと電気がきえたの。あら、また停電かしらとおもって……、となりの二階にいるパンちゃんが、すごく電熱をつかうのよ。だから、あたし、カウンターの下にかがみこんで、ローソクさがしだしたの。その時、表のガラス戸があく音が聞えたような気もするわ。なかなか、ローソクめっからなくてさ。ゴソゴソやってる時に、源ちゃんが立ちあがる音がしたので、どこにいくの、ってきいたのをあたしおぼえてる。でも、返事をしないで、よろよろ表にでていったの。いつ、こんなに酔っぱらったのかしらとおもったわ。でも、お手洗いにいったんだとばかり、かんがえてた。ところが、電気がついてもなかなかかえってこないんじゃないの。まだ焼酎代をもらってないしさ。すこし頭にきてたところに、べつのお客さんがはいってきて、血がながれてるって言いだしたの。血の跡が源ちゃんの腰かけてたところから、お店の外までずっとつづいてるのよ。そのうち、あの陸橋の上でころがってるのに、どっかのアベックがけつまずいてさ。大さわぎよ。背中のほうから、グサッと短刀でさされてたんだって――」

刺された？　おれが？　源太はびっくりしてとびあがった。美子のおしゃべりはつづく。

「お巡りがお店にきて、いろいろうるさくきくし、ヤジ馬はのぞくし、とうとう商売はできなかったわ。よりによって、この店で刺されなくってもいいのにねえ。だいたいいやな男なのよ。いつもピーピーしてて……おもいだしても、カッカとくるわ。化けてでも出てきたら、ただじゃおかないから」

グッと白眼をむきだした美子の目を見て、源太はゾッとなった。

新聞をもった客は、社会面のいちばん下の右はしのほうを、指さきでつついた。

「ヤクザの仲間げんかか、とここには書いてあるが、殺された男はほんとにヤクザ？」

「ヤクザっていう柄じゃないけどさ。ヤー公よ」美子は、客がさしたサカズキを口につけた。

「で、殺した男はつかまったのかい？」

「ううん」

「だけど、だれが犯人かわかってるんだね？」

「それが、わからないのよ」

「しかし、きみはここにいたんだろう？」

「それがさ、停電だったしさ、ローソクをさがしてたでしょう。だれかはいってきたのもぜんぜん知らなかったわ。でも、警察じゃ信用しなくてさ。あたしが知ってて、かくしてるとおもってるの。だれが殺《や》ったか、たとえわかってても警察《サツ》やなんかに密告《タレコ》んだりはしないけど、あたし、ほんとに知らないよ。あら、あんた、このお店はじめてだけど、刑事さん？」

　客はニヤッとわらい、美子の顔色がかわった。

　しかし、いったい、どこのどいつが、おれを短刀でさしたんだろう？　源太はかんがえこんだ。

　美子は、ヤクザって柄じゃない、と源太のことをいったが、まったくそのとおりだ。テキ屋をやってれば、場所《ショバ》割りのことなどで、ゴタゴタはよくおきる。それこそ、切った、はったはそうめずらしいことじゃない。しかし、源太はおそらく、けんかと名がつくものは一度もしたことがあるまい。しゃくにさわることもしょっちゅうあり、こんちくしょう、とおもうこともたびたびだが、どうしても手がでない。どんな相手も強そうに見えるからだ。

商売《バイ》のほうだって、デンスケやモミみたいに、客《キャア》がゴテだしたらリキがいるようなことは、昔からやったことがない。蠟でできた靴墨《ゲゾズミ》を、新案特許出願中、目下アメリカで大流行の固型靴墨だといって、源太から買わされた客は、あとで、すこしはムクれるかもしれないが、まさか、殺すほどうらみはすまい。仲間のうちにも、ほかにも、自分を殺しそうなやつは、まったく見当がつかない。しかし、殺されたことは事実だ。

とりあえず、源太は天国にひきかえした。

「短刀でさされて死んだんだって？」セント・インフォーメーションは真白な眉をあげた。

「ええ、どうもそういうことのようで――」

「で、殺した男、もしくは女というのは？」

「まだ、わからないらしいです」

「きみきみ、自分のことなんだよ。自分を殺したやつは、だれかときいてるんだ」

「ええ……。いったいだれが、短刀でなんか刺したのか、ほんとにふしぎで……」

「たよりのない話だなあ。他殺となると、殺した者の姓名を書きこむ規則になっている。ちゃんと、犯人をたしかめてきなさい」

「そ、そんな……」源太はなさけない声をだした。

「自分のことじゃないか、きみ。それとも、地獄のほうに――」

また、窓がはでにしまる。窓をしめる動作と、ピシャッという音をきくのが、受付というものの最大のたのしみなのか——。

源太は、ぼんやり、地上にまいおりた。京王線、小田急、国電、地下鉄、都電、バス。用があるのかないのか、じつにおびただしい人間が、新宿の街に吐きだされるのには、今さらながら、源太はあきれた。殺されたからには、殺したやつがどこかにいそうなものだが、これだけの人のなかから、いったいどうやって見つけだしたらいいのだろう。源太はすっかり悲観してしまった。

ともかく、新大久保駅ちかくの、自分のドヤにいってみる。おなじ一家のヤー公だが、もっぱら色事《スケコマシ》が専門の哲と、源太はドヤの一部屋をかりていたのだ。部屋代は一日二百五十円。七十円から百円のベッドハウスよりも、だいぶ高級だ。これは、ちょいちょい娘《スケ》をひっぱりこむ哲が、つまり個室が必要だったからで、源太は居候みたいな恰好になっていた。

哲は部屋にはいない。夜、部屋にいるほうがめずらしいぐらいだから、源太もべつにふしぎにはおもわなかった。しかし、つまり兄弟分で、同室にも寝泊りしていることだし、もしかしたら哲がなにか知っているのではないか、といちばん最後のアテにしていたのでガッカリしたのは事実だ。

しかたがなく、源太は、新宿の街を、哲をさがしてあるいた。源太の商売は、大道の隅で埃をすいこみながら、しゃがれ声で口上《タク》をつけ、せいぜい七円のものを三十円で売るぐらいだ。哲は女の子とあそんでまわり、それでなんとなく生きていっている。たいてい、喫茶店あたりが、商売《バイ》の場所《ショバ》になってるようだ。やはり新宿の街でくらしていた源太だが、喫茶店なんてものには、ほとんどはいったことはなかった。だが、今は、そんなこともいっていられない。

赤いような、きいろいような、なんともいえない色ガラスのドアをとおりこし、そのむこうにたっている四谷怪談のお岩さんのようなヘアスタイルのドア・ガールのよこをぬけて、喫茶店のなかにはいる。

そのとたんに、ニュッと白いものが前につきだしてきたので、源太はおどろいた。そのつきでた物のさきに、なにかブラブラぶらさがっている。ハイヒールだ。だとすると……。いや、どのボックスでも、まったくはでに男と女がからみついていた。

いくらユーレイでも、源太は若いから、そうとう頭にくる。しかし、あっちの喫茶店から、こっちの角の喫茶店と、哲をさがしてあるいているうちに、うんざりしてきた。人間生れてきたからには、また生む義務もあるのか？　どいつも、こいつも、喫茶店のうすぐらいボックスでその予行演習にいそがしい。いや、本番をやってるやつらも、けっこういる。

哲の姿は見えない。ダンスホールものぞいてみる。どこかの女をうまくコマして、旭町あたりの温泉マークにでもシケこんだのか――。宿屋《ドヤ》をいちいちあたるとたいへんだ。

その時、ひょいといい考えが、ひらめいた。ひとが（そいつが、たまたま自分だったのがとんだ災難）殺されたのなら、警察ではその犯人をさがしてるはずだ。警察にいけばなにかわかるかもしれん。

国電下のガードをくぐり、西口にでて、淀橋警察署にいく。ところが、調べ室で、哲が刑事たちにかこまれているではないか！

淀橋署の刑事たちのうちでは、いちばんヒネたほうなのに、まだ巡査部長になれない柿本刑事が、哲の肩をこづいて、どなっている。

「こっちには、なんでもわかってるんだ。さあ、ハッキリいえ」

「ゆうべは、なにもしてませんよ」哲は口をとがらした。

「うそをつけ！　昨夜八時半、この新宿一帯が、ちょっと停電した時は、どこにいた？」

停電した時！　それは自分がころされた時だ。源太はおどろいた。まさか、哲がおれを――。哲の顔色がかわっている。すると、やはり？　柿本刑事も哲が目をふせたのに気がついたらしい。ニヤッとわらった。哲をかこんだ刑事たちの輪がちいさくなる。

「だめだ。だめだ。ネタはあがってるんだから――」

哲は、ふうと大きなため息をつき、プレスリー風の髪を指さきでなでつけた。

「ちえっ！　しようがねえなあ。しかし、いったい、だれから、あのことをきいたんです？」

哲のやつは、いったいおれになんのうらみがあったんだ？　源太はおこるより、めんくらった。

「言いますよ」哲は目をつむった。「いくらおれだって、ちょっと手《エンコ》がでないでいたんですよ。そしたら、電気が消えたんで——」

「しめたっとおもった?」柿本刑事はからだをのりだした。

「ええ、まあね。とびだしていって、だきついて……いやだなあ。みんな言わなきゃいけないんですか?」

「で、さしたのか?」

「さした? ええ……、おれだって男だからね。ああなったら、もう……」

「よし、すぐ自供書をとろう」柿本刑事は、若い刑事をふりかえった。

「自供書?」哲はなさけない声をだした。「そんな……、だって、娘《スケ》のほうから、おれのドヤにきたんですよ」

柿本刑事は、またクルッと、哲のほうにむきなおった。

「なんだって?」

「かんべんしてくださいよ。二度と、家出の女《ヤサグレ》のコなんかには手をだしませんから——」

柿本刑事はほかの刑事と顔を見合せた。戸川部長刑事が前にすすみ、椅子に腰かけた哲の顎をごつい手でつかんで、顔をねじあげた。

「トボけるのもいいかげんにしろ」

「トボけちゃいませんよ。昨夜は、夕方から、ドヤの部屋で、ハダカでふとんにひっくるまってたんです。そしたら、一昨日、面《めん》グレになった、あの家出娘がやってきて、ベチャベチャしゃべってたんだけど、いくらなんでも、こっちはハダカだから、どうしようもなくてさ。

その時、うまく停電して——。娘《スケ》のほうだってけっこう……」

「停電になった時は、ドヤにいたというんだな?」哲の顎にかけた戸川部長刑事の手に力がくわわった。

「え、ええ……」

「じゃ、その時、同室の福田源太郎はどこにいた?」

「源太?　さあ……。あ、そうだ。もとの和田組マーケットの裏のほうの飲み屋にいくって、言ってました。そこの飲み屋の女の子にポッときたらしいんですよ。源太のやつ、昨日、商《バ》売《イ》からかえってくるとすぐ、つっ立ったまま、どうしたら女に惚れられるか、なんて言いだすもんだから、こっちは笑っちゃってさ。鏡でてめえの面《つら》を見てみろ、それに、そんな埃とあかでチェックができてるみたいな服《ランバリ》で、女《スケ》がひっかかるとおもってるのか、とひやかしたところが、お面はどうにもならねえから、哲ちゃん、おめえの服《ランバリ》をかせっていいやがる。じょうだんじゃねえや。服《ランバリ》はおれの商品《バイネタ》だ、ってことわったんだけど、源太のやつ、目つきがちがってましてね。とうとう、洋服《ヨーラン》をはぎとられて、しかたがないから、ハダカでふとんにもぐりこんでたんですよ。まさか、こんなシケた源太の服《ランバリ》なんかみっともなくて、着てもあるけないし——」

　そういえば、哲はおれの服をきている。刑事たちは、しばらくだまって、哲の顔をみつめていた。戸川部長刑事は、哲の顎にかけた手をはなした。哲は、赤く指のあとがついた顎をもみながら、いった。

「源太がなにかヤクなことでもしたんですか？　あの男は、わるいことができるほど、度胸はないはずだけど——」

「昨夜の停電の時いっしょだったという娘は？」柿本刑事が口をだした。

「あれ、だって、さっき、そのことはちゃんとネタがあがってるって——」

「うるさい。娘の名は？」

「なんていったかなあ」

「娘は、今、どこだ？」

「そんなこと、しりませんよ。どうせフーテンの家出娘だもの……」

柿本刑事は戸川部長刑事にいった。「嘘嘘《トントン》の哲っていったら、新宿《ジュク》ではちょっと顔のうれた色事師《スケコマシ》でね。財閥の坊っちゃんみたいなことをいって、女をひっかけてまわってるんです。口のうまいやつだから——」

「ふうん……」戸川部長刑事は、また、哲の顎に手をかけた。「手間をとらせんでハッキリ言え。福田源太郎を殺したのはおまえだろう？」

「源太を殺した？　おれが？」哲はとびあがった。それにつれて、顎にかけた戸川部長刑事の手もあがり、哲は舌をかんだらしい。チイッ、とうなった。

「おれが、友達《ダチ》の源太をどうして殺す。それより、ほんとに、源太はころされたんですか？」

「ああ、あの停電の時にな。そして、殺したのはおまえだ。ちゃんと、目撃者がいる」

「そ、そんな、ばかな！　おれは、家出娘と——」

「だから、その娘は、どこの、だれだ?」

「知らねえったら!　でもかえしてくれれば、すぐ、さがしてきます」

「すぐ?　この広い東京のなかから、名前も、居所もわからん家出娘を、すぐ見つけだすというのか?　警察はな、おまえがひっかけてまわってる娘みたいに甘くはないぞ。トボけるのもいいかげんにしろ。いや、おまえが福田源太郎をころしたんだ」

「ひでえことになりやがったなあ」哲は、なんともうらめしい顔つきで、顎をつきあげられ、半分天井をむいた目を、柿本刑事のほうにむけた。「ねえ、旦那、《だるま》のルイにきいたら、娘のことがわかるかも——」

「三光町の《だるま》か?」柿本刑事の声があがった。

「ええ」

「どうして、《だるま》のルイがその家出娘のことを知ってる?」

「そりゃ……」

「哲!　おまえ、また娘を売っとばしたな?」

「じょ、じょうだんじゃないですよ。娘が、東京ではたらくところはないかって言うから、《だるま》のルイなら顔もひろいし——」

「わかった。わかった。ルイのところに女をいれてたのは、おまえたちか」

「そんなんじゃないったら!」

「娘の名は?」

「洋子。森洋子っていってました。信州の上田から家出してきたんだそうです」

若い刑事に目くばせし、調べ室を出ていく柿本刑事に、哲は、あわててよびかけた。

「旦那、おれからきいた、とルイには言わないでくださいよ。おねがい……。ちえっ！」哲は戸川部長刑事に視線をもどした。「源太は、ほんとに――？」

戸川部長刑事は、哲の顎にかけた手をはなした。中腰になっていた哲は、椅子にへたりこんだ。

「旦那、おれの服はもどしてくれるでしょうね？　源太が着てたのは、おれの服で――」

「どっちみち、おまえにそんなものはいらん。丈夫な、よくにあう服をタダで着せてやるよ」

戸川部長刑事は大声でわらった。

哲にはきのどくだが、おかしいような、ばかみたいな――。源太は赤い電灯がついた淀橋署の玄関をでた。

新宿駅の大時計は二時をさしている。今夜は、もうどうにもならない。

窓をたたくと、セント・インフォーメーションは、しょぼしょぼした目をむけた。いねむりでもしてたのか。

源太は、今までの経過を報告した。ききおわったセント・インフォーメーションは「ほう、事件は迷宮入りか」とおちついている。

「どうしましょう?」源太は気が気ではない。

「どうしようって、きみ自身のことじゃないか。警察がだめなら、きみが犯人を見つけなきゃ」

「だから、どうしたらいいんです?」

「きみは、その……、近頃、下界ではやってるミステリや刑事シリーズなんてものはよんだことはないのかね?」

「活字は昔からきらいでしてね。新聞もみません」

「新聞も……」セント・インフォーメーションは感心したようにつぶやき、机の引出しから折りたたんだ新聞をとりだした。「よわったな。うん、まてまて、これは、日本の東京で発行してる新聞だがね。新宿……、おお、おなじ新宿だぞ。新宿歌舞伎町のバー女給殺人事件犯人は、本日午後四時、現場附近に立ちまわったところを逮捕された、と書いてある。犯人というものは、犯行現場に、またもどってきたり、そのまわりをウロウロしたがるものらしい」

「犯行現場っていうと、火星人、いや美子の店ってことになりますね?」

「わしにきいたって、だめだよ。だが、犯人は、すくなくとも、その店のある場所と、あの頃の時間に、きみがそこにいることをしって、殺しにきたにちがいない。海水浴場でおよいでる女の腿や尻をカミソリの刃できってまわったり、あるいてる女を、自転車できて刺したりするやつはいるが、わざわざ飲み屋にはいってきて、焼酎をのんでる者を短刀で刺すというのは、たんなる殺人狂の通り魔の仕業とはおもえん。それに、見さかいのない通り魔みたいだが、あれで、ちゃんとおそう相手はえらんでるもんだ。被害者は、たいてい若い娘と相場はきまっとる。男で、しかもきみみたいに小汚い……、いや、失礼、で、金でも盗られたのかい？」

「いいえ」

「だから、物盗りのための殺人でもない。それは、はじめからわかっとる。金がほしいなら、きみのような貧相な男はねらわん。短刀でさされたといったね？」

「ええ」

「今時、きみ、短刀をつかうのは堅気じゃないよ。あのあたりはヤクザがおおいところだぞうじゃないか。男は、いったん家をでると七人の敵がいるという。きみだって、ヤクザのはしくれだ。堅気の者に七人の敵があるなら、七十人の敵があってもふしぎはない」

「しかし、おれには……」

「まあ、ききなさい。ともかく、ただアテもなしに犯人をさがしてまわるわけにもいかん。わるいことは言わないよ。その飲み屋を見張ってるんだ。ねばるんだよ、きみ。犯人さがしは、ただ、ねばり」

　セント・インフォーメーションは、古手の刑事みたいなことを言って、はじめてニヤッとわらった。けっこう、たのしんでいるらしい。たのしまれた源太こそ、いい面の皮だ。

しかし、ほかにどうしようもないから、「火星人」美子の店の様子をうかがっている。美子の店は、べつにかわったこともない。日がくれると、いつもの連中が、ポツポツ顔をだすだけだ。

美子のおふくろが、もと新宿西口で露店をだしていた関係で、客にはヤー公がおおい。しゃべってることも、たいていおんなじようなもんだ。

「どうだい、商売《バイ》は？」

「だめだめ。池上線の雪ケ谷にノビ（ゴム紐）をもっていったんだけどよ。ハエも儲け《タレ》がない。おめえのほうは？」

「昨日から、御徒町の松坂屋にぬける通りにでてるんだが、交通巡査《アオクリ》の狩《ガリ》がおおくって、どうしようもねえや。今日も、ちょうど客《ジン》がつきはじめた頃、上野山下の交通巡査《アオクリ》がきやがってよ。品物《ネタ》をまるめて道ばたにおっぽらかしたまま、ズラさ。あとでかえってみたら、今川焼屋のねえちゃんがかくしといてくれたよ」

「なんだ、その娘、いくらかおめえにタレがあんのか？」

「ああ、いつか、東京タワーにつれてって、といいやがんの」

「東京タワー？　子供《ゴラン》だな。だけど、おれも東京タワーにいったことはないし――。おめえっちは？　なんだ、だれも、のぼったことはねえのか？　シケてやがるなあ」

こんな調子でガヤガヤやっているので、たまにふりの客がはいってきても、つまり場ちがいだとおもうのか、一、二杯のむと、でていってしまう。

源太のことも、もう、たいして、話題にはなっていない。ただ、だれが、いったいなんのために源太を殺したんだろう、とみんなふしぎにおもっているのはたしかなようだ。わざわざ殺すほどの価値もない男ということらしい。

いくらユーレイとはいえ、こっちは飲みもしないで、酔っぱらいの話をきいてるぐらいばからしいことはない。さすがの源太もうんざりしてきたある晩、サブが美子の店にはいってきた。

「まあ、サブちゃん、ひさしぶりね。どうしたの?」

美子の目が、パッとなにか金属的にひかった。

そういえば、源太が張りこみをはじめてから、サブの顔をみるのははじめてだ。前は、源太とおなじように、毎晩、かかさずきていたのに――。

サブも、もとはヤー公だが、なにをして食っているんだかわからない。もっとも、新宿の街には、こんなのはいくらでもいるから、めずらしくもない。

美子の顔つきがちがっている。もちろん人間の表情のスタンダードにははいらないが、火星人は、うれしい時には、こんな顔をするのかもしれない。

源太はちょっぴり妬けてきた。サブは、となりに腰かけた安田組の政がつっついている湯豆腐みたいに、色が生白く、デブデブ、でこぼこのない面《つら》だが、服装《ナリ》だけは、いつもパリっとしている。

さかんにはなしかける美子に、サブは、ああ、とか、うん、とか生返事をするだけで、どうもふつうとちがうようだ。箸のさきと、店の外の路地を、七分三分に見ている目の色がふつうでない。

いや、ただのおもいすごしか？　たとえ、サブに、キョロキョロするわけがあったとしても、源太殺しと、なにか関係があるだろうか？　源太とサブのあいだには、商売《バイ》のイザコザもないし、金の貸し借りもない。美子を張り合って――。美子をめぐる三角関係？

美子はサブに気があるらしいし、源太は美子にほれていた。しかし、死んでみて、ますますはっきりしたが、美子は源太なんか、ぜんぜん問題にしていない。とすると――。おいおい、こっちがサブのやつを殺すほうだ。

源太はガッカリだった。

その時、店のひくい天井からぶらさがった電灯が、一、二度またたき、きえてしまった。

「あら、また停電。いやねえ」美子が舌打ちをする。

とたんに、チャリンコの目がひかり、それをおう刑事《デカ》の足がはやくなり、映画がえりのアベックの手には力がはいり、大ガード下のオカマは、このチャンスに酔っぱらいをくわえこもうと、タックルを開始した。ダンサーは靴の底がへらないうえに、チップがおおくなる。

もっとも、口紅が少量他に移動するから、そのぶんだけは損だ。お菓子屋の女定員はキャンディを口のなかにほうりこみ、露店のローソク屋のおばさんの口もとがほころぶ。みじかい停電のあいだにも、新宿の街では、ずいぶんいろんなことがおきている。

それはともかく、電灯がきえると同時に、サカズキをもったサブの手がとまり、ギクッと外のほうをふりかえったのを、源太は見のがさなかった。

　やがて電灯がつくと、サブは立ちあがった。

「ツケといてくれよ。たのむ」

サブはちょいと美子の頰っぺたをつついて、店をとびだした。

なにかある。源太の第六感にはピンときた。もっとも、ユーレイだから、もう五感はなく、のこっているのは第六感だけかもしれない。

新宿駅裏の陸橋にかけあがっていくサブを、源太はおいかけた。サブは駅の南口からはいり、京王線にのった。電車のなかでも、サブはたえずあたりを見まわし、おちつかない。どうもクサい。サブがおれを殺したんだろうか？　なぜ？　なんのために？　源太は頭をひねった。

　代田橋でサブはおり、甲州街道をよこぎってしばらくいくと、小汚いアパートにはいった。そして、一階のいちばん奥の、便所のとなりの部屋のドアをあけた。

「あんた？」

チャブ台に片肘をつき、週刊誌をみていた女が、背中をむけたままいった。

「また、管理人のおばさんがきたのよ。部屋代のさいそく」

サブは、それには返事をせず、部屋のすみで寝ている、五つ六つの男の子の枕もとにすわった。

「坊主、もう寝たのか？」

「そんなことより、部屋代は——」

　ふりかえった女を見て、源太はオヤオヤとおもった。もと、二幸の裏あたりにでていた、パン助のお時なのだ。そういえば、いつか子供をつれたお時にあったことがある。ちょうど哲もいっしょで、哲ちゃん、あんたの子よ、とお時が言ったのをおぼえている。哲はただ、ニヤニヤわらってたが——。

　サブはポケットからキャラメルの箱をだし、男の子の枕のよこにおいた。

　サブが子供を、しかもおやじはだれかわからない子供をかわいがるというのは、源太にはおどろきだった。しかし、そんなことに感心していても、肝心の、自分殺しのほうの手がかりは、さっぱりつかめない。

「坊主が寝たんなら、おれも、もうねるぞ」なんて、サブはいっている。

　いきおいこんで、ここまでつけてきた源太は、目と涙があれば泣きたい気持だった。


「そいつは、あやしい。うん」

　セント・インフォーメーションは、つい力をいれて鼻毛をひっぱり、いたかったのか、顔をしかめた。鼻毛までしらがになっている。

「ところが、それからずっと、もう一週間、サブのあとをつけてまわり、いろいろしらべたんだけど、サッパリなんですよ」源太は、すっかりしょげている。「ちゃんとアリバイもありますしね。あの停電のちょっと前に、新宿駅の交番のお巡りによびとめられ、電灯がつくまで、ずっと交番のなかにいたことは、たしかなんです」

「交番のなかにねえ。そりゃ、まずいな。しかし、サブという男が犯人でないとしても、なにかをにぎってるんじゃないかな。きみを殺した犯人を知ってるとか——。ともかく、きみ、捜査はねばりだ。ねばるんだよ。それとも、地獄のほうにかけあって……」

セント・インフォーメーションが窓をしめる前に、源太は下界にとびおりていた。


ほかの客がいなくなると、美子はブラウスに手をつっこみ、紙包みをとりだした。サブは、ニタニタしながらそれをうけとり、なかの千円札をかぞえた。

「一万《ヤリマン》、たしかに。まちがっても、明日までにゃ、五万や六万にはなるからね。そしたら、アパートをかりて、きみと——」

「まってるわ」

美子は、札がなくなったブラウスの胸をおさえた。


「火星人、火星人と——。あなありがたや、火星の神様」

サブは、器用に千円札をかぞえ、十枚一組にして折ると、しいているザブトンの下につっこんだ。

池袋南口の宿屋の二階でやっている、仲間うちのケチな盆だが、サブのザブトンの下はだいぶふくらんでいる。

「おかっちゃんのためなら、ほい、半だよ」

サブは手にもっていた札を、調子よくほうりなげた。

その時、階段をあがってきた男があった。額からななめに左目の上にかけて、ターバンみたいに繃帯をまいている。

その男の姿を見ると、すこし上気したサブの顔が、ブドウ割りの焼酎《チュウ》みたいな色にかわった。

盆をかこんだ連中をぐるっと見まわした男の片目が、サブのところでピタッととまった。男はかすかに顎をしゃくったようだ。

サブはうなずいた。半の目がでて、もどってきた金と、男の顔を半々に見ながら、サブは札を内ポケットにしまい、立ちあがると、ザブトンの上で、ポンと足ぶみをして、となりのメガネをかけたおやじに目くばせし、男といっしょに階段をおりていった。

池袋駅保線区横の人気のないところまできた時、男は足をとめ、ふりかえった。
二、三メートル、はなれてついてきたサブも立ちどまり、右手をポケットにつっこんだまま、左手で内ポケットから札をだし、男のほうにほうった。男も片手で札束をうけとめた。
「五万《ズカマン》――。医者《シャジ》公代にはおツリがくる」サブは早口でいった。

男はだまってつっ立っている。

「おかしなマネをしやがったら、警察《サツ》に密告《タレコム》からな」サブは、ちょっと言葉をきった。「あの、停電の時のことをよ」

停電の時！　源太には、まさにききずてのならない言葉だ。

サブは男のほうをむいたまま、さがっていき、建物の角をまがると、はしりだした。

男は、片手の指さきで札束をはじき、ニヤッとわらった。

こいつなら、人殺しもやりかねない。しかし、見も知らぬ、まるで関係のないおれを、なぜ殺す？　源太は考えこんだ。しばらく、この男をつけまわしてみようか？　それとも、こんなことがあったあとのサブの様子をみれば、なにかつかめるか？　やはり気になるので、タクシーにのった片目の男といっしょに、渋谷桜ケ丘のわりに気のきいたアパートまできてみた。

男がノックすると、まっていたように、ドアがあき、なんともいえない声がきこえた。

「あら、おそかったわねえ。あたし、とってもさみしくて——」

二人はだきあい、唇をあわせた。しばらくして、唇をはなすと、メッカチの相手は、まだ目をつむったまま、ふかく息をすいこんだ。そのとたんに、喉仏がゴクンとうごく。

源太はゾッとした。たいていのことにはがまんするが、オカマだけは、どうもいけない。

源太は、あわてて、サブのあとをおいかけた。ちょうど、笹塚の安アパートにかえったところだった。男の子の枕元に、タンクとロボットをおきながら、サブはお時にいった。

「おもちゃ屋をたたきおこしたら、強盗でもはいったみたいにブルってやんの。そりゃそうと、賭場《ブショウバ》で、パッタリ、政にあって、ヒヤッとしたよ」

「政って、だれ？」

もう寝ていた時子は、ねぼけ声できさかえした。

「渋谷のパチンコ屋の前で、おれにインネンをつけてきたから、けっとばしてやったグレン隊さ。しかし、今夜、医者公代《シャジ》をわたしてオトシマエはついた」

「だいじょうぶなの？」

「へいきさ。おかしなマネをしやがったら、あいつが源太を殺したことをバラしてやる」

あの政って野郎が自分を殺したのか！　だが、なぜ？　源太とおなじように、お時もふしぎにおもったらしい。

「まあ、その男が源ちゃんを——。でも、どうして？」

「あいつの友達《ダチ》からきいたやつの話だとよ、政の野郎、おれと源太とまちがえたらしい」

「まちがえた？　あんたと源ちゃんと——。まさか……、だって、着てるもんからなんから、まちがえるところはないじゃないの」

「それは、おれもふしぎなんだ」

サブがぬいでハンガーにぶらさげた上着を見て、源太はハッとした。あの時、おれは、哲からかりた服をきていた！　サブのとおなじ、白と茶のチェックのダブルの背広だ。

政は、サブのやつが美子の店に、毎晩くることをしって、顔をきられたお礼をするチャンスをねらっていたにちがいない。あの晩も、政は美子の店の前まできて、すりガラスと半々になっている表のガラスごしに、片目でなかをのぞきこみ、ちらっと白と茶のチェックの背広とズボンがみえたので、サブのやついるなとおもったとたんに停電になり、こいつはタイミングがいいと、とびこんで、うしろから刺した。ぜったいそうだ。

「なに、人まちがいの殺人?」

セント・インフォーメーションは顔をしかめた。いや、しわのなかで、顔がうごいたというほうがほんとうか——。

「人ちがいなんて、ミステリの自殺じゃないかね。まったく、くだらん。おもしろくない」

「殺された本人のほうが、よっぽどおもしろくありませんよ」源太もかんがえれば、腹がたってきた。「それはともかく、犯人がわかったんだから、天国にいれてください」

「そうはいかん。その政とかいうグレン隊が、サブとかいう男に仕返しをしようとして、まちがえてきみを殺したという可能性はありうる。しかし、ありうるということと、事実とはたいへんなちがいだ。きみを殺した証拠がどこにある? ただ、政の友達からだれかがきいたことを、サブがお時にはなしてるのを、きみが耳にはさんだだけじゃないか——。物的証拠がまったくない。だめだ、だめだ。もっと、政の身辺をあらってみるんだな」

セント・インフォーメーションのはげあがった頭のまわりでぼんやりひかっている、土星の輪みたいな輪光《ヘイロウ》を、よっぽどぶっこわしてやろうかとおもったが、がまんして、源太は政のアパートにもどった。

大きなダブルベッドの上で、政とオカマ君は、おかしな恰好でレッスルしている。そのベッドの下から、机の引出し、政の服、押入れのなかまで、源太はさがしてまわったが、べつに、自分殺しに関係のあるものはなかった。

政とオカマが寝息をたてはじめ、源太もあきらめかけた時、リビング・キッチンの流しの床板の下に短刀がかくしてあるのを発見した。これこそ、物的証拠というやつだ。

源太は大よろこびで、ふっとんでかえり、セント・インフォーメーションに報告したが、ああ、そうか、わかった、とはじいさんは言ってくれない。「それが、たしかにきみを殺す時に用いた凶器か、まずたしかめなきゃいかん。殺人凶器にまちがいないとわかっても、政がつかったかどうか、その点もハッキリさせる必要があるな」なんていじわるなことを、セント・インフォーメーションはぶつくさつぶやいている。「ともかく、セント・ポリスをよんであげよう」

電話をかけると、セント・ポリスは、すぐやってきた。からだじゅうの脂肪がだぶつき、あるくたびに、それが大波のようにゆれるたいへんな大デブだ。こんなのにはインポテがおおく、そのくせ（いや、そのためか）助平がそろっている。

犯罪のない天国で、退屈をもてあましていたセント・ポリスはいやな顔をせず、源太についていて、政のアパートにきた。わりに、ひとはいいらしい。

目をさまして、またゴソゴソはじめている政とオカマ君を、セント・ポリスはベッドのそばに立ち、ほうとか、うーんとか、うなりながらみつめていて、なかなかうごかない。やっと、リビィング・キッチンにひっぱっていき、源太は床板の下の短刀をみせた。

「そうだなあ」セント・ポリスは三重四重になった顎をなでた。「短刀の刃の上になにかくっついているような気もするが、人間の血かどうかも、これじゃ、わからんねえ。セント・ドクターに相談してもいい。しかし、うちのドクターは法医学なんて、おそらくやってないから、血液型の判定も、とうていだめだろう」

しゃべりながらも、セント・ポリスは政とオカマ君がいるベッドのほうばかり、ふりかえっている。

それでも源太のしょげかたがひどいのを見て、セント・ポリスは同情したらしい。

「なにしろ、セント・インフォーメーションのじいさんはゴテるのが好きでね。ま、それしかたのしみがないんだからしかたがないが——。じいさん、下界の影響で、ちょうどミステリづいていたところにたまたま、あんたがきたのが、運のわるかった。あんた殺しの確実なキメ手なんて、いいだしたら、もうどうしようもない。ただ、ここに、一つだけ方法がある。この政という男がだね。天国にやってきて、自白はだめだよ、しかし神様の名にかけて、犯行を後悔、告白するなら、そこんとこは天国だから、たぶん、みとめてくれるんじゃないかな」

「すると、政が死ぬまで待つことになりますね?」源太はうんざりした声で、ききかえした。

「うん、まあ……。なに、永遠の生命にくらべれば、人のいのちなんて、はかなくて、みじかいもんさ。だが、それもなるべく早いほうが、あんたには都合がよかろうから、ひとつ努力してみるかね」

「つまり、どうするんです?」

「はは、そんなことが、あんた、このセント・ポリスの口から言えるもんか——」

しばらくたって、やっと、源太はセント・ポリスの言葉の意味がわかった。政を殺せばいい。おれを殺したやつだから、(それはもうまちがいない) 殺されたってもともとだ。

さっそく、源太はベッドのところにとんできて、政の頭を、おもいきりどやしつけた……つもりなんだが、なにしろ質量のないユーレイだから、隙間風が吹きこんだほどの効果もなかった。

「なにをやってるんだ?」

毛布の下をのぞきこんでいたセント・ポリスが顔をあげた。

「だめだ!」源太の声は悲鳴にちかかった。「ポカッとやったんだが、てんでこたえねえ」

「あたりまえだよ。ユーレイには暴力はふるえない。だけど、怨霊にとり殺されたという例は昔からいくらでもある。まってなさい。いいものを貸そう」

セント・ポリスは天国にひきかえし、一冊の本をもってきた。

「これでも読んで、研究するんだね」

セント・ポリスがさしだした本の表紙には、「世界怪談集」とかいてあった。

ところが、世界各国の先輩の先例にならって、いろいろためしてみても、政にはまるっきり効果がないのだ。

世界怪談集によると、寝室の天井に、自分が殺した男の顔がうつってるような気がして、のびあがり、電線のコードに首がからまって死んだり、行灯《あんどん》の影をなにかと錯覚し、とびかかったひょうしに行灯にけつまずき、火事をおこし焼け死んだり、ふらふら幻にひかれて、崖っぷちから足をふみはずしたり、夢を見て、枕もとの刀をふりまわし、手もとがくるって、自分の胸につき刺したり、ともかくさまざまな殺人方法があるけれども、結局、良心の苛責とか、罪の発覚をおそれる気持とかが、怨霊、つまりユーレイのはたらきかけるところになっている。

ところが――政には、そんな殊勝な気持は、ひとかけらもないのだ。

政は夕方頃目をさますと（この連中は吸血鬼みたいに日中は眠ってるとみえる）ロックかなんかうなりながら、おかしな粉をいれたタバコをふかし、オカマ君とふざけだす。まったくどうしようもない。

それから渋谷の街にでて、ガード下あたりのパチンコ屋にはいりチンチン、ジャラジャラはじめる。玉をいれる手のほうもみないで玉の行方をおっているぐらいだから、源太がどんなに陰にこもらせて「うらめしや」などと耳もとでいっても、通じるはずがあるまい。

悔恨の情どころか、政には自分というものの自覚さえあいまいだ。それが、たまにハッキリするのは、ひっぱたいたり、ぶんなぐられたりする瞬間ぐらいだから、いそがしい。

この男にかぎって、ユーレイがはたらきかける良心とかタマシイとかいったものは、ないとみえる。

ネをあげた源太はセント・インフォーメーションに泣きついた。

しかし、ばばあのあつかましいのと、じじいのがんこなのは、どうしようもない。セント・インフォーメーションはおなじことをくりかえすだけだ。

「きみは自分をころした犯人をつかまえたくはないのかね？　それとも、地獄にかけあっていれてもらうか——」

ちくしょう！　こうなったら、やぶれかぶれだ。源太は本気で地獄にあたってみようとおもった。

地獄の門に近づくと、なかから、すごい叫び声、うなり声がきこえてきた。しかし、政についてまわって、ジャズ喫茶をのぞいた源太には、さほどおどろきもしなかった。まだ、おとなしいくらいだ。

米軍施設の門《ゲート》に立っているM・Pみたいな、ごつい体格と面つきの地獄の守衛は、源太の話をきいてどなりつけた。

「人を殺したのはともかく、人に殺され、しかも天国でも相手にせんやつを、この地獄でいれるとおもってるのかかえれ、かえれ、ゲット・地獄《ヘル》アウラ・ヒヤ！」

ほうほうのていでにげだした源太は、しかたがなく、またまた、渋谷桜ケ丘の政のアパートにまいもどった。

すると、政が狂ったように、部屋のなかのあちこちをひっかきまわしていた。

「くそっ！　ジュリーのやつ、ズラしやがった。金《ナマ》も薬《ヤク》もみんなもって――」

ジュリーというのは、れいのオカマのことだろう。そういえば、彼――彼女のものは、みんな部屋のなかから消えている。

政はリビング・キッチンの流し床板をはねあけ、短刀をつかんで内ポケットにいれるとアパートをとびだし、渋谷、新宿、池袋、上野、銀座、新橋といわゆるゲイ・バーをかたっぱしからのぞいて、ジュリーをさがしまわった。東京の街にこんなにゲイ・バーというものがあるのには、源太もおどろき、また、いくさきざきで、おかしなシーンをみせつけられ、気がヘンになりかけた。

山の手線をひとまわりして、また渋谷にもどってきた政は、フリダシのいきつけらしいゲイ・バーに、もう一度はいっていった。すると、客にあぶれて、カウンターでブランディーをのんでいたオカマの一人が、「ジュリーは、立川あたりに、いいひとがいるらしいわよ」とおしえてくれた。

立川駅裏の外人専門のゲイ・バーのくらいボックスで、ぴったり相手によりそっていたジユリーの前に、ヌッと政はつっ立った。頭から右の目にかけてグルグルまきにした白いホータイを見ると、ジュリーはよこの男にしがみついた。

政は、ジュリーの胸ぐらに手をのばした。そのとたんに、ジュリーのよこでブルーのシャツの腕がうごいたとおもったら、政は、ガシャッと手首をつかまれていた。まっ黒なごつい手だ。すごくリキがある。

「ホワリユウ・ドゥー・ウイズ・マイ・ガール！」

まっ黒な顔に、まっ白な歯があらわれ、大男のニグロはどなった。

内ポケットにいれようとした政の右手も、ニグロにねじあげられ胸におしつけられた。

「ヒー、カム、ツー、ゲット、ミイ。オー、テデイ、ツロウ、ヒム、アウト。ツロウ、アウエイ」ジュリーは金切声をあげた。

大男のニグロは、ズルズル、政をバーの入口までひきずっていきジュリーがいったように、文字通り、政をおっぽりなげた。

ホータイをまいたほうから、地上に落下した政は、しばらくうなっていたが、はいあがり、「ちくしょう！　おぼえてろ」などとつぶやきながら、立川駅のほうにもどっていった。


中央線、東京行最終電車に政はのりこんだ。そのハコには、政ひとりだ。政は足をくみ、シガレットケースをあけた。しかし、へんな粉をつめたタバコは、吸ってしまってなかった。

国立、国分寺。だれも乗ってこない。政はまたシガレットケースをあけ、ツバをつけた指で、そのなかをなでまわし、それを鼻の穴にくっつけてにおいをかいでいたが、舌さきでなめた。足をくんだり、ほどいたり、ハンカチで掌をふいたり、首すじをやけにひっかいたり――

政は腕をくみ、目をとじた。政がこんな顔つきをしたのは、はじめてだ。源太の第六感のレーダーに、ちらっと影のようなものがうつった。もちろん政の方向だ。闇のなかを、電車はつっぱしっていく。政はビクッと肩をうごかし、片目をあけた。源太のほうを見ている。

「ジュリーのちくしょう！　しかしせめて、薬《ヤク》さえありゃ……」政はつぶやいた。

――ザマアみろ。おれを殺したりするからだ。源太はさけんだ。

政は、片目であたりを見まわした。おれの声がきこえだしたのかな？　源太は、せいいっぱいヴォリュームをあげた。

――おれだ。おれだよ。停電の時に、サブのかわりにおめえにころされた源太……。

政はシートからとびあがると、短刀をぬいた。

こうなると、もう源太のものだ。政が短刀を両手でにぎりしめてつっこんでくると、窓ガラスのむこうにひらりとにげる。政は、めちゃくちゃに窓ガラスに短刀をつきあてているうちに、切先がすべり、自分の手をきってしまった。そいつをやたらにふりまわすので、からだじゅう血だらけだ。

あんまりおかしいので、源太はついわらいだした。すると、政はあとずさりをはじめ、ハコのなかをうろうろにげだした。しかし、両はしに運転室のついている車輛なので、ほかのハコにはいけない。

小金井駅のシグナルが見えはじめた頃、とうとう、政はシートから半分ずりおちたような恰好でうごかなくなった。

頭からとりはずした輪光《ヘイロウ》をみがいていたセント・インフォーメーションの手のうごきがとまった。

「なに？　進行中の電車のなかで殺されたんだって？　車輛のなかにはほかにはだれもおらず、また、他の車輛との出入りもできなかったんだね。ふうん、こりゃ、おもしろい密室殺人だ」

たたけよ、さらば開かれんという札がぶらさがった天国の門を横目でみながら源太とならんで、受付の窓口の前に立っていた政は、ポカンとしてセント・インフォーメーションの顔をふりかえった。

幻の女

1

おシズが東京にかえってきてる、といったのは、たしか、おたくだったな。

じつは、おシズにあったんだよ。

渋谷でさ。道玄坂をおりてきて、大映の映画館のほうからきた通りとぶつかるところ。うん、あの角でね。ああ、ぜったい、おシズにまちがいない。

いや、百軒店《だな》のテアトルS・Sでストリップをみて……え？　ぜんぜんだめ。およしなさい。

オサムちゃんは、東京にはストリップがないという。ほんとうのストリップは、岐阜や関西のストリップで……うん、あきないねえ。けっこういいもんですよ。

ともかく、ストリップをでて、なにか食おうか、今、くっちまったんじゃ、あと飲むときつっかえるな、なんておもいながら、道玄坂をくだり、今いった、大映の通りとの角までくると、おシズが前をあるいてるじゃないか――。

でも、あそこんとこは、ほら、網がちぢまって、ごちゃごちゃ、魚がかたまってるみたいに、人間がウヨついてるところだろ。おシズのそばまでいくのに、ちいっと――そうねえ、時間でいえば、秒でかぞえるほどもなかったかもしれないが――てまどってるうちに、おシズが通りをよこぎりだしてさ。

そのとたん、信号が赤から青にかわって、こっちは、うごけなくなっちまった。青から赤じゃないよ。赤から青。あそこはおかしいんだ。赤のおしまいのほうになると、大映のほうからきた車が、みんなストップする。だから人間どもはゾロゾロ、通りをよこぎっていく。ところが、青にかわると、道玄坂をきた車が、よこからつっこむ。通りをわたりかけた人間どもは、にげきれるとおもえば、むこう側にはしり、でなきゃ、バックする。まだ歩道にいた者は、青の信号をにらんで、つっ立ってるわけだ。

ウソじゃないよ。ほんと。おシズにあったのはね。赤信号でスイスイ、青でストップっていうのは、ちょっとオーバーだけどさ。

わりと見えすいたデタラメをならべておいて、そのあとの、これまたいいかげんなことをゴマかすのが、おれの、いつものクセだって？　冗談じゃない。これが、ウソをついてる顔にみえますか？

いや、今でも、おシズのはなしをするときは、つまり、その、テレるというように解釈してくれよ。たのむ。

おれのはなしはアテにならないが、こうして飲んでるときは、まるっきり信用できない？フィクションの才能をみとめてくれるのはありがたいけど、これは、もう、ぜったい……だいいち、なんのために、おシズのことでフィクションをつくらなきゃいけない？

ああ、ほんともいいとこ、おテテをひらいて、指が五本あるように。

だいいち、おシズが、ニューヨークから東京にもどってきてる、とおしえてくれたのは、おたくさんじゃねえか、え。それで、おれが、渋谷でおシズにあったといったら、こんどは、嘘々《トントン》のテンプラだって面《つら》をしやがる。おたくさん、なんか恨みでもあんのかよ？　いや、おシズのことでさ。

中学の上級生でも、はずかしくってつかわねえような言葉をしゃべるなって？　ゆるしてちょう。これは、ゴルフもマージャンも十二時すぎのヴァージンもしらない、あたしのたったひとつのたのしみでね。おつぎはわかってます。田舎者のくせに、へたな東京弁のまねをするなっていうんだろ。

まったく、おたくには泣かされたよ。三代つづかなきゃ、江戸っ子っていえないけど、ぼくんちは、十なん代ときやがったからな。SHINJUKUじゃない、SHINJUKUだなんてさ。おまけに二年も浪人して、おっとり、世間のことはなんでもしってるような面をして……おたく、東大をうけて、水産大をうけて、ワセダをうけて、それから芸大をうけて、そいつをみんなふられ、あくる年も、どこもかしこもおよびでない、あくるあくる年も、あちこちことわられ、やっと、うちの美大にころがりこんだんだそうだな。幼稚園でも、まじめにやってれば、パスするような、わが母校の学科試験で、二年もつづけておっこってるくせに、なんで東大なんかうけるんだ？　それに、水産大っていうのは、どうなってんの？　おたく防衛大もうけたんじゃねえのか？　学校で推薦してくれなかった？　ごもっとも、ごもっとも。

　とにかく、おたくがいちいちインネンをつけるもんだから、入学したはじめは、このおしゃべりのおれが、ものが言えなかったんだから、ひでえもんだよ。ことわっとくけど、なにも、東京弁がいいとおもって、へたなまねをしてんじゃないんだぜ。大阪にいけば、大阪弁をつかいまっさ。広場に帰《い》んだら、やっぱり、広島の言葉よのう。

　そう、調子がいいの。だけど、おたくだって、調子がいいよ。美大じゃ、古川のアカデミックおやじにはかわいがられる、加来のモダン坊やのおぼえもめでたい。卒業して、出版社にもぐりこみ、そのうち、マンガ家ってことになって、近頃じゃ、テレビの仕事がおおいそうじゃないか――。

　おれをみろ。調子がよさそうにみえたって、美大にはいったとたん、絵をかくことはあきらめて、以後、あきらめっぱなし。りっぱなもんさ。ミステリの翻訳仲間でも、おれが美校を出てることをしってる者は……いや、これは、みんなしってるな。宣伝してまわってるからね。

　ところが、青田の野郎は、東大の法科をでて、法律の勉強に――法科だから、そうだろ――パリにいき、絵がすきになり、エカキになったんだってさ。

絵が好きになりゃ、エカキになれるのか、え？　おれは問題にならない。だけど、おたくでさえ、エカキになれなかったのに、青田の野郎は、ルーブルを見て、エカキになることにきめて、かるく、エカキになっちまいやがった。

やつがパリから東京にかえってきて、連盟賞をもらったとき、みなさんがおっしゃったことをおぼえてるかい？　テクニックがしっかりしてるってさ。

そりゃ、テクニックもしっかりしてるでしょうよ。なにしろ、人間がしっかりしてるんだからな。

あいつ、金沢の風呂屋の息子だけど、金沢ってとこは、風呂屋でも、あんなしっかりしたダンナがとれるのかねえ。

椅子に腰かけたって、ちゃんと姿勢がいいよ。ああ、もちろん、ものの言いかたもしっかりしてる。

おたくやおれみたいな歳の者はもちろん、ヨボヨボのじいさんまでひっくるめて、日本画のほうはよくしらないけど、絵だけをかいて、メシをくっていってる者が、この日本になん人いる？

ところが青田の野郎、食ってあまって、アトリエをたてて、今、ニューヨークでも評判がいいってさ。

日本ブームというのは、日本じゃブームだけど、外国《よそ》じゃたいしたことはないそうだが、青田のは、ほんとに売れてるらしい。

あんなやつ、なにもエカキをやってることはないんだ。総理大臣かなんかになりゃいいんだよ。

ま、そんな男がいたって、べつに、おれにはカンケイない。ただ、うらやましくって、シャクにさわるだけでね。

しかし、その青田に、なんで、おシズが惚れなきゃいけねえんだ。青田は背が高く、おまけにスタイルがよくて、東大出の、ゼニがとれるエカキで、男っぷりもよく、しっかりして、お人柄もおだやか……亭主にするのには、もってこいの男さ。

だから、そのカミさんになるために努力するのはわかるよ。女の子だって、いい学校にはいろうと、試験勉強をするぐらいの気持があるならね。

だけど、ごりっぱで、しっかりしたのに惚れるというのは、筋がとおらねえ。惚れるってのは、おまいさん、いいから惚れるんじゃないんだ。てめえの気持ひとつで、てんで惚れちまうのが、惚れるんだよ。だからさ。あんなちゃんとしたのでなく、いくらか、ふびんな男、たとえば、おれなんかに惚れるんなら、はなしはわかる。

いいとこだらけのやつに惚れるのは、きたないよ。いや、青田の野郎が、ぼくには結婚の意志が……なんてスカしてヌカしてたときのおシズは、まったく、うすぎたない感じだった。

根まけしたような面《つら》で、青田の野郎がいっしょになっただけでも頭にきたのに、二人でニューヨークにいくときまったら、おシズのやつが、てんでイソイソ用意を……イソイソはこまりますよ。まるっきり調子くるっちゃう。おれは、ほんとに涙がでた。おシズのちくしょう――。

あ、そうそう、おシズだ。

おれが、道をわたりかけたときは、おシズは、もう、三分の一ぐらい、通りをいってたかな。うん、渋谷大映の前からきて、道玄坂の下にぶつかるところさ。

ところが、さっきもいったように、信号がかわって、車がきたもんで、しかたがない、おれは歩道にひきかえした。

そのとき、おシズ、ってよんだかもしれんし、呼ばなかったかもしれんし、よんだつもりでも、声にならなかったか……どうぞ、どうぞ、おわらいください。

とにかく、おシズは、ちらっとふりかえりおれと目があったんだ。とたんに、なつかしそうにニッコリ、とくるかとおもったら、ぜんぜん逆でね。なんだか、ギョッとしたような、とまどったような……そして、かけだした。

いや、ボヤボヤしてたら、車の下敷きだから、はしるのはあたりまえだけどさ。ふりかえったときも、もう、足はかけてたからね。

なにしろ、人はおおいし、車はゴチャゴチャしてるし、でも、たしか、おシズは、通りのむこう側につくと、渋谷駅のほうにはいかず、左にまがったところにある。女物の生地をうってる店にはいった。

あとで、すぐ、その店の前までいったけど、あんな店、おれ、ヨワいんだ。目の色をかえたみたいな女どもがむらがって、熊手でひっかくみたいに手をうごかしてるだろう。どうして、女ってのは、やたらさわってみなきゃ、気がすまねえんだろ。おさわりは、もともと、女の趣味だよ。

うん、おシズはいなかった。そのへんを、だいぶ、ウロチョロさがしてみたが、かげもかたちもない。

だいたい、おれの顔をみて、にげちまうっていうのがおかしい。な、そうだろ？人まちがい……それなら、はなしがあう。ところが、おれの見当ちがいじゃないんだな。証拠があるかって？かなしいかな、その証拠があるんだ。自白自認は、すぐ、シンピョウ性がないなんてことになるが、物的証拠ひとつでもころがってれば、ドンピシャリ、きまっちまう。平沢オジさんだって、ここで青酸カリの壜をすてましたっていう橋の下から、壜がでてきたら、もう、とっくに死刑になってるよ。

いや、さいしょにおシズだ、と気がついたのが、その物的証拠のせいだから、まちがえようがないんだ。

ストリップをみて、道玄坂をおりてきて、あの角まできたら、前をおシズがあるいてたっていうことは、つまり、おシズの裏側が目にとびこんだわけだ。顔をみたんじゃない。

ポチかジョンか、ふつう、人間の認識票は、顔になってるけど、顔ってやつがあやしいんでね。だいいち、そのときの気分で、まるっきりかわるし、そりゃ顔以外のところのほうが正直だ。しかし、からだより、もっと正直なのがモノだよ。

さいしょ目についたのは、おシズの裏側で、その裏側の大部分はなんだとおもう？

ケツ？　うん、おシズの場合は、ケツもおおいに特徴があるな。男の子みたいに、かたくしまった感じで、それに、ほら、肩がすこしいかってるだろ。肌は黒いし、おべべをとると、よけい、ボーイッシュなんだ。

ともかく、その肩からおケツのあたりまでの、特徴ある部分をしめていたのが、キメ手になる物的証拠、黒い革のジャケットさ。

泣かせるはなしだが、あのジャケットは、おれのプレゼントでね。プレゼントっていうのはこっ恥ずかしいし、おおげさだが、おれがズボンのポケットからゼニをだして、買ったことは事実なんだ。

大森のおシズのアパートに、おれがころがりこんでくらしてたころだよ。ちょうど、ガードナーの翻訳の印税がはいったときで、銀座をあるいていたら、おシズが、あら、ちょうどあたしにぴったりみたい、っていうんで、買った。ま、サイフはいっしょのようなもんだから、プレゼントって言葉は正確じゃないけどな。

しかし、飲んだり、食ったりはべつとして、かたちあるものを、おれが、自分のポケットからでた金で買ったのは、あれぐらいだろう。いわば、きみ、思い出の革のジャケットだ。

買ったときは、もちろんおニューだったが、艶のある黒の色が、かわいたグレイにかわり、そして、デリケートな変化、つまり老化現象をたどっていくのも、おれはこの目でみている。

やがて、おれはおシズのアパートをでたけどさ。そのあと、おれ、どこにいったのかな？

ともかく、すこしたって、おシズの友だちの、うちの恵子くんと結婚して……いっしょになったんじゃないよ。恵子くんと、はじめから、結婚したんだ。

はなしは、もとにもどるが、これだけの物的証拠があるんだから、ひとちがいってことは考えられないとすれば、なぜ、おシズは、おれを見て、さっさといっちまったんだろう？

そりゃおシズとは、なんどもケンカしたし、大森のアパートだって、おれはおんだされたんだ。しかし、最後に顔をあわせたのは、青田といっしょに羽田からニューヨークに発ったときで、あのときは、ドレス・アップしたおシズが、おれにだけ、はずかしそうなゼスチュアをみせるという一シーンまであったくらいで、ぜんぜんおこってるようすなんかなかったのに……。

ニューヨークにいってからも、はじめはひと月に二度ぐらい、あとになっても、月にいっぺんは航空便がきてた。よく手紙をくれるんでびっくりしたくらいだ。その手紙もべつにどうってことはなく、エンパイヤー・ステート・ビルにいきました、なんてたあいのないもんでさ。そういえば、この二月《ふたつき》ぐらい、まるっきり手紙がきてないな。こちらも出さないけどね。

だいたい、ニューヨークから東京にかえってくるんだったら、その前にしらせるはずだ。そうだろ？　おかしいじゃないか、え。

それとも、最近だれかが、おシズに、おれの悪口でも手紙でかいてやったのか？　たとえば、大森のアパートにいたときのことで、おれが、つまんないことをしゃべりまわってるとかさ。おれがおしゃべりなのは、おシズもしってるし、つまることなんかいわないのもわかってるから、今さら、おこったりはしないとおもうけど、よっぽどひどいことを……。

おれとおシズをひっくるめた仲間っていえば、それこそ、ほんのすこししかいない。そのうちでも、ニューヨークのアドレスをしってるのは、おたくぐらいだぜ。おめえ、なにかくだらねえことを言ったんじゃないのか？

おシズとおれが友だちで、おれとおたくが友だち。そのおたくと青田の野郎が友だちで、おたくをつうじて、おシズは青田と知りあい……やっぱり、おたくあたりがくさいな。

もうひとりいる？　うちの恵子くん……うーん、あいつは、ちょっとわからねえところがあるからね。ともかく、うちのカミさんは、おれはもちろん、おたくより、人間ができてるよ。みだりに顔や言葉にださないところなんかさ。

だけど、そんなひどいことって、どんなことだろう？

まてよ。なにしろ、ひとや車がゴチャついてたし、信号がかわり、いそがしいときだから、ふりかえって、こっちのほうを見たことはまちがいないが、前に進むべきか、うしろにしりぞいたほうが安全か、ようすをうかがったというだけで、おれには気がつかず、スイスイいっちまったのかな？　その線が、いちばんむりがないようだ。

いやいや、おかしい。もしそうなら、くりかえすけど、ニューヨークを発《た》つ前に、しらせてきますよ。また、たとえ、とつぜん、東京にかえってきたとしても、電話をかけてくるかなんかするにきまってる。

やっぱり、なにかあったんだな。

2

おシズが東京にもどってきてる、といいだしたのはおたくだけど、それ、どっからきいたんだい？

なんだ、三木か……。あんちくしょう、おれとおんなじで、デマばかりとばしてるからな。おれの嘘は、いくらか病《やま》いのけがあるが、あの野郎のは、健康だからいけないよ。ウソをいってる言葉も、ちゃんと常識的で健康。ウソをつく目的も健康。どうしようもない。

で、三木は、どこから？　わからんのか……。青田とおシズと二人でかえってきたといったのかい？　それとも、おシズひとりで——？　うん、青田がもどれば、あちこちさわぐからね。

じつは、あれから、いろいろ、しらべてみたんだよ。

いや、その前に、だれかが、なにか、おれのことで、おシズに悪口をいったって線さ。おたくでなければ、うちの恵子くんだとおもって、あたってみたところが、いささかギョッとしたね。

なんともいえない顔をしやがった。毛唐なら、ズラズラッと、形容詞か副詞がならぶところだ。腹をたて、気分をこわし、と同時に、そんなことをいう相手をさげすみ、あざけり、同情し……これだけの表情が、いっぺんにあらわれ、よくまあ、顔がバラバラにもならず、ワンピース、つまりひとつにまとまったままでいた、なんてさ。

なぜ、わたしが、シイ子の手紙の返事に、あなたのことを書く必要があるのよ？　渋谷の交差点で、シイ子を見かけ、おいかけようとしたけれど、信号がかわって、つかまえられなかったなんて、テレビのミステリどころか、安メロドラマでも、もう古いはなしだわ。いくらミステリの翻訳ばかりで、自分のものが書けないのがくやしいからって、へんなフィクションはよしてちょうだい。だいたい、シイ子のことで、つまんないはなしをこしらえるなんて、不愉快よ。しかも、自分で、かってに、おかしなはなしをつくっといて、それを、ほんとのことみたいにし、ああだ、こうだってさわぎたてる――お相手をさせられるのは、もうたくさん――うちの恵子くん、てんでごきげんがわるいんだ。

しかし、どうして、みんな、おれが渋谷でおシズにあったのを、フィクションにしちまうんだろうなあ。おたくだって、腹のなかでは、そうおもってるんじゃないのかい？　腹のなかどころか、まるっきりデタラメだと……ちくしょう。

いや……おシズのことを、よってたかってむりやりフィクションにしたてるのには、なにかわけがあるのかな？　おたくにも、うちの恵子くんにも……。

いろいろしらべてみたというのは、まず、ニューヨークに手紙をだした。ところが、ぜんぜん返事がこない。げんに、おれが、渋谷で見かけてるんだから、ニューヨークにいるはずがないけどさ。

しばらくして、もういっぺん、手紙をかいたが、これも、さっぱり。よっぽど、青田宛に、おシズのことをたずねようかとおもったけど、やつとは、そんなに親しいわけじゃないし、だいいち、あんな野郎とは、口をきくのもいやだ。

それより、ニューヨークのアドレスがかわったんじゃないかとおもい、銀座にでたとき、ほら、いつか、青田の個展をやった画廊によってみた。ニューヨークにいったのも、あの画廊のマダムがむこうの画廊とはなしをつけて、いくつか、青田の絵を買う約束ができてる、とおシズがいってたからさ。

しかし、あの画廊のばばあ、高峰三枝子が、画廊のマダムの役をやってるみたいに、まるっきり、そんなふうな口のききかたをするのは、いったいどういうんだい？　以前とおなじアパルトマンじゃございませんの。ニューヨークのアパルトマンとおいでなすったね。以前とおなじ、とおっしゃるだけで、はっきりアドレスを言わないのは、このおれをうさんくさい人物とおもったのか、大人はみんなああなのか。こっちが、手帳にかいていったアドレスをいうと、たしか、そんなふうでございましたわね。ハイそれまでって顔で、よこをむきやがった。でも、アドレスがかわったのをしってて、かくしてるようには見えなかったよ。

ああ、自由ケ丘のおシズの家にもいった。青田がたてたアトリエさ。おシズがもどってるなら、いるかもしれないとおもってね。うん、自転車にのって……おれんとこは三鷹だから、一時間半ぐらいかかったかな。

おシズたちがニューヨークに発ったあとは、津久井伝兵衛が自由ケ丘の家をかりてたんだけど……あれ、津久井伝兵衛をしらない？　木彫をやってるやつだよ。その伝兵衛おやじ、てめえの娘よりまだ若い、はんぱモデルの新宿のズベ公といっしょになったとたん、死んじまってさ。でも、だれかはいるだろうとおもって、自由ケ丘の駅の南側の坂をあがっていったところが、色の白い、りっぱな顔の奥さんがあらわれて、失礼ですが、どなたさまでしょう、とおいでなすった。

べつに失礼じゃないが、おれは、いったい、どなたなんだい？　よわっちまってさ。いつもは、嘘ばかりついてるのに、つい、青田のワイフの友だちだ、ってほんとのことをこたえた。

相手はお気にいらない顔でね。で、どんなご用ですか、ときた。だから、これも正直にいったよ。そしたら――

弟たちは、ニューヨークにおります。いつかえるかも、まだしらせてきておりません、とはっきりした返事なんだ。

青田の姉さんさ。りっぱな、ちゃんとした顔をみたときから、じゃないかとおもってたけどな。

でも、青田くんの奥さんだけが、なんかの用か、病気でもして、東京にもどってきてるということはありませんか、と、おれは、すこししつこいけど、たずねてみた。

シズ子さんひとりが、こちらにかえっていらしてるなんて、わたくしどもぞんじません。あなた……

青田の姉さんが奥に声をかけると、カーディガンを着て、パイプをくわえた亭主がでてきてね。かんがえてみりゃ、日曜日なんだよ。あれは、役人の面《つら》だな。それとも、すごく処女率の高い女子短大の学生課長かなんか……。

シズ子さんのお友だちの方なんですって——と青田の姉さんがおれを紹介すると、亭主がむつかしい顔をして——ほう、お友だちとおっしゃると、どんなお友だち？

あのまんま、二人ならべて高座にだしたら、こんなおもしろい漫才はないよ。両方とも、小むつかしい顔で、まっすぐ前をむいてさ。

おシズの妹にも、手紙でたずねてみた。おシズは、おやじさんもおふくろさんも死んじまって、きょうだいも、妹ひとりなんだよ。大森のおシズのアパートにおれがいたころから、いや、それより、もっと前だったか、まだおやじさんが生きてるときに、妹が東京にやってきてね。

中学の三年か、高校一年ぐらいじゃなかったかな。おシズに似て、色は黒いが、プッとふくれて、かわいくってさ。おシズのかわりに、つまり東京見物につれていってやったことがあるんだ。

こっちがなにを言っても、ロクに口もきかず、わらってばかりいた。おれが美大にはいったときとおんなじで、自分の訛りを気にしてたのかもしれない。

おシズのうちは四国の松山だよ。しらなかった？　松山では、昔から有名なお寺らしい。町名も番地もおぼえてないけど、寺の名前だけかいてだしたら、ちゃんと手紙もとどいた。

おシズの妹から返事がきたときにはうれしかったな。

だって、ニューヨークに手紙をだしても、それっきりだし、どこできいても、そのニューヨークのアドレスにいる、ってはなしだろう。

ところが、おシズの妹の手紙をみると、逆に、こっちにたずねてるんだよ。

おねえちゃんか青田さんに、なにかあったんでしょうか？　いったい、どんなことをおきになったんです？　もともと、おねえちゃんは、わがままで、自分かってで、東京の大学にいったのはかまわないけど、せっかくいい大学にはいれたのに、うちからお金だけおくらせて、学校にはいってなかったそうで、卒業してないことも、つい最近しりました。おとうちゃんが知らなくて死んで、よかったとおもいます。青田さんは、新聞や週刊紙や、いつだったか、テレビにもでてましたし、えらいひとみたいだけど、ほんとは、おねえちゃんは長女だから、お寺をついでもらわなくてはこまります。うちの主人は、死んだおとうさんにずっとお世話になったからと言い、京都の本山にいき、資格までとってくれましたが、なにしろ大学の外科におり、こんど九大の医学部にもどり、助教授になるはなしもあって、主人は、医者と坊主は親戚みたいなもんで、べんりだ、なんてわらってますけど、福岡にはどうしてもいかなければいけません。そんなこともあり、ニューヨークに、長い手紙もかいたのに、おねえちゃんは返事もよこさず、しかも、なにを送れ、あれをたのむ、と自分に用があるときは、どんどん言ってきます。いったい、おねえちゃんは、青田さんと式をあげたんでしょうか？

おシズの妹はグチをならべてた。逆に、こっちが、説明してやるようなはめになってさ。しかし、心配してるところは、やっぱり、おシズのことが気になるんだろう。

その後、なにかわかりましたか？　なんて、なんども手紙がきてね。おシズが妹のことをしゃべるのはきいたことがないけど、妹のほうは、おそらく、毎日のようにおねえちゃんのはなしをしてるんだとおもう。

うん。おシズはお寺の娘なんだよ。そういえば、お寺さんみたいなところがあるだろ？　色即是空、ってとこがさ。いくら、男となにかあっても、それを心にもたない。だから、野郎のほうも、負担にならないし、また征服感もない。昨夜《ゆうべ》あって、今朝わかれ……いやいや、しゃべると嘘になっちまうからよそう。

そりゃ、おシズだって、欲も見栄も、ずるいとこもあるよ。だけど、おおげさにいうと、無の前に、すべては無だっていう……悟るのはけっこうだが、それこそそんな人生観をもつのは、悟ってない証拠でね。その点、おシズは、お寺さんの娘《こ》だけあって、ぬけていた。だいいち、意地とか根性とかってものがないのがいいよ。

もっとも、青田の野郎といっしょになるときは、門前の乞食みたいにみっともなく、あわれだったけどな。

ともかく、あちこちきいてみたんだが、みんな、おシズが東京にもどってきてるのをしらないんだ。ほんとに、しらないのなら、しようがないよ。しかし、純真なおれなんかには想像もつかないような理由で、渋谷でおれが見たおシズを、ウールリッチばりの《幻の女》にしたてようという、くらい、いじわるな陰謀がおこなわれてるのかもしれない。もし、そんなことなら、首魁は、おたくあたりだな。動機？　だから、理由はわからん、と言ってるじゃないか。

うん、そう、うちの恵子くんもあやしい。まだ、おたくはいいんだ。こうして、飲屋であって、いっしょに飲みながら、ネチネチさぐりをいれ、顔色をうかがうこともできるからさ。だけど、うちの恵子くんはいけません。近頃じゃ、もう、なにも言わないよ。おシズのはなしをしだすと、だまって、じいっと、おれの顔をみるんだ。じいーっとね。

うちの恵子くんが言うとおり、おれが、渋谷で、おシズを見かけたというのが、そもそもあやしいって？　だけど、おシズがニューヨークから東京にもどってきてる、と、さいしょ言ったのは、おたくなんだぜ。

3

やっぱり、おシズは東京にかえってきていた。

ほら、芸大の彫刻科をでて、今は、機械のデザインなんかやってる並木——これもおぼえがない？　おたく、近ごろ、モーロクしてるんじゃないの？　ともかく、そいつに、こないだ新宿であってしゃべってるうちに、おシズのはなしがでてさ。

並木の後輩で、あいつの事務所でアルバイトをやってる男が、おシズを見たっていうんだ。

その男は、東横線の都立大学のアパートにいるんだが、上からひょいとのぞいたら、おシズが、窓のところに俎板《まないた》をおいて、トントントンと胡瓜をきざんでたってね。

トースターにパンをつっこんで、目玉焼をつくるぐらいのことはおぼえがあるが、おシズが料理をするところはおがんだこともないし、まして、胡瓜をトントンなんて想像もつかないので、並木にきいてみたら、その男が、そう言ったんだから、しようがない、ってはなしでね。

坂になっていて、その男のアパートのほうが上のほうにたってるとか、その男の部屋は二階で、となりのアパートのおシズの部屋は階下《した》だとか、並木は言ってたが、その男をたずねていってみたんだ。

べつに坂にもなってないし、となりにアパートもないみたいだったが、その男は、おシズがいるところをおしえてくれた。だけど、あの若い男、なんで、おシズをしってるんだろう？　こっちも、きいてみなかったけどさ。

靴をぬいであがるアパートでね。おシズの部屋は二階で、ノックしたら、ドアをあけてくれたが、おシズのやつ、着物をきてるんだ。電熱のコタツがあって、いやにきれいな柄のフトンがかぶせてあり、その上に、チャブ台がのっかって、コタツのうしろに、これまた、きれいなザブトンがあって、おシズは、着物をきて、それにすわり、テレビをみてたんだな。

お昼の三時ごろだったよ。テレビは、昔の新東宝の映画かなんかやってた。

それに、部屋のなかが、いやにかたづいてるんだ。六畳の部屋で、テレビにコタツにザブトンに、茶ダンスに洋服ダンス……そんなものがあるだけで、チリひとつおちてない。

テレビの下に、雑誌入れっていうのか、あれに、週刊誌と新聞がキチンとならんでいて、もとの大森のアパートにくらべたら、セリをやってるときと、セリがすんで、水でながしたあとの青物市場《ヤツチヤバ》ぐらいのちがいなんだ。

おシズのやつは、間がわるいみたいな、はずかしいような顔をして——ような、じゃなくて、ほっぺたを赤くしてたよ。

まだ、キョトンと、部屋のなかをのぞきこんでるおれを廊下におしもどして、とにかく出ましょう、という。

アパートをでて、ならんであるきだしてから、気がついたんだが、髪も、なんだか若奥さまみたいに、キチンとセットしててさ。いつも、長い髪を——やわらかい髪っていうのは、一本一本の髪がほそいのか、目でみても、さわっても、つまりヴォリュームがないもんだけど、おシズのは、くせがなくって、やわらかくて、しかもたっぷりあるのを背中にながしてるか、暑いときなんかは、グルグルにまきあげてたが、それをみじかくカットして、しかも若奥さま風のヘア・スタイルにときてるんだから、みょうな夢でもみてるような気持でね。

近所の子供の遊び場にいって、つっ立ったまま、はなしをしたんだけど、いったい、どうなってんの、とおれはきいたよ。

そしたら、今のひと、すごくやきもちやきだから、って返事なんだ。

今のひとって、青田くん？

とんでもない。青田のはなしをしても、ごきげんがわるいの。商社につとめてる、ちゃんとしたサラリーマンよ。

青田くんのほうは？

べつに……ただ、ごらんのとおり……。

だから、どっちが、さきに別れよう、と言いだしたとかさ。

どちらも、別れるなんていってないわ。青田がニューヨークからローマにいってるあいだに、あたし、かえってきちゃったの。

なぜ？

なぜって、やっぱり、かえってきたくなったからじゃない？

つまり、青田くんのほうが、フラレちまったのかい？

そんな……でも、青田が、ローマにいった留守に、だまってもどってきたんだから……。

青田くんといっしょになりたいって、さわいでたときは、今までのおシズに似あわず、オロチョロしてたのに、もう、あいちゃったのか？

青田にあきたのかどうかはわからないけど、とにかく、なにかにあきたのは事実ね。

才能があって、有名で、ゼニもとれ、しかも、誠実で、ちゃんとした男と、好きで、いっしょになっときながら……。

皮肉のつもりなの？　あんたの言うことは、みんなほんとよ。その上、青田は、あんたなんかより、ずっとすなおで、やさしいわ。

だったら、なんだって、留守のあいだに、にげだしたりするんだ？

それが、あんたになんの関係があるの？

ま、いい。青田くんは、どう言ってる？

おこってるとおもうわ。だって、別れるも別れないも、ぜんぜんそんなはなしもなかったのに、わたし、不意に消えちまったんですもの。こちらにかえってから、手紙はだしといたわ。アドレスは書かずに……。

今のひとのことは？

もちろん。だって、嘘ついちゃわるいもの。

だけど、青田くんとは、つまり、法律的には、まだ夫婦なんだろ？

ううん、届はださなかったの。いっしょになった以上は、ちゃんと届をださなきゃいけない、と青田はうるさく、ほら、保証人っていうの、あのハンコもらってきてたんだけど……あたし、ほんとの歳をかくのがいやで……。

おれも、おどろいたよ。おたくだって、おシズの歳はしってるだろ？　だれでも知ってるよ。それを、亭主の青田が……ニヤニヤ、うれしそうな面《つら》をするなって？　バカヤロウ！

おシズも、べつに、ウソをついたわけじゃないが、青田のほうで、なぜだか、かってに、二つほど若くおもいこみ、訂正するのも、めんどうで、ほっといたらしい。そのうちになにもかも、めんどうになったんじゃないのか？　とおシズにきいたら、自分の気持なんて、もちろんわかりっこないけど、なんだか、ひょいと、ああカンケイない、とおもったんだそうだ。最近いろいろ、へんな言葉ができたけど、カンケイない、って、ほんとに、あたしにはべんりな言葉だわ、と言ってた。

今、いっしょにいる男のこともきいてみた。商社につとめてるというのに、なにしろ、キチンとかえってくるそうだ。青田に輪をかけたような、キチンとした男でね。

朝、食事がすんだあと、自分でかたづけ、部屋のなかを、キチンと掃除して、出勤するんだってさ。だから、野郎がかえってくるまで、おれがいったときみたいに、そっとザブトンにでもすわってるらしい。退屈しないか、と心配してやったら、あら、とってもらくよ、とおシズのやつ、わらってた。

でも、野郎のやきもちはひどいらしく、青田の名前をだしてもたいへんなのに、あんたのはなしなんかしたらあのコ狂うわよ、二人だけの新しい生活をきずいていくんだから、過去のひとたちとは、いっさい、つきあわないでくれ、といわれ、そんなわけで、東京にいても、どこにも電話もしてないの、あんたとも、みんなとも、当分あそべないわ、とおシズは……ああ、すこしテレてたけど、けっこうあかるい表情でね。

で、おれ、当分、ってどんな意味、とききかえしてみたところが――だって、さきのことは、だれにもわからないでしょ、と、おシズのやつ、あたりまえみたいな顔をしてた。

だから、渋谷であったときも、おシズは逃げたのかって？

いやいや、ちがう。いくらなんでも、顔をあわせといて、にげだしたりしないよ。

アパートをたずねていき、おシズの顔をみたとたん、わかったんだ。渋谷であったのは、おシズじゃなかった。

背の高さや、からだのかっこう、髪をながくしてたとこなんか、おシズとそっくりみたいだったが、顔がねえ……いや、大森のアパートにいるころの写真をだしてみたけど、なかなかよく似てたな。

物的証拠？　おれがおシズにプレゼントした革のジャケットのこと？　あいつで、すっかりだまされちまった。

おシズたちが、ニューヨークにいったあと、青田の家には、ほら、木彫の津久井伝兵衛が……そう、こないだはなした人物がいた。伝兵衛おやじ、はんぱモデルの新宿のズベ公とくらしてたのもいったね？　伝兵衛さん、心臓がわるくなり、入院して、すぐ死んじまったんだが、そのあいだに、あのズベ公、伝兵衛のものを、みんな売っぱらって、あげくに、おシズがのこしといたものまで、もちだしたらしい。

ちょうど、からだの大きさが、おシズとおんなじぐらいで、だから、あの革のジャケットも、ちゃっかり自分できてたんだな。

そのことが頭にあったのかどうか、渋谷の交差点で、おれから、おシズと声をかけられ、いささかギョッとしてズラかったんだろう。

うん、おシズもしってるよ。おシズからきいたんだからね。でも、ひとのものを着てあるくなんていやねえ、よく若い娘《こ》は、友だちどうし、かしたり、借りたりするけど……と、たいして惜しくもなさそうだったよ。

そんなことより、おれのほうがたいへんなんだ。

やっぱり、おシズが東京にいて、見つかったもんだから、うちの恵子くんよろこぶだろうとおもい、ハリキッて、うちにかえってきたところが、おかしなことになっちまってさ。

うちの恵子くん、とつぜん、別れましょう、といいだしたんだ。うん、つい、さっきのはなし。

おれ、ほんとにびっくりしてね。バカみたいに、なぜってきいてみた。

ところが、ようするに、別れることにきめたんだから、べつに理由をいう必要はない、と、ケンもホロロのごあいさつなんだ。

まるっきり、しら真剣なんだよ。酔っぱらって、自転車にのってて、道があるはずだったのに、ごつい壁にぶつかったような気持だった。

とにかく、理由を説明してくれ、とこっちは、オロオロしちまってね。

理由っていえば、だれでも納得のいく理由のこと？　いくら、わたしでも、そんなにおもいあがってはいないわ。ただ、あなたと別れる決心をしたんだから、それでいいじゃないの――と、恵子のやつ、へんに理屈のとおることをいいやがってさ。

そんなことをくりかえしてるうちに、こっちも頭にきて――冗談じゃない。おシズにやきもちをやいてるのか？　そりゃ、昔は、おれもおシズとくらしたことがある。おまえはおシズの友だちだし、よくしってるはずだ。こっちもかくしたりはしてない。だけど、そのあと、おシズは、なんども男がかわり、青田の女房になり、げんに、どっかの商社につとめてるやつといっしょで、おれたちとはあそべない、と言ってる。つまらんやきもちはよせ、とどなりつけてやった。

恵子も、いくらかシャクにさわったのか、やきもちなんて、おちぶれてはいないわ。でも、シイ子にも、ましてあなたみたいな男に、やきもちをやくほど、ウヌボレないで。シイ子にも、渋谷でシイ子にあったなんて、いいかげんなデタラメをでっちあげてからのあなたは、いったいなによ？　あちこち、関係もないところまでたずねていったり、やたらに、手紙をだしたり、わたしがたのんだ、あなたでなきゃいけない手紙だって、ちっとも書いてくれないじゃないの。あなたのこと、みんなで、シイ子のユーレイにとっつかれ、気がへんになってる、と言ってるのよ。しらなかった？　でも、あたしは、じっと、しんぼうしてたわ。シイ子は、あなたのことなんか、べつに、もうなんともおもってないし……ううん、はじめから、なんともおもってないのよ。それを、あなたは、クレオパトラとでもくらしてたみたいに、なにかっていえば、大森のシイ子のアパートにいたときは、ともちだすんですもの。ええ、おっしゃるとおり、かくしてはいないわ。逆に、そのP・Rにうんざりしてるのがわからないの？うちに出稼ぎをおいてるようなものね。そう、あんたは出稼ぎよ。シイ子のことでもなんでも、だいじなのは、ひとのこと。ただ、わたしといっしょにくらしてるだけで、あなたは、よそのひとだわ。わるくおもいたくないけど、わたし、はじめから、利用されてただけかもしれない――ときた。

いや、おったまげたよ。そういうと、今さらおったまげたおれに、おったまげたそうだ。それっきり、なんといってもだめ。恵子は出ていく用意をはじめてね。もともと、あれは恵子の家で、おれが出るのがスジだ。それに、やっぱり女より身がるだし、だから……。

ひでえことになっちまった。

これが、昔なら、おまえのためにおんだされたんだぜ、とおシズのところにいくんだけど、商社におつとめのダンナがいたんじゃねえ。

おたくにとめてくれないか？　あ、やっぱり、だめ。いいの、いいの、おたくは薄情なのがとりえだからな。

しかたがない。昔の古巣の山谷ででも寝るか……。山谷のドヤ街って、どこいらかって？　山谷は山谷さ。区？　区はヨワいんだなあ。その、つまり……くそっ、山谷になんか住んでたことはないよ！

これから、うちにいって、おたくが恵子にワビをいれてくれる？　なにも、こっちがあやまることはねえじゃないか、え。それに、恵子は、おれとちがって、いったん言いだしたら、ぜったいきかないからな。

ともかく、はなしてみて、うまくいかなきゃ、山谷……、うん、ことわられて、もともとか……よし、その線でいきましょう。

4

わざわざ、おくってくださったの？　すみません。

夫婦げんか？　ええ、毎日よ。そのたびに、このひと、出ていく、おれは出ていく、と言いながら、いっぺんも出ていったことはないの。

シイ子が東京に？　まさか……だって、いつだったか、カナダに旅行したとき、青田さんと撮った写真の絵葉書がきてたわ。

また、このひとのデタラメにひっかかったんじゃない？

このひと、わりと筋のとおったはなしをするときは、かならずデタラメなの。

渋谷で、わたしとおなじ革のジャケットをきた、うしろ姿がそっくりの女のコに声をかけ、つまり、それが縁でなかよくなり、ホテルにいった、なんて調子のいいはなしを、ここのところしつこくきかされてるんだけど、これももちろん、デタラメよ。ダンナ、ほんとは、どうなの？

背かっこうから、着てる上着まで、自分とそっくりの男がいたので、よびとめたが、ひとまちがいで、やっぱり自分じゃなかった……バカバカしい。

でも、そんなとこかもしれないわ。昨日《きのう》も、いくら電話をかけても相手がお話中だって、男ヒスをおこし、ガチャガチャやってるから、電話機がこわれちゃいけないとおもい、見にいったら、うちの番号をまわしてるのよ。そう、自分にかけてるの。

大森のシイ子のアパートに……？　ええ、このひといたわよ。わたしがシイ子の居候なのに、そのわたしのところに居候にくるんですもの。ずうずうしいったらないわ。まったく、いいところのない男ね。あなた、なにか、とりえがあるの？　うそつかないこと？　ほらね、ずうずうしいでしょ。

シイ子っていえば、このひと、シイ子がきらいらしいの。ええ、しょっちゅう悪口ばかりいって……。

あら、ほんとは好き？　ばかみたい。

タイムマシンの罰

タイムマシンだ。タイムマシンで過去にかえろう。

すばらしい思いつきに、からだがふるえ、この数年げっそり肉がおちた肩の骨が、うすっぺらな敷ブトンをとおして、ベッドの板にあたり、乾いた音をたてた。

下のベッドの森が首をのばして、「どうした、先生?」と声をかけた。森は、洗いくたびれ、生地がうすくなった下着の上に、去年の流行の服をきているところだった。

私にも、もちろん、森とおなじ年ごろのことがあった。しかし、私のおしゃれは、こんなミミッチイものではなかった。いつも、最高最新の服をきて……。

ごぞんじの方もあろうとおもう。私の名は加山丈治。創造美術会会員の画家で、森の年ごろには、グランプリ女優の水谷由美の夫だった。

由美に裏切られてから、私の人生には暗い、つめたいかげがさしはじめ、誠実に生きようとすればするほど、いつも、女性がわざわいのもとになり、歳もとり、とうとう、こんなべッド・ハウスでくらす境遇にまでおちてしまった。

　ベッド・ハウスとは皮肉にも正直な名前だ。二段になったベッドがあるというだけの住家。そして、森や若い元気な連中が下のベッドを占領し、ハシゴをのぼるのにもからだが不自由な私などは、上のベッドにおいやられている。

　タイムマシン、という言葉をきくと、森は冗談だとおもったらしく、ケケケと喉の奥で知性のない笑声をたてていたが、私が本気だとわかると、フッと笑うのをやめ、きみょうな表情になり、目をそらすと、ネクタイをむすびはじめた。

　だが、そのときは、森が、なぜきみょうな表情になったのか、私は、べつに気にもかけなかった。

　くりかえすが、タイムマシンで過去にかえるというすばらしい思いつきに、私は、すっかり興奮していたのだ。こんな興奮を感じたのは、何年ぶり、いや何十年ぶりのことだろう。

　もう昼ちかく。ベッド・ハウスのなかには、プロとしては三流の色事師《スケコマシ》の森と、古川がいただけだった。

　古川はベッドに腹ばいになり、おかしなにおいのタバコを吸っていた。タバコの葉のなかに、なにかまぜてあるにちがいない。

　私が近づいても、古川はまっすぐ前をむいたまま、タバコの煙をみつめたままだった。

　どんな感情のうごきも表情も、けっしてあらわれない、つめたい目だ。私は、自分ひとりで、この目にスネーク・アイというニックネームをつけていた。つまり、蛇《へび》の目だが、日本流にいえば、サイコロ・バクチのピンゾロ。ふたつならんだサイコロのIの目のことだ。古川の目は、それこそ蛇の目のように、つめたく無表情で、典型的なギャンブラーの目だった。年は、まだ三十にはなるまい。

私はベッドのよこにたち、「古川さん」と二度ほど名前をよび、古川は、やっと、こちらに顔をむけた。

ケチなパトロンほどいばりたがる。毎日、わずかな小遣をくれてるからといって、こんなおうへいな態度をすることはあるまい。

画家にパトロンがあるのは、ごくあたりまえのことだ。それに、私は、古川の肖像をかく約束もしている。

タイムマシンのはなしをしだすと、古川は輪ゴムでとめた厚い札束をだし、ゆっくりかぞえはじめた。これも、この男のわるい癖だ。社会からの脱落者、貧乏人ぞろいのベッド・ハウスのなかで、いつも、見せびらかすように、厚い札束を勘定している。

私はいきおいこんで、一気にしゃべりおわった。古川は、また札の勘定をはじめながら、横目で、ちらっと、私の顔を見あげた。

「それで?」

「いや、なにかと金もかかろうかとおもい……すこし、まとまって貸してくれませんか?」

「タイムマシンに金がいる?」

古川の眉があがった。この男の目に表情らしいものがうかんだのを、私は、はじめてみた。

おどろき、そして、なぜかあきれているような目つきだった。

　タイムマシンの名前は、たびたび耳にし、タイムマシンというものが、げんにこの世にあることはわかっていても、考えてみれば、タイムマシンを利用したというひとに、私は、直接あったことも、はなしをきいたこともない。私は、卒直にたずねた。

「金がなくても、タイムマシンで過去にいけますか？」

「そりゃ、もう……」古川はいいかけて、とつぜん、みょうなことをきいた。

「働く気はないのかい、先生？　このベッド・ハウスにも、先生よか歳のおおいじいさんは何人もいるけど、りっぱに働いてるぜ。おれだって、ブラブラ遊んでるわけじゃねえんだよ」

　私の息子のような年頃のこのギャンブラーは札束を指さきではじいた。自分はいっしょうけんめい働いて、ブラブラ遊んでる私を食わせてやってるような口ぶりだ。しかし、働いてる者が金をかせぎ、遊んでいて、したがって収入のない者をやしなうのはあたりまえのことではないか。でなければ、遊んでる者は餓死してしまう。

「働く？　私がなにをして働くんです？」

「なんでもいいだろう。ビルの夜警なら、力もいらないし……」

「私は画家なんですよ。私は芸術家だ」

「だったら、似顔でもかいたらどうだい？　ショバはとってやるぜ」

「似顔をかくのは、似顔かきで、エカキではない」

私は古川をおこらせないていどに、誇りもってこたえた。

「働く気がないからタイムマシンか……。しかし、タイムマシンで過去にもどったとして、いったいなにをやるんだい？」

「私は、ひとがいいものだから、いつも女性からだまされてきたが、あんたなんかには想像のつかない、はなやかな時代がつづいた。もう一度、過去にかえって、おもいきり、人生をエンジョイし、こうやって、あなたなんかにめいわくをかけたりするようになる前に、つまり、はなやかな時代がおわると同時に、自分で自分の人生に終止符をうつつもりなんです。しかし、なにごとも金のかかる世の中だから、タイムマシンで過去にもどるのにも、やはり、お金がいるんじゃないでしょうか。そんなわけで、いくらかまとまって、お借りできれば……」

「タイムマシンのために、このおれが金をだすと、本気でおもってるのかい、先生？」

古川の「先生」という言いかたには、森やベッド・ハウスのほかの者とおなじように、絵の道具も売りはらった、この老エカキにたいする侮蔑のひびきが露骨にでていた。

だが、こんな連中のだれひとりとして、今もいったように、私みたいにはなやかな人生をあじわった者はいないのだ。

古川は札束を枕の下につっこみ、ポケットに手をつっこんで、しわくちゃになった、もっと小額の札をだすと、こちらにほおった。

「ほら、きょうのメシ代だ。タイムマシンなんて縁起のわるいことは言わんでくれ」

タイムマシンが、なぜ縁起がわるいのか？

その日、だれとあってはなしても、私がタイムマシンで過去にもどりたい、ときりだすと、表情がかわり、なかには、不吉なことでもきいたみたいに、おびえた顔つきになる者さえあった。それは、私とおなじように、みじめな毎日を送っているひとにおおいようだった。

タイムマシンというものが、この世にあるのは確実で、それを利用する者がいるのもあきらかな事実だが、みんなタイムマシンについては触れたがらない。それは、なぜか、げんに生きている人間にとってはタブーのようになっていて、もしどこかにタイムマシンがあるのなら、それはどこか、また、どうやればタイムマシンを利用することができるのか、知っていそうな者でも、けっしておしえてはくれなかった。

いやがられながら、タイムマシンのことをたずねてまわっているうちに、タイムマシンを利用しようとしたことがある、という顔色のわるい青年に、私はあった。

街なかのちいさな公園の昼さがりのベンチで、偶然いっしょになったのだが、顔色がわるいのは、血を売ってくらしているからのようだった。

タイムマシンの機密を打明けてくれそうな相手に、はじめてぶつかったうれしさに、私はからだをのりだし、青年にたずねた。

「タイムマシンを利用しようとして……それから、どうなったんです？」

「ごらんのとおり、失敗しました」青年はわらったが、自嘲的なわらいかただった。

「失敗？　ほう、タイムマシンには失敗ということが……」

青年はめんくらった顔つきになった。私がタイムマシンのことをなにもしらないのが、信じられないらしい。

「失敗する場合のほうが、じつは、おおいくらいじゃないですか」

青年は、ぶつぶつ、ちいさな声でこたえた。

「ということは、タイムマシンには、まだ欠陥がおおくて……」

「もちろん、やりかたがまずいときもありますよ。だけど、たいていの場合には、逆の気持が、無意識にうごいてるようですね」

「逆の気持？　ほんとは、タイムマシンなんか利用したくないという？」

「ええ、まあ……」

「で、あなたは、タイムマシンで未来にいきたいとおもったんですか？　それとも、過去にかえろうと……」

「そんなことを考える者がいるのかなあ。ぼくは、ともかく、今、ここでの人生をおわらせたかっただけだった」

「一度失敗すると、もうだめ？」

「こわくなりますからね。でも、いっぺんしくじったら、もう二度とやらない、と世間で言ってるのはまちがいだとおもう。げんに三度も四度も失敗したあげく、目的をたっしたひとだっています」

「ふうん、タイムマシンを利用するのはむつかしいんですね」

「だけれど、それはあたりまえのことでしょう。現在の状態によほど絶望してなきゃ、タイムマシンのことなどおもいつきませんよ」

「あなたが利用しようとしたタイムマシンは、どこにあったんです?」

「どこ?」

「いや、今でもありますか?」

「はなしがおかしいな。ぼくは、ただクスリを飲んで……」

「クスリ！　タイムマシンの正体はクスリだったのか。マシンとはいっても、機械みたいなものではないかもしれないとはおもっていたが……。そのクスリを飲むと、未来にでも、過去にでも、自由にいけるんですね?　そのクスリはどこに売ってます?　ね、おしえてください」

　青年はからだをひき、ベンチから腰をあげた。

「からかわないでくれ」

「からかう?　私はしんけんなんですよ。私は、そのクスリを飲んで、はなやかだった過去にもどりたい。そのクスリはどこにあります?　いくらくらいです?　高いとこまるが……」

　青年は背中をむけ、あるきだした。私は、あわててたちあがり、青年のあとをおった。青年は逃げるように足をはやめ、さけんだ。

「きちがい！　ぼくがせっかく忘れようとしてることを……おもいださせるな」

私には青年に追いつく体力はなかった。息をきらし、私はベンチにもどった。

しかし、これで、タイムマシンがクスリだということがわかった。それに、あの青年の手にはいったぐらいだから、それほどさがしだすのがむつかしいクスリでもあるまい。

さて、どのあたりから、そのクスリをさがしはじめようか？　クスリがいちばんあるのは、クスリ屋……。

バカみたいな考えだが、私は、ちかくの薬局にはいっていき、白い上っ張りをきた、まだ若い薬局の女に、タイムマシンのクスリのことをたずねた。

薬局の女は、しばらく、私の顔をみていたが、つっけんどんにきいた。

「で、それを、なににおつかいになるんです？」

私は当惑し、口ごもった。「もちろん、タイムマシンに……」

「あなたが自分で？」薬局の女の目がおおきくなった。

「ええ、そのクスリ……おたくにあるんですね？」

薬局の女はよこをむいた。「いそがしいんだから、へんな冗談はよしてちょうだい」

店には、ほかに客はいないのに、いそがしいだなんて……。しかし、薬局の女は、それこそ、とりつくしまがなかった。古風な言いかたをすれば、塩でもまきそうな顔つきだ。

そのじゃけんにまげた、うすいくちびるを見て、私は弓子をおもいだした。弓子も、よくこんな顔をした。

私の人生は、親切にしてやった女たちに、つぎつぎに裏切られ、こんなみじめなものになった。

弓子は、私のさいしょの女で、そのころ、私は美大の油絵科におり、弓子は、薬科大学の学生だった。学生どうしで同棲していたのだ。

私は山陰の大地主の三男だが、弓子と同棲したために勘当されてしまった。弓子とは結婚の約束をしていたのに、学校を卒業すると、弓子は郷里にかえり、やがて、おなじ町の薬局の息子といっしょになった。おひとよしの私は利用されただけだったのだ。

美大をでて、私はある広告代理店に入社した。ここでも両親のない友子という女に同情し、さほど気はすすまないまま、つき合いをつづけているうちに、とつぜん、友子が自殺をはかり、私は、おいだされるように、その広告代理店をやめた。もともと、私はエカキだ。広告代理店の図案の下描きなどはむいていなかった。

そのあと、喫茶ガールの路子をしり、だいじな絵の勉強もそっちのけで、路子につくしたが、路子はほかに男をつくり、私をすてた。

水谷由美とのつき合いがはじまったのは、そのころだ。だが、当時の由美はグランプリ女優どころか、映画のタイトルに名前がでるかでないぐらいの、かけだしのニューフェースで、私とおなじアパートのせまい部屋にすんでいた。

あとになって考えてみれば、このときも、私は利用されただけのようだ。私は、金のない由美に、無料で絵をおしえた。今、由美の油絵が、有名女優の気まぐれな趣味としてだけでなく、専門の画商のあいだでバカらしい値がついているのも、じつは、私が手をくわえてやっていたからだ。

由美はスターになり、私は地味な絵の勉強をつづけていたが、パリで絵をかいているときに、由美がやってきて、結婚を申込み、私たちは結婚した。

映画会社は人気女優の結婚をきらう。しかし、由美には、もう気持をおさえていられなかったのだろう。芸能界には、私のように、わるくいえばおひとよしで誠実な男性はいない。その意味では、由美にも男性をみる目があったといえる。

私たちは田園調布に南欧風の家をたて、はじめて自分のアトリエをもった私は、創作欲をわかし、絶讃する批評家もいて、創造美術会の会員になり、画壇でもみとめられてきた。

だが、十年の結婚生活のあいだに、由美はすっかり人間がかわってしまった。大女優という虚名にふりまわされ、自分自身を見うしなったのだ。

私が由美との離婚に強く反対したのも、由美のことをおもったからだった。由美は、俗物の矢島観光社長と結婚し、週刊誌のグラビアなどでは、しあわせそうな顔はしているが、ほんとの気持は後悔しているだろう。

由美のあとの玲子はひどい女だった。能もないのに、自分の美貌を鼻にかけ、虚栄心の強いこの女のために、私は、すっかり財産をつかいはたし、喰いものにされてしまった。

芸能社をつくっても失敗だった。水谷由美の夫だったころとは、ガラッとかわった人々の態度。私は、芸能界人種のつめたさを、しみじみ知った。

それにしても、三田耕造の卑劣さ陰険さにはあきれた。三田はおなじ創造美術の会員で、三田がフランスにいってるあいだ、私はかれのアトリエをつかっていたが、私とかれの細君とのことを根にもち、ひどい噂をふりまいて、私を画壇からおいだしてしまったのだ。

あとは、もう、坂をころがりおちるようなものだった。十も年上の大石なおとの、思いだしても鳥肌がたつような生活。

私がなおとの生活をがまんしていたのも、なおが遺産をくれるというのを正直に信じていたからだが、なおが卒中でポックリいったあとは、なおといっしょにすんでいた家まで、大石の先妻の子たちがかってに処分し、私にはなにものこらなかった。

こんなふうに、私の一生は女にだまされ、利用されつづけてきた。

女にだまされるのはかまわない。だが、ベッド・ハウスにすみ、いじのわるいギャンブラーから、恩をきせられて、毎日、小遣をもらい、それで空腹をおさえているようなみじめな境遇だけはがまんできない。

タイムマシンで過去にもどれたら、はなやかな人生の絶頂で、自分の人生にピリオドをうとう。まだ、由美と結婚してるあいだに……、いや、玲子とくらしはじめた頃でもいい。


日がくれ、ベッド・ハウスにかえると、パトロンの古川が声をかけた。このギャンブラーは、競輪で中穴を二つばかり当てたとかで、きげんがよかった。

「よう、先生。あれは——どうした?」

「タイムマシンのことですか？　だれもおしえてくれなかったけど、タイムマシンがクスリだってことはわかりましたよ」

「クスリ……」

古川の顔からニヤニヤわらいがひっこんだ。昼前に見たときよりも、もっとふくらんだ札束のいちばん内側から、一枚ぬいて、古川は色事師《スケコマシ》の森にわたし、なんだか死神からにげだすような態度で部屋をでていった。森が街でひろってきた女を、表にまたせていたのだ。

森は、古川がくれた札をちいさくたたんで帽子のバンドにさしこみ「一杯やらねえか、先生」とさそった。

大石なお婆みたいなケチな森が、たとえ酒屋の立飲みでも、おごってくれるというのはめずらしい。老人の私には、立ったままで飲むのはつらいが、ぜいたくはいえなかった。

森は合成酒のグラスに、へんに赤いくちびるをつけ、不意にたずねた。

「先生、そのクスリを、今もってるのかい？」

「タイムマシンのクスリ？　いや、タイムマシンがクスリだということがわかっただけで、薬局にもあるらしいんだけど、だしてくれなかった」

「へえ……で、なにに使うといったんだね？」

「だから、タイムマシンに……」

「そりゃむりだよ」

「なぜ？」

「いやになっちゃうなあ。知らん顔をして、クスリの名前をいえばいいのにさ」

「じゃ、やはり、薬局にタイムマシンのクスリを売ってるんだね」

「ちょっと待ってくれよ。おれは、なにも、すすめてるわけじゃないんだぜ」

ひとのことなどあまり気にしない森は、みょうにろうばいした顔になると、グラスをとりあげ、店の隅においてあるビールの空箱のところにあるいていき、私もならんで腰をおろし、せきこんでたずねた。

「クスリの名前をおしえてくれ。そして、いくらぐらいなんだ?」

森は、ながいあいだ、私の目をみつめていたが、ひくい声でいった。

「それほど、なに……なのかい。しかし、ぜんぜん、こわくない?」

「タイムマシンが?　こわいどころか、すばらしいことを思いついたと、朝からゾクゾクしてるくらいだ。たのむ」

森は、合成酒をぜんぶ喉の奥にながしこみ、ぶ厚いガラスのコップの底を指さきでなでながら、大きなため息をついた。

「なにも、クスリでなくたっていいじゃないか、先生。もっとてっとりばやくて、ゼニのかからないものだって、いくらでもあるしよ。おれなんかも、こんなになる前、真剣《まぶ》に惚れこんだスケにズラされてさ。ふっと、なにもかもいやになり……」

合成酒をもう一杯、森はおごってくれ、私はそれを飲みほすと、ビールの空箱から腰をあげ、五分後に、ガードの上から、はしってくる国電の前に身をなげた……。

加山丈治の家は、大地主なんかじゃなかった。いくらかましな自作農ていどだった。現金収入のすくない農家にとって、子供を学校にだすのはくるしく、兄二人は、高等教育はうけていない。美大にはいった加山にも、親からの満足な仕送りはなかった。

弓子は、さいしょ、加山の傲慢《ごうまん》さにひかれた。だが、やがて、まことに月並なことだが、それが加山の劣等感の裏側のポーズだと気がついた。

小学校、中学、高校と、絵をかくことだけはクラスで一番でも、美大には、そんな者ばかりがあつまっている。加山は美大の油絵科ではいちばん絵がへたなほうかもしれなかった。おまけに、金もない田舎者だ。ただ女の子にはよくもてた。背は高いほうだが、とりたてて男っぷりがいいわけでもなく、気のきいた会話ができるのでもないのに、仲間の男連中には不可解なことだが、女性には人気があった。

それは、なによりも、加山が、女性に異常な興味をもっていたからだろう。べつな言葉でいえば、たいへんな女好きだったのだ。ふつうの男ならば、たまに女性とつき合うのはいいが、しょっちゅう顔をあわせていると、うんざりし、相手の女性が鼻についてくる。しかし、加山は、こと女性に関してはしんぼう強かった。いや、しんぼうしているのではなく、すこしも苦にならず、べったり、女性のそばにくっついているのが、じつは、この上ないたのしみだった。

弓子は、加山とおなじ山陰の温泉旅館の娘で、薬科大学の学生だったが、子に甘い親にたいしても学校でも、まことに要領がよく、両親は、しまいまで、娘が、おなじ年の美大の学生と同棲してることなどしらなかった。

下宿をおいだされた加山が、弓子の部屋にずるずるべったりに住みつき、同棲ということになったのだが、そのころから加山の見せかけの傲慢さが卑屈な地金をだし、弓子の気持は惰性的なものにかわった。

加山には、弓子とはなれられないわけがあった。父が死んで、兄の代になり、うちからの送金が、ぜんぜんなくなったからだ。

「なにからなにまで、きみにたよってるわけにもいかないし、いっそ、美大をやめてしまおうか……」と加山は弓子にすまながったりしたが、いくらか気がひけていたのも事実だった。

そのたびに、弓子はぜいたくな犬でも飼ってるみたいな気持でこたえた。「あんたの授業料ぐらい、なんとかなるわよ。あんたみたいに才能のないひとは、せめて、学校ぐらいでてないとね」

そんなこともあるまいが、加山が学校をやめて働きだし、亭主面でもしだしたらこまるという心配もあったのだ。

二人の卒業が近くになるにつれ、加山は弓子に結婚をせまったが、これだけは、弓子はきっぱりはねつけた。卒業したら別れることは、同棲しはじめたときからの約束で、弓子にしてみれば、加山にはもうじゅうぶんのことをしてやった気持だった。

かつてたどった人生どおり、美大をでた加山は広告代理店につとめだした。正式に入社したわけではなく、臨時のアルバイトのようなものだった。

友子は、この広告代理店の七階にある診療室の看護婦だった。白衣の胸がひらったく、わらっても、どこかさみしいかげ
がある。年はもう三十すぎで、身よりがなく、苦労してそだったというが、今では小金をためているという噂もあった。

やさしく親切だが女性としての魅力がない——友子はそんな女だった。

その友子に、加山のほうから近づいていったので、みんなおどろいた。加山は仕事はいいかげんだが、広告代理店でも、若い女の子たちにはさわがれていた。

ブランデーはナポレオンしか飲まない、なんてひとを、ほんとの酒通、酒好きのようにおもってる者がいるけれど、これはちがう。ナポレオンがあればナポレオンを飲むが、なければ、焼酎でもバクダンでも飲みたいというのが、ほんとの酒好きだ。ナポレオンがあっても、懐のぐあいで手がでなければ、安い焼酎でもけっこうたのしめる。

女性に関してもおんなじで、その容貌や年齢などで、あれこれえりごのみする男は、まだ、ほんとの女好きとはいえない。そんな意味では、加山はほんとの女好きだった。

そこだけ外界からきりはなされたように、いつもひっそりしずかだった診療室から、いくらかうきうきした友子の笑い声がもれるときなど、ドアをあけると、かならず加山がいた。

こうして、ほかの者の目にはきみょうに感じられる友子と加山の関係がつづいたが、ある日、友子は睡眠薬を多量にのみ自殺をはかった。救急車で病院にはこばれた友子は妊娠して

いた。

加山に結婚の意志がなく、友子の貯金で、美人喫茶の路子と、ひそかにアパートをかり、同棲していたのを友子がしったためだというが、命をとりとめた友子は、無口でかげのある女にもどり、なにも言わなかった。

加山は、いやいや、広告代理店をやめた。

前の人生で、そういう筋書になっていたのだから、しかたがない。

喫茶ガールとしては、かなりの給料をとっていた路子も、働きにいかない加山をやしなっていくのはたいへんで、こっそり、オモチャ問屋の主人をパトロンにもったが、加山がそれを知っていて、たかっているのに気がつき、アパートをでて、オモチャ問屋の主人にかこわれる二号になった。

そのアパートにニューフェースの水谷由美がいたのだ。「りっぱな女優になるのには教養がいる。絵の勉強ぐらいしなきゃ」と加山がもちかけ、かんたんに関係ができた。

由美には一人前の女優になることしか頭になかった。だから「セックスをしらなければ、女優としてのほんとの演技はできない。きみ、今夜、セックスをおしえてあげようか?」と冗談まじりに監督からいわれ「おねがいします」と頭をさげるようなコだった。

もちろん、監督にとりいって、いい役につけてもらおうという打算もあっただろう。だが、女優になるためにはなんでも勉強、なんてあさはかなことを、素直にあさはかに信じることができたのが由美の強みだった。

由美はプロデューサーとも寝たし、シナリオライターともホテルにいった。絵の先生の加山との関係もつづいていた。

由美にとっては、男と寝ることなどなんでもなかった。その頃の由美は、まだセックスのよろこびをしらなかったかもしれない。

さほど美しい顔だちでもなく、からだも、どちらかといえば貧弱だったが、由美は、ナイーヴにがむしゃらに、スターの座にのしあがっていった。

しかし、スターになると、そのルーズな男関係に映画会社では頭をかかえた。スキャンダルは人気にさしつかえる。注意はしたが、由美の男あそびはやまなかった。

「わたくし、男性と関係がないと、演技に張りがでないの」

由美は、まじめな顔でこたえた。あるプレイボーイに口説かれたとき、そう言われたのを、これまた素直に信じたのだ。

しかたがなく、「スキャンダルをマスコミでたたかれるよりも、いっそ結婚させてしまったほうがいい」と映画会社ではかんがえた。スターの結婚がはやっていたときでもあった。また、結婚しても、それほど人気がおちる心配がない年齢と役柄の演技女優に、由美はなっていた。

だが、へたな相手と結婚されてもこまる。おなじ映画スターなどと夫婦になれば、一時マスコミでさわがれても、それで宣伝効果があがるわけではないし、さきも不安だ。

なるべく芸能界以外の者をえらんで結婚しないか、とすすめられ、由美は、それでも数日考えたあとで、加山の名前をあげた。加山との関係がつづいていたことは、まわりの者もしっていた。

由美には夫はいらなかった。夫につかえ、家庭のために、映画女優としてのだいじなエネルギーや時間をつぶすことなど、もってのほかだった。夫でなく、ヒモのほうがいいのだ。男ひとり、ぜいたくさせるぐらいの収入は充分にある。

それに、画家というのはほかの職業とちがい世間的評価がつけにくい。あまり作品を発表せず、有名ではないけど、ほんとは偉いエカキなんだ、といっても通用する。

こうして、撮影がおわった水谷由美が、骨やすめのためにヨーロッパにわたり、パリで日本人の画家としりあい、なによりもその国際的に洗練されたセンスにうたれて婚約し、チロール地方の、美しい自然にかこまれたちいさな教会で結婚式をあげる、というシナリオができあがり、加山は由美から金をもらって、一足さきに、北極まわりのジェット旅客機にのった。

もちろん、加山は、由美からもだれからも、こんなストーリイができていることはきかされていなかったが、こういったことにはカンのいい加山は、だいたいのことは察しており、すべては筋書どおりはこび、二人は結婚し、田園調布に新居をたてた。

加山自身の設計による南欧風の家というふれこみだが、じつはイタリアかぶれの若い建築家の設計だった。

由美も、けっこうたのしそうだった。

「結婚して、わたくし、ほんとにしあわせ。きっと、演技にもプラスになるわ」と、だれにでもくりかえし、ほんとの奥さんになってみないと、妻の気持なんてわからないものね、今までわたしの人妻の演技がはずかしいみたいとも言ったりした。ほんとの奥さんの役を、由美流にナイーヴにたのしんでいたのだ。

深夜、広いアトリエの窓に厚いカーテンをひき、ギラギラするほどあかるい照明の下で、二人はまっぱだかになって、おいかけもつれあい、おたがいのからだに絵具をなすりつけ、床にころがり、けだもののような声をあげてだきあい、セックスをした。

そして、由美は絵具だらけのからだをカンバスにおしあて、原色の絵具をてのひらですくって、カンバスにぶちまけた。

こんなカンバスに、加山がすこし筆をくわえると、もちろんゲテ趣味だが、ちょっとおもしろいものができあがることもあった。

加山のアトリエにたずねてくるエカキや批評家もおおくなった。みんな水谷由美の家だというので興味をもっているのだが、ただの酒をのみ、芸術がすきなかわいいニューフェースたちとさわいでるついでに、由美の夫の加山におせじをつかい、そんなわけで、加山は創造美術の会員になり、由美ファンの批評家が、見当ちがいのちょうちんもちの批評を美術雑誌にのせたりした。

しかし、由美はふしぎな女だった。迫真の演技という言葉があるが、真に迫るのではなく、由美のやることは、いつも、真そのものだった。

むきだしの女のからだを、そのままぶっつけていく、と言ったら、映画の宣伝文句みたいだが、じつは、それしかできなかったのだ。ただし、ライトがならび、おおぜいのひとの目の前で、平気で、真そのもののベッドシーンができるというのは、ちょっとふつうとはちがうから、それを演技といえばいえるかもしれない。

加山は、とつぜん自分のものになった夢のような生活にうちょうてんになっているうちはよかったが、それをうしなうのがこわくなりだしてから、由美にたいして、ひじょうに気をつかいはじめた。

由美がもとめたのは、夫ではなく、ヒモだったとしても、いつもオドオド気をつかい、それでいて、かげでこっそりわるいことをしているドレイではない。

そんな加山がいやになったので、ひとのいうことなどきかない、ガンコで強引な矢島観光社長矢島喜之助の態度にひかれたのか、矢島にあって、加山に愛想がつきたのか、おそらく、その両方だろうが、由美の心は、すっかり加山をはなれ、矢島にうつった。結婚十年目のことだ。由美にすれば、よくもこんなに長くつづいたという気持だった。

しかし、加山は、なかなか離婚を承知しなかった。そのしぶとさには、みんなあきれたほどだ。二度とこんなことはない。だから、由美からしぼれるだけしぼりとろう、と決心しただけでなく、由美の気持がはなれたのをうらみ、意地にもなっていた。

だが、銀座のホステスの玲子と加山との関係を、矢島が私立探偵をつかってしらべあげ、加山もついに離婚に同意した。そのかわり、加山は、田園調布の家をはじめかなりのものを由美からとった。

そのあとしばらくは、加山も、まだよかった。ドレイが主人になったのだ。今では、だれも気がねをする者もない。

「わたし、そんなにきれい？　グランプリ女優の水谷由美さんよりも？」玲子は三面鏡の前にたち、うっとり自分の姿をみつめながら、つぶやく。

「ああ、問題にならないよ」加山はベッドの上でこたえる。「水谷由美の素顔なんて、きみ、ぼくしかしらないけどさ、そりゃ、ひどいもんだ。きみは、くらべものにならないくらい美しい」

自分の美しさだけが生きがいの玲子は、その美しさを飾りたてるため、ドレスやアクセサリーなど、直接身につけるものだけならともかく、生活ぜんたいをはなやかにし、加山も、自分をすてた由美にたいする見栄と復讐のような気持で、はでに金をまきちらした。ぜいたくな生活に慣れきっていたせいもある。

しかし、このままでは、もちろんいきづまる。だから、加山は、ある男にすすめられ、投機のため株を買ったが、これが失敗だった。玲子は銀座のバーにもどり、加山には借金だけがのこった。

水谷由美の夫だったころの芸能界へのコネをあてにして、芸能社をつくったが、これもサギ同様のまねをして、警察にひっぱられ、そんなことをやっているうちに、加山はアトリエをかりたいという名目で、パリにいっている三田耕造の留守宅にはいりこんだ。

三田は、加山とおなじ創造美術の会員だが、加山とはけっして親しくしていたわけではない。ただ、遊びずきの細君の良子が、加山が水谷由美といっしょのころ、なんどか、ほかのエカキとアトリエにたずねてきたことがあっただけだ。

加山は、本能的に、良子が浮気なのをしっていた。こんなことには、よくカンがはたらく。だから、三田耕造がフランスにいったときくと、さっそく、留守中、アトリエの隅でもつかわせてほしい、と良子にもうしこんだ。

加山のカンにくるいはなく、加山は、三田がのこしていった生活費で、良子と夫婦気どりでくらしはじめた。良子には二人も子供がいるのに、それがあまり露骨なので、三田の友人がさわぎだし、フランスにしらせた。

三田はいそいで帰国したが、加山がいうように、かれのことを批難し、画壇からおいだしたわけではない。もともと、加山の絵は、エカキの絵として通用するものではなかった。

それからも、加山はたえず女を食いものにしていたが、だんだんミミッチクなり、最後は、大石なおとの生活が、かなり長いあいだつづいた。なおは芸者あがりで、土建業者の大石の二号になり、正妻の死で、大石の家へはいった。

それから六年たって、大石は胃ガンで死んだ。なおとのあいだには子供はなく、先妻の子が二人いたが、それぞれ独立し、夫の大石がのこした家に、そのままなおはすみ、そこに、加山がころがりこんだのだ。

加山よりもひとまわり年上のなおには、もう性欲はなかったが、毎日、加山に男女の行為を要求した。ときには、真昼間、皮がたるみ、皺がモールのようなひだをつくったからだをすりよせてくることもあった。旦那さまとは、毎日そうしていたから、というのだ。なおにとっては、芸者に売られる前から、セックスだけが、生きるよすがだったのかもしれない。

ともかく、すでに性欲のない老婆との、それだけにしつこい、毎日の性のいとなみはグロテスクなものだった。

おまけに、なおはケチだった。年よりは、たいていケチだが、収入は、部屋をかしているその間代だけなので、なお自身の生活がつつましかったのだ。

それでも、加山ががまんしてくらしていたのは、ほかにいき場所がないせいもあったが、なおの遺産が目当だった。

ところが、なおが卒中でとつぜん死んでからわかったのだが、なおは大石家の籍には、はいっておらず、先妻の子供たちが、加山をおいだし、さっさと家を処分してしまった。

それからのことは、みなさん、もうごぞんじだ。加山はドヤ街のベッド・ハウスにすみ、つめたい蛇《へび》の目のような目をしたギャンブラーの古川に、毎日、わずかな小遣をもらい、飢をしのぐようになった。古川が、なぜ、加山に小遣をくれるのか、だれにもわからない。同情してるわけでもなさそうだし、おそらく、ギャンブラーらしい縁起でもかついでいたのだろう。

ともかく、古川の気持がかわり、小遣をくれなくなったら、加山は餓死するよりほかはなかった。

そして、加山は、ある日、かたいベッドのなかで、タイムマシンで過去にもどろうと決心した……。

加山は、こんなところにまで追いつめられる前、水谷由美と結婚してるうちか、まだ玲子とたのしくやってるあいだに、自分の人生にピリオドをうつために、過去にもどろう、と決心したのだ。

そして、それを実行した。

つまり、タイムマシンの正体は自殺だったのだ。

こうして、加山は過去にもどったことなど、ぜんぜんしらず、そっくりそのまま前の人生をくりかえしはじめた。

そして、また、加山は過去にかえり、おなじ人生を、自分では気がつかず、おなじようにたどりだした。

そして、また……一度おわった映画を、またはじめからやるように、それは無限にくりかえされた。

加山ひとりのために、かれをつつむ全世界が、そんなむだなことをくりかえしている、と考える必要はない。

たとえば、夢の世界は、夢をみているひとにとっては、全宇宙、全世界だが、たとえ、いっしょに寝ている恋人や女房にとっても、まるで関係のない、その人ひとりの空間と時間をもつ世界なのだ。

そして、こうしてわれわれがおくっている毎日が、眠っているときにみる夢とはべつの、とほうもなく長い夢ではない、と言いきれる者がはたしてあるだろうか？　あなたの上役も、あなたの妻子も、ただあなたの夢に登場する夢のなかの人物かもしれないのだ。

色事師《スケコマシ》の森に、酒屋で合成酒を飲ませてもらった加山は、ふらふら店をでて、夜の通りをあるきだした。薬局のみどりの看板も、交番の赤い電球も、あぶなっかしい工事現場の足場も、道ばたにおちている割れたガラスびんも、はしってくる車も、ネオンの色でよごれた夜空をバックに、なんの変哲もなくなっているビルでさえ、考えてみれば、あらゆるものがタイムマシンとしてつかえた。そして、自殺したものは、また過去にもどる。もちろん、過去にもどったものは、その事実をまったく認識できない。

山をけずり、海を埋立て、ジェット機でいくら空間をせまくしても、時間だけは、天地創造の太初《はじめ》から、神のものとして、人間にはどうにもならないことになっているが、じつはそうではなかったのだ——自分で自分の人生に終止符をうち、そこで、時間をとめることはできる。

しかし、人間の、このおもいあがった行為にたいして、神はおそろしい罰を用意した。それが、加山丈治の例でわかるように、始めなく終りない人生のフィルムの無限のからまわりなのだ。

えーおかえりはどちら

おスペのおわりの断末魔、野郎のなにかがコトきれるときみたいに、ママのレン子のてのひらのなかで、おしぼりのさきがぴくぴくん、とうごいた。

「あんた、今、どこにいったの？」

ママのレン子の手からおしぼりをうけとろうとしたホステスの女のコの爪が、宙にとまって、銀色のマニキュアが、魚の腹のようにひかる。ホステスは息をのみ、顎のまわりに、ブレた写真みたいなこわばった線ができた。

「トイレにいったんじゃない？」

ママのレン子は、にぎったおしぼりで、奥のトイレのドアをさした。コトきれたおしぼりのさきがゆれて、下にたれさがる。

しかし、トイレにいったにきまってるじゃないか。ホステスのこのコが、トイレからでてきたから、こうして、ママは自分でおしぼりをさしだしてるんじゃないの。だいいち、このバーには、カウンターだけの店の部分のほかはトイレしかなく、よそにいきようがない。だけど、ママのレン子が、客ならともかく、おトイレがえりの店のコにおしぼりをやるなんて、はじめて見た。

これも、女のコが足りなくて、やはり、ホステスのあつかいがていねいになってるのだろうか。

渋谷道玄坂裏のこのバーも、ホステスは、このユミという女のコひとりで、それも、昨夜からつとめだしたばかりだそうだ。いくら、カウンターだけのせせっこましいバーでも、ママのレン子のほか、ホステスがひとりきりってのはわびしい。だから、今夜、女のコをいれる相談に、おれはよばれたんだが……おれは、ま、そんな商売だ。

玉ころがしなんて名前は、にぎにぎしくイキがってて恥ずかしい。それに、おれは、あっちからこっち、玉（ホステス）を引抜いてきてころがすだけの商売でもない。もっと手広く（といって会社をつくるほどではないが）オンナ商売をやっている。外人相手のパイラーとかさ。

ホステスのユミは顎をつきだし、顎と顎のまわりの写真のブレみたいなかたい線がガリッとかさなった感じだった。

このコは、どうして、こんなにつっかかるような顔になったのか？　しかも、つきだしてるのは顎だけで、からだはビビって、うしろにさがっていた。

「ねえ、トイレにいったのね」

ママのレン子は、おなじことをくりかえし、手にもったおしぼりに目をおとした。おかしな目つきだ。信じられないものを見てるような目つき。湯気をたてているおしぼりが、不意に、湯気をたてている大きな芋虫にでも変ったみたいな……。

「……なかった?」

ママのレン子は、また、おしぼりで奥のトイレのドアをさし、ホステスのユミは、つきだしていた顎をひいた。その顎がふるえたようだが、ママの言葉にかぶりをふっただけかもしれない。

ママの手からおしぼりがはなれた。しかし、ユミの手は、うけとるかたちでさしだしたままうごかず、おしぼりは、二人の手と手とのあいだを、ななめにおちていった。

おしぼりがカウンターのはしにぶつかり、もうひとつていねいに、止り木《ストール》の上でバウンドして、床におちるまで、じっと見ていたあとで、ホステスのユミは背中をかがめ、おしぼりをひろいあげようとしたが、そのとき、ママのレン子が、カウンターの出入りするところの板をはねあげ、ユミは、からだをおこすというより、下から角棒ででも突かれたみたいに、とびあがり、それこそ、その角棒が、ヘソ下にあたったように、そこを片手でおさえた。

ユミの手がおさえているところ、ヘソからくだって、三角デルタのてまえのマン丘《ヒル》とのあいだは、女性のからだのうちでも、いちばんやわらかくくぼんでる場所だが、へんに角っぽい感じで、しかも、くぼむかわりに、いくらかせりだしている。

このユミってコは、昼間は、短大にいってるってことだったが、お腹に赤ん坊でもできてるのか。だけど、こんな角っぽいふくらみかただと、四角四面の子ができ……。

仕切りの板をはねあげて、カウンターの外にでたママのレン子は、奥のトイレのほうにかけだした。

小紋の御召のすそがめくれる。五枚コハゼの足袋の右のいちばん上とその下のコハゼとのあいだに口紅がついていた。なんだって、こんなところに口紅がついたのか。どんなエッチなカッコをすれば……うーん、ママは女か。

口紅のまっすぐ上のあたりに、五十円玉ぐらいの大きさの、まんまるなハゲがあるのも、ちらっと見えた。足にハゲがあるというのはおかしいが、ほんとにあるんだからしようがない。

それはともかく、いきおいこんで、トイレのドアの前のカーテンのところにきたママのレン子は、急にたちどまり、足袋の踵が草履からういた。

「こわいわ」

ママのレン子はふりかえった。ほんとにこわそうな顔をしている。そして、ホステスのユミのそばにもどってくると、手をにぎった。

「あんた、いってみてよ」

ユミは、もういっぽうの手でヘソ下をおさえたまま、ママのレン子につかまれた手をふりはなそうとした。バーのなかだから照明は暗いし、それがまた、赤っぽい色や、むらさきがかった色がまじった、にごった色調で、はっきりはわからないが、ユミの顔色がかわっていた。いったい、なにを二人でゴタついてるんだ。

「だって、あんた、今、トイレにいったんでしょ」

ママのレン子は、さっきから、おなじことばかりくりかえしている。

「そして……いなかったのね？　あんたがトイレにはいったとき……」

「い……なかった？」

ホステスのユミが、はじめて口をきいた。

「あの……なにが？」

「ここにいたお客さん、さっき、トイレにいったきりよ」

ママは声をちいさくし、動作まではばかるように、目で止り木《ストール》をさした。止り木《ストール》はからで、その前のカウンターには、飲みかけのビールのグラスがたっていた。もうビールの泡がつぶれて、グラスの内側に、なんだか地震計のグラフみたいな模様ができ、おれは、飲んでいるオンザロックの氷を背中にいれられたような気がした。

その客は、たしかにトイレにいった。おれもママも見ていた。せまいバーだから、だれかがうごけば、いやでも見えちまう。

しかし、その客がトイレから出てくるのは見ていない。客の飲みかけのビールのグラスも、カウンターの上にのっかったままだ。

ところが、今、ホステスのユミはトイレにいってきた。

もともと、カウンターだけのせまいバーだ。トイレはよけいせまく、もちろんひとつだけで、大も小もいっしょになっている。

ママのレン子はユミのうしろにまわって、トイレのほうにむいた。

「もういっぺん見てきてよ。おねがい」

ユミの足はうごかず、ママにおされて背中がそり、下腹がつきでて……ほんと、なんだって、このコの下腹は角ばってるんだろう。

「だって、べつに、わたしのセキニンでは……」

ユミは口ごもった。セキニンときたな。ユーレイのセキニンは……。

「宏ちゃん」

ママのレン子はおれをふりかえった。冗談じゃないよ。おれだって、男のコだから、蛾をおっぱらったり、ゴキブリをつぶすぐらいならいい。それに、おれは、だれかがすぐそばでぶっ刺されて仏《ロク》になったりしても、わりと平気な性質だが、ひとには言わないけど、子供のときから、ユーレイとかお化けとかはどうもあまり好きじゃない。

しかし、ママのレン子に、こうじんわり、がっしりぶらさがれちゃどうしようもなかった。

店の奥のジャワ更紗のカーテンをひらき、トイレのドアのノブに手をかける。

そして、ひょいと目をよこにやり、みょうなことに気がついた。ホステスのユミが、じっと、こちらをみつめている。それが、けっして、ユーレイをこわがってるような目つきではないのだ。こわがってるとすれば、もっとカタチのある、具体的なものを……おれと目があうと、ユミの瞳に、こちらの視線をはねかえすみたいなかたい光がうかんだ。顎のまわりに、また、写真のブレみたいな線ができている。いや、げんに、そんな線やしみができるわけではない。むしろ、心のなかのかげが顔にあらわれてるようなものだ。恐怖のかげといえば大げさだろうか。しかし、くどいようだが、ユーレイをこわがってるふうでもなく。……だとすると、なににおびえているんだろう。

ノブがまわり、トイレのドアがひらく。白い便器が、うしろのはしから見えていき、しらじらしい楕円形が、ぜんぶ目の下にあらわれた。トイレのなかには便器があっただけだ。うしろからのぞきこんだママのレン子が、おれの耳もとで息をはきだした。

「からっぽね」

カウンターのなかにもどり、新しいオンザロックをつくってくれながら、ママのレン子は、また息をはきだした。

「ああ、こわかった」

なんだかホッとした声だ。おれは、いくらかおどろいて、ママの顔を見あげた。

「しかし、いなかったんだぜ。トイレにはいったきりのあの男は……」おれは、カウンターの上の飲みのこりのグラスに目をやった。「どこにいったんだ？　トイレにはいったが、出てきていない。それに、出入口は、表のドアのここだけだ。この店はせまいから、おれのからだにぶつかるようにしなきゃ、出ていけないし、いくら、おれとママさんがおしゃべりをしても、客が店から出ていくのを気がつかないってことは……」

ママのレン子が首をふった。その首が音もなく、すーっとのびて……おれは、あわてて、目をこすった。

「でも、あのお客さん、トイレにはいなかったじゃない?」

「ほんとに、店には、ほかに出入口はないんだろ?」

「ええ。でも、ニンゲンが消えるってことは……」

「おなじことばかりくりかえしてても、しようがないよ。もういっぺん、トイレを見てみようか?」

おれは止り木《ストール》からおり、ママのレン子がカウンターを出て、ついてくるまでまっていて、トイレのドアのノブをにぎり、ふりかえった。

なんだか、おかしな気がする。あ、さっきも、こうやって、トイレの前でよこをむき、ホステスのユミの目にぶつかったんだっけ。その目がないのだ。

わかってみれば、どうってことはなかった。ユミは、おれたちがカウンターにもどると、クスリ屋にいくと言って、店をでた。

ユミが出ていくとき、カウンターのなかの冷蔵庫のよこを見ると、ハンドバッグがおいてあった。ガマグチ式の口金がいくつもならんでいる半年ぐらい前にはやったハンドバッグだ。ナチュラルというのか生皮にちかい色で、ならんだ口金が、雌豚のかさなりあった乳房のように見える。そして、コートもぶらさがったままだった。

このユミっていうコは、おれがこのバーにいれたわけではない。だから、なんの責任もないし、カンケイもない。しかし、バーにいて、ホステスが途中で店をでていくときは、つい、目が、その持物のほうにいっちまう。

どんな女でも、いつかは逃げていく。その逃げていく女に、逃げていくさきをつくってやるのが、おれたちの商売だ。

トイレのなかはからっぽだった。これで、なにかいたらオバケだ。いや、いないからオバケか……。

「なんべんのぞいて見たって、いっぺん消えたものが、また涌《わ》いてきたりしないわよ」

ママのレン子は、すっかりおちついていて、用もないのにいや、用もたさないのに水洗のコックをおして、水をながし、おれは、いくらかあわてて、吸いこまれていく水の行方をおった。

ちいさく涌き変ったあの客が、アップアップ、便器のなかをながれていくのが見えたような……。

「あきらめるわ」

ママのレン子はふしぎなことを言って、フンと鼻をならした。ともかくおちついてる。

自分を恨んで死んだ女のユーレイが、すぐそばにたってるのに、ぜんぜん目にもとまらず、自慢話をしている男の姿に、ユーレイよりも、もっとゾッとした。という話をどこかで読んだことがあるが、ママのレン子も、トイレがからっぽだから、ゾクゾクこわいのに、逆にからっぽなのをたしかめて安心している。

もしかして、あの客がこのトイレのなかで消えたことと、こうして、おれのそばにいるママとのあいだには、ニンゲンの頭では考えもつかないような、ある種のカンケイがあって……。


気がつくと、ママのレン子はいなくて、おれひとりトイレのなかにつったっていたが、そのとたん、自分のからだの重みが、まるっきり感じられなくなった。

おれも、消えちまうんじゃないだろうか。だけど、消えてどこにいくのか？　どこにもいかず、ただパッと消え、おれがなくなってしまったら……。からだの重みを感じないのは、もう消えてしまってるせいではないのか？

トイレからかけだそうとしたが、足がうごかず、それどころか、手も、首もまわらず、目は上をむいたままで、視線をさげることもできず、足に力がはいらないのは、足のほうから消えてきてるためで……。

おれは、とつぜん、わらいだし、そのわらい声が、はっきり、からだにひびいて、自分が消えちまったんではないことがはっきりした。

それは、目があるものを見たからで、目からわらいだして、やがて、口から笑い声がでたのかもしれない。

自分のからだの重みが感じられないなんて、あたりまえのことじゃない。脱臼したり、足でも折った者ならべつだけどさ。

あんまりバカバカしくて、声をだしてわらってるのが恥ずかしかったが、とめようとしても、わらいはとまらず、それまで、どれだけかたくなって、おっかながっていたかわかった。ユーレイなんか、いるわけがないじゃないの。とつぜん、だれかがトイレのなかで消えてしまうなんて、まったくアホらしい。

おれは、トイレの天井に近い水洗のタンクのうしろの、臭《にお》いだしか、明りとりかしらないが、金網がはってあるちいさな窓を見あげながら、きりがなくわらっていた。うす暗いトイレの電灯の笠の上にあり、水洗のタンクのかげになっていて、今まで気がつかなかったが、その窓の金網が切りやぶられていたのだ。

ところが、それを見て、ママのレン子がふるえだした。ほんとに、からだをふるわせてふるえている。

トイレにはいったきり消えてしまった客が、じつは窓から消えたのだとわかり、こっちは、バカみたいにわらいがとまらないでいるのに、その客が、トイレのなかでとつぜんかき消えたユーレイだったときには、わりとおちついてたママが、たあいのない事実がはっきりしたとたん、ふるえだすとは……。

「こわいわ。ドロボーにおしこまれたみたい」

ママのレン子は、おれの腕をつかんだ。ふるえてる手の爪のさきが、ちかちかさわる。

「おしこまれたんじゃなくて、おんでたんじゃないか」

またカウンターにもどって、おれは言い、こんどは、自分でオンザロックをつくった。

「だけど、なぜ、トイレの窓なんかから逃げだしたのかしら?」

カウンターのうしろの酒びんの棚によりかかっていたママのレン子は、はじかれたようにからだをおこした。

「飲み逃げよ」

ママのレン子は客が飲みのこしたビールのグラスを、すこしはなれたところから、からだをななめにして顎をしゃくり、おれは、やっとわらいがおさまってたのに、口のなかにいれたオンザロックをふいちまった。


ママのレン子が足をかさねた。ひんやりした皮膚の感じが、やがてしめっぽいあったかさにかわる。

おれはひょいとからだをおこし、天井の蛍光灯をつけて、フトンのすそをめくり、レン子の足をつかんだ。

「いやよ、エッチなことをしちゃ」

あおむけになったまま、レン子は手の甲を目の前にもってきて、蛍光灯の光をさえぎった。

右の足首の上、ふくらはぎのまるいやわらかなカーブがはじまるところに、大きな五十円玉をペタンコとあてたように、そこだけ皮膚がひかっていた。ハゲみたいになっている。

あの客がトイレにはいったきり、まだでてこないうちに、ホステスのユミがトイレにいき、もどってきたのに気がついたレン子はトイレにむかってかけだしたが、そのとき、小紋の御召のすそがめくれ、ちらっと、これが見えた。

しかし、なんだって、こんなものを、おれはたしかめてみる気になったのか？　乳房の根もとのふくらみにも似た、ふくらはぎのカーブにできた、そのまるいものに、おれは、親指の指の腹をあてた。

「子供のときのしもやけの跡なのよ」レン子は言った。

「なんだ。おたくは北のほうの生れ？」

「ううん、九州。鹿児島」

「鹿児島でも、しもやけなんかできるのかい？」

「わたしの子供のころは、鹿児島でも寒かったわ。雪も降ったし……。今でも寒いかもしれない」

トイレの窓の金網が切られてるのを見てからは、レン子は、こわい、こわい、と言いつづけ、店がカンバンになったあとも、ひとりでアパートにかえるのはこわい、送ってきて、とたのむので、おれはついていってやった。

そして、結局は、こうして、いっしょに寝てるわけだが、レン子は、「うちの亭主は、結核で入院してるんだし、今夜は、あんなことがあってこわいから、あんたに泊ってもらうけど、おたがい清い仲でいましょうね」と念をおしてから、フトンをしいた。

しかし、一間きりのアパートの部屋で、フトンをならべて寝ていながらどうにかならないのは、男女の生理がなんとかってことより、だいたい非合理的で、おれも、いくらか腕力をつかったが、レン子も抵抗をやめて、言った。

「四日ほど前、清瀬の国立療養所にうちの亭主を見舞いにいったら、やはり入院してる女の患者さんを口説いたって威張ってるの」

「へえ、それ、どういう意味なんだろ？」

おれはレン子の乳首を舌のさきでころがしながら、つぶやいた。かたい、ちいさな乳首だ。レン子は、子供ができないのかもしれない。

「どういう意味って？」

「いや、おたくのダンナが、見舞いにきたおたくに、わざわざそんなことを言うのは、自分は入院してるから、おたくもてきとうに浮気しろっておもいやりかもしれないぜ。もっとも、そうだとすると、よけいそんなことはできないな」

「あんた、昼間はヒマだから、テレビのよろめきドラマみたいなものばかり見てるんじゃないの。病人って、もっとドライなものよ。ううん、ドライっていうより、病人ってものは、健康でないから病人で、世間からひきはなされてるために、世間の習慣や道徳なんてものも、どうでもよくなるのね。反道徳的っていうより、病人は社会人じゃないから、道徳にはカンケイないのよ。とくに、長いあいだ世間からはなれてなきゃいけない結核病棟では、レンアイがやたらに流行ったりすることがあるの。結婚は社会的なことかもしれないけど、もともと、レンアイは無責任で、非社会的で病人向きなんだわ。ほんと、入院してると、まるで、フランス映画にでてくる男と女みたいに、朝から晩まで、好きだ、きらいだってことしか頭にない日がつづいたりするの。わたしも結核で入院してるとき、なんどかレンアイしたわ。生れて今まで、レンアイしたような気持になったのは、入院してるときだけじゃないかしら。今の亭主とデキたのも、TBで入院してるときだし……そのあとも、わたしたち、かわりばんこに入院してるの。亭主がでてきたら、こんどはわたしの番ね。だいじょうぶ、わたしのはうつらないわ」

おれは舌のさきにまきこんでいたレン子の乳首をはなした。乳房に、木の葉の模様のような、青みがかった、ほそい血管がういている。

肉づきはいいが、そういえば、肌の色が白くよどんでいて、フレッシュに透いたところがない。からだをかさねると、やわらかくしずみこんでいくような気がするのは、じつは、この白い肌の下には、もう肉はなく、結核菌が食いあらしたあとのきいろい膿がただよってるだけではないのか。

そんな気持なので、やることもてきとうにおわってしまった。だから、これから、おたがい今夜のことはしらん顔をしていれば、それこそ清い仲でおわったのとおなじようなものだ。

「あのユミってコ、きょう、まだこないのよ」

あくる晩の八時ちかく、店にはいっていくと、ママのレン子が言った。レン子だけで客はいない。おれがたのまれていた女のコも、とうとう連絡がとれずに、だめだった。

「まだこないんじゃなくて、もうこないな。賭けたっていい」

おれは、いちばん入口にちかくの、いつもの止り木《ストール》に腰をおろした。やめる気でいるホステスは、見ていてわかる。そこをねらって、ほかの店にころがすのが、こっちの商売だ。

昨夜のユミの態度もそうだったが……どうもひっかかるものがある。ユミの顔つきは、この店に厭きがきたとか、もっと条件のいいバーからはなしをもちこまれてるとかいった顔つきではなかった。ただ、ここから逃げだしたいような……しかし、この店に、たとえばヒモになりかかったバーテンみたいなものがいるわけでもない。

「ひとりだと、まだこわくて……。宏ちゃん、ちょっといてくれる？」

おれがうなずいてから、レン子はオンザロックをつくった。

「トイレの窓、なおした？」

「ええ。四千円も修理代をとられたわ。こんなバカなはなしってある？　たった三百円の飲み逃げのおかげで、十倍以上も修理代がかかるなんて」

「三百円？」おれはカウンターに肘をついて、オンザロックのグラスを両手でかかえた。

「ええ。最後のビール一本分だけのお勘定なの。その前のお勘定は千二百五十円で、あのお客さんが定期入れから、千円札と五百円札をだし、二百五十円のお釣りをあげたわ。だから、たとえそれっきりしかお金をもってなくても、ビール一本は三百円で、五十円たりないきりじゃないの。それを、トイレの窓をこわして……。だれも気がつかないうちに、ソッとなにかを盗っていく空巣みたいなのなら、わたし、平気なの。でも、力ずくでおしこんだり、窓をこわしたり、わたし女でしょ、それに、今はひとりでくらしてるから、これからさきもなにかありそうで、頭のなかでは、たかが飲み逃げだとおもっても、からだがガクガクふるえてくるのよ」

「ユーレイよか、飲み逃げのほうがこわいのかい」

おれは、両手でオンザロックのグラスをカウンターにおき、トイレに行ってみた。

そして、トイレにつったってるうちに、昨夜とは逆に、水洗のタンクのうしろの窓を見上げている目のほうから、おれの中身がとけてなくなり、すっかり中身がなくなったとき、それをつつんでできあがっていたからだのかたち、つまりおれの姿がパッと消えてしまいそうな気がした。

昨夜《ゆうべ》は、この窓の金網が切りさかれてるのをみて、あんまりたあいない透明人間のヒミツに、ゲラゲラわらっちまったが、トイレのこのちいさな窓から、ニンゲンの大人《おとな》の男が、はたしてぬけだせるであろうか？

それに、窓はちいさいだけでなく、水洗のタンクのうしろの、天井にくっついた壁の角のせせっこましいところにあり、トイレの壁をよじのぼり、この窓にからだをねじこみ、外にでるのは、ニンゲン業ではできないような気がする。

ま、窓によじのぼるとしたら、水洗のタンクからさがっている、水が流れる管をつかんであがったんだろう。

その管をつかみ、窓から脱けだせるかどうか、たしかめてみようとしたが、体重をかけると同時に、管がガクッとうごき、やめてしまった。とてもじゃないが、こいつをつかんでよじのぼれるような管の状態ではない。しかし、だったら、昨夜の男は、どうやって、窓まではいあがったのか？

おれは高校二年で退学するまで、器械体操部にいた。からだもちいさいし、身軽なことでは、たいていの者には負けないつもりだが……。昨夜の客は、それほど大男ではなかったが、けっして小柄なほうではなかった。

だいいち、トイレの窓の金網を、どうやって切ったのか？　このトイレの天井はわりに高く、窓は天井にくっついて、かなりの大男が、便器の上にのっかって背のびをしても、窓までは手はとどくまい。しかも、かなりごつい金網がとりつけてあった。

水洗のタンクの管に片手でしがみつき、ナイフかなんかで金網を……どんなにオマケをして考えても、そんなカッコは、頭のなかで、あり得たかもしれない姿にならず、それでも、昨夜の男は、トイレにはいったきり消えてしまい、窓の金網がやぶれてたんだから、と、目をつむって、むりにその姿をえがきだそうとしても、まぶたのなかに水洗のタンクの管と、落書もないしらばっくれたトイレの壁だけがのこり、男の姿が消えてしまう。

ママからおしぼりをもらい、手をふいてかえすときに、おれはおもいだした。

「あ、オシッコはしなかったんだ」

ママの手にうつったおしぼりがカウンターの上にころがった。

「いやねえ、おどかさないでよ。昨夜《ゆうべ》は、おしぼりをさしだして、ひょいと相手の顔を見たら、あのユミってコじゃない。わたし、自分の目がどうかなったかとおもっちゃった。だって、うちのバーじゃ、店のコがトイレにいったって、おしぼりはださないんですもの。でも、あのお客さんがトイレにはいったままだったことを頭の奥のほうでおぼえてたのね。だから、無意識におしぼりをだしたら……」

「昨夜《ゆうべ》の男、ここにきたのは、はじめて？」

「ええ。やはりはじめてのお客さんと二人で……」

「ほう、連れがあったのか。どんな連れ？」

「どんなって……あのお客さんが、着てる物でも、なんでも、ごくふつうだったでしょ。お連れさんも、おんなじ……背広を着て、ネクタイをして……」

「あの男、あんまりいいところのサラリーマンみたいじゃなかったね」

「だったら、こんなバーにこないわよ」

「で、連れの男と、どんなはなしをしてた？」

「あら、宏ちゃん、刑事さんみたい」

おれは、今、トイレで見たこと、考えたことはだまっていた。

「警察にはとどけてないんだろ？」

「あたりまえよ。三百円の飲み逃げが、トイレの窓から逃げましたなんてバカバカしいもの」

「まったくバカバカしすぎて、ゾッとするよ」

「そうねえ。あのお客さんどうし、どんなことをはなしてたか……そのときは、いくらか耳にはいってたかもしれないけど、ぜんぜんおもいださないぐらいだし、べつに、どうってことじゃなかったんでしょ。あのユミってコは、そばにいてビールを注いでたから、いくらかおぼえてるだろうけど……あのコ、今夜、こないかしら？」

「こないね。あんなコでなく、いいのをさがしてきてやるよ」

「コミッションは割引きしてね」

レン子は、カウンターの上においたおれの手の甲に爪をたてた。やはり、昨夜、いっしょに寝ないほうがよかったかな。

「ただ、あのお客さんどうし、あまり親しくはなかったみたい。ずっと以前、おなじ会社かなんかに勤めていて、それが、ぱったり道玄坂あたりであい、ちょっと、そのへんで一杯、って飲み逃げさんがさそった、なんてところじゃないかしら。だって、お連れのひと、なんだか落着かなくて、飲み逃げさんをのこしてかえるときは、ホッとしてるみたいだったわ。そのひとがかえったあとすぐ、あんたがきたのよ。でも、たった三百円のビール代を飲み逃げするために、トイレの窓をこわして……修理代もたいへんだけど、窓の金網をきりやぶったってことがいやだわ」

レン子は、なんどもおなじことをくりかえし、しまいには、グチっぽいロボットみたいな気がしだした。

ユミが逃げたので、追いかけた。逃げなかったら、やあ、と声をかけ、どうして、あの店をやめちまったんだい、なんて立話ですんでただろう。

ところが、おれの顔に気がつくと、ユミはかけだした。あれから、三日ほどたった夜、新宿の歌舞伎町の交番の通りをあるいてると、道の反対側から、ユミがやってきたのだ。

ユミは通りの角を左にまがって、新大久保の旅館街のほうにいく道にはいった。

しかし、おれの顔をみて、なぜ、ユミは逃げだしたのか？　また、夜の十一時すぎといえば、歌舞伎町の交番の通りは、いちばん人どおりがはげしいときなのに、おれに追いかけられて、どうして大声をださなかったんだろう？

ユミを追いかけながら、おれは、友さんが言ったことをおもいだした。友さんは、レン子の店がある道玄坂裏のバーに、ピーナツやいかなんかをおろしている（それがつまり用心棒代だが）道玄会の若い衆だ。

レン子の店のトイレの窓から、れいの客が逃げたあくる晩、井之頭《いのがしら》のガードの下のヤキトリ屋で友さんにあったとき、もうデキあがってた友さんが、酔ったときの癖で頭をふりふり、こう言ったのだ。

「ほら、レン子のバーに、二、三日前からきてる娘《スケ》よう。あの娘《スケ》、変ってやがる。あのバーから道玄坂をでたところのパン屋で五十円の棒パンを買ってよ。おれは、ちょうど、駅のほうにいってたんだが、おれの前をトコトコあるいて、おまえ、どこにいったとおもう。駅のロッカーにいって、パンの包みを、ロッカーにいれやがんの。駅のロッカーってのは、高校生の子供《ゴランコ》が着る物《ランバリ》をいれとくところだとおもったら、おめえ、パンもいれんのかよう」

それは、いつのことか、ときくと、友さんは、昨夜《ゆうべ》の八時すぎ、とこたえた。飲み逃げが、レン子のバーから逃げたあと、ユミが、クスリを買いにいくといって、外にでたときのことだろう。

ともかく、ひとの顔をみて逃げだすというのは、ヤバいことがある証拠だ。新大久保のほうにいく道にはいると、歌舞伎町界隈とちがって、とたんに暗くなる。追いかけるこっちにとっては、バカみたいにつごうがよく、ユミをつかまえ、建物のあいだにひっぱりこんで、とりあえずぶんなぐった。

ユミは泣きだしたが、泣くな、といって、もうひとつぶったたくと、泣きやんで、なんだかぐんにゃりなった。いくらか、頭がジーンとしたらしい。

だから、ひきずってあるきはじめたときも、ユミのからだはおれによっかかったようになり、新宿から新大久保の旅館街にむかう、くっつきあったアベックさんとおなじカッコになった。

百人町のてまえに、昔の玉ころがし仲間がやっているスナックがあり、そこに、おれはユミをつれていった。この昔の玉ころがし仲間は、はしっこい野郎で、だからちゃっかりゼニをのこし、こんなスナックをもち、ときどき、店の二階で秘密ショウみたいなこともやっている。

その秘密ショウをやる部屋にユミをいれ、鍵をかけて、けとばすと、ユミは、わりとかんたんに、ごめんなさい、とネをあげた。

あのとき、れいの客がトイレにいったはずなのに、なかなかもどってこないので、ようすを見にいったところが、客はいなくて、トイレのなかに一万円札がおちていたというのだ。

「そいつをだまって、いただいちまったってわけか……。あの客がおとした金かな?」

おれは頭がうっとうしくなった。

「でしょう。それまで、ぜんぜんお客はなく、トイレにはいったのは、あのお客さんひとりだけだから……」

ユミは、ひとごとみたいな口をきいた。やぶれかぶれ、といった態度ではない。ごめんなさい、とあやまっちまえば、それですんだとおもってるらしい。

「それに、ママのレン子がおとしたのなら、あとでなんとか言うはずだし……」おれはつぶやいた。「しかし、あの客はトイレにはいったきり出てこず、きみがのぞきにいくと、客はいなくて、一万円札がおちていた……こわくはなかった?」

「どうして?」

「ユーレイがおとした一万円札なんだぜ」

「ユーレイだなんて……あのお客さん、トイレの窓から逃げたんじゃないの」

「しかし、きみがトイレのなかで一万円札をみつけたときは、まだそのことはわかってなかった。いや、窓がこわれてるのを、きみは気がついてたのかい？」

「ううん。でも、なぜ？」

ユミは首をふった。どうして、おれがそんなことをくどくど言ってるのか、ふしぎがってる目つきだ。

女ってやつは、ユーレイなんか平気なんだろうか？　レン子はトイレの窓がこわれてるのを見てふるえだし、このユミってコも、一万円札だけが目につき、トイレにはいった客の姿がかき消えてることにはおどろいていない。

「レン子、いやママがさわぎだしたとき、きみが下腹をおさえてたのは……そうか、その一万円札をパンティのなかにつっこんでたんだな」

「だって、あのときのニット・ドレス、ポケットなんかなかったんですもの」

「そして、クスリ屋にいくと言って、バーを出て、パン屋でパンを買い、その紙袋に一万円札をいれて、駅のロッカーにあずけた……おい、一万円札は何枚だったんだ？」

「そんな何枚も……一枚」

「このガキ、また、ぶったたかれたいのか。たった一枚の一万円札なら、どこにでもかくせる。わざわざ、そんな手のこんだことをする必要はない。それに、あのとき、きみのヘソの下が、角っぽくつきでてたのを、おれはおぼえてる。よう、パンティのなかにつっこんだ一万円は札束だったんだろ」

秘密ショウをやる部屋らしい、ピンクがかった趣味のわるい絨毯をしいた床に片手をつき、からだをななめにしていたユミは、ちらっとおれの顔を見あげ、目をおとした。

「あたし……下腹がでてるの」

この娘も、着ている服のほうがだいじなようだった。おれにつかまれ、ハイネックのジャケットのボタンがとぶと、あとは、自分で脱いだ。

なるほど、顎でもつきだしたみたいに、ヘソの上よりも下側がせりあがっていて、それが、かなり下までつづき、れいのマン丘《ヒル》のすこしてまえで、急にスライドして、また、マン丘《ヒル》にのぼっている。

てのひらでヘソの下をおすと、かなりかたく、「くすぐったい」とユミはからだをよじり、筋肉のかげんなんだろう、皮膚の表面のまるみがなくなって、板でもおしあてたみたいに、ヘソ下にひらったいところができた。

寝ころがってながめると、頂上のほうがちょん切れてひらたくなってる西部劇の山みたいだが、もちろん、それほどのカッコがついてるわけではない。だから、あのとき自腹で角ばってつきでて見えたのか、パンティに札束でもつっこんでたのか、なんともいえない。

れいの雌豚のかさなりあった乳房みたいなハンドバッグのなかには、二千円とすこししかなかった。つかってしまって、一万円の残りはこれだけだという。

ユミがトイレのなかでひろって、パンティのなかにつつんだのが、ほんとに、一万円札一枚だけかどうか、ともかく、今は二千円しかもってないんだから、ぶったたいて、正直に白状しろ、とおどかしてみてもしようがあるまい。

もっとチョロマかしてるのなら、その金をはきださせなきゃ意味ない。それには、じんわりコマして、娘《スケ》のほうからタレさせるようにしなければだめだ。

となりの旅館も、このスナックとおなじ経営で、二階からもいけるようになっていた。秘密ショウで狩《がり》にのったときの逃げ道なのかもしれない。

今夜ひと晩、旅館の部屋をかしてくれ、と昔の玉ころがし仲間のスナックのおやじに言うと、ヤバいことはやめてくれよな、とヌカしやがった。てめえこそ、ヤバイことをやって、スナックと旅館の主人になってるくせに。

旅館にうつって、念入りにはじめたら、ユミはバカみたいにあばれた。抵抗してあばれたんではない。

そして、目がさめたら、ユミはいなかった。ちくしょう。あの二千円もとっとくんだった。もう、ユミにはあえないだろう。今夜みたいに、町をあるいててバッタリなんてことはアテにできない。本名は藤村君子で、経堂にある女子短大にいっている、と、ワン・ラウンドおわったあと、まだくちびるをぬらし、口で息をしながらユミは言ったが、あとで、その短大に電話で問い合せたが、そんな学生はいないということだった。

やはり、ユミがポッポにいれたのは、一万円札一枚だけではないのかもしれない。

ただ、すくなくとも一万円札はもってた男が、なぜ、たった三百円のビール代を飲み逃げしたんだろう？

　しかも、ふつうの逃げかたでなく、あんなに無理をして（おれには、どんなに無理をしても、不可能だとしかおもえないが）トイレの窓をこわし、逃げている。

　また、ユミに、あの晩、飲み逃げ男と連れの男は、どんなことをしゃべってた、ときくと、だいぶ首をひねって、なんにもはなしてなかったみたい、とこたえた。

　二人連れでバーにきて、おたがい、なにも口をきかない者ってあるだろうか？　そりゃ、あるだろうが……。


　カウンターの上に新聞の夕刊をひろげ、レン子は、さきのほうのマニキュアがはげた爪で、社会面にでている写真をおさえた。

「ほら、あの飲み逃げのお連れさんにそっくりでしょ」

　おれは、新聞の写真をのぞきこんだ。社会面でも下の隅にある切手の大きさぐらいの写真で、しらない男の顔だった。もっとも、おれは、飲み逃げの連れの男というのにはあっていない。

　渋谷駅をでて、ガードをこしたところの貨物線で轢かれて死んだ男で、身許不詳だそうだ。解剖結果によると、かなり泥酔していたらしい、と新聞には書いてあった。

　渋谷川にそって飲屋がならんでるノンベエ横丁のよこの貨物線で、渋谷の町のどまんなかのゴミゴミしたところだが、あの貨物線の土手には、春になると土筆ができ、毎年、土手にのぼって……おれは、またうしろ頭がうっとうしくなった。

今年は、あの貨物線の土手では土筆《つくし》をとってない。土手の下のほうを修理して、石垣がぐーんと高くなりとてもじゃないがのぼれなかったからだ。それを、かなり泥酔してる者がよじのぼったんだろうか？

「あのときの連れの男だという証拠みたいなものがあるのかい？」

「証拠だなんて……だって、あんまり似てるんですもの」

「しかし、こんな顔は、ほんとにザラにあるからね」

「でも、あのお連れさんがそうだったのよ。わたし、あのお連れさんにまちがいないような気がするわ」

レン子は、いやにキッパリ言い、おれは、うしろ頭のうっとうしいかたまりが、つめたいものになって、背筋をさがっていった。

「警察にしらせたら？」

「警察はいやよ。風紀係でたくさん。でも……いってみようかしら？」

このおれが、警察にしらせろ、とすすめるなんて、まったく大わらいだ。しかし、おれもわらわず、レン子もわらわなかった。

「そのときは、飲み逃げがトイレから消えたことも、警察にはなすんだな」

「どうして？」

「この写真に似てる男は、飲み逃げといっしょに、このバーにきたんだろ。あれは、どう考えても……」

　おれは、あとの言葉がでないで、だまりこんだ。どう考えても、……いや、おれの頭では、どんなふうにも、考えようがない。


　レン子が消えた。
　四、五日たって、レン子のバーにいくと、おれがいれた新しいホステスのミヤが、「おにいさん、たすけて」と泣きだしそうな声をだした。
　ミヤひとりで客の相手をしていたが、シェーカーをふるどころか、ピッケで氷を割るのさえ、あぶなっかしい手つきだった。

　ミヤは新宿歌舞伎町のパチンコ屋からぬいてきたコで、バーづとめは、はじめてだ。歌舞伎町裏でユミにあったときも、ミヤを口説《コマ》しにいったかえりだったんじゃないかな。

　ともかく、その晩、時間におくれて八時すこし前にミヤがバーにくると、入口のドアはあいたままなのに、十一時をすぎても、まだママのレン子がかえってこないという。

　前の晩は、おしぼりだけ洗ってカウンターにひろげて干し、ママといっしょに、店に鍵をかけて出たんだそうだ。

　今夜、店にきたときは、そのおしぼりもたたんでしまってあり、掃除もすんでいて、ママがいたことはまちがいない、どこにいったのかしら、とミヤは心細がっていた。

おれがカウンターのなかにはいって手伝い、とうとうカンバンの時間になったが、レン子はかえってこない。そういつまでも待ってるわけにはいかないので、店をしめることにして、入口の鍵をさがすと、流しの下の釘にちゃんとぶらさがっていた。

それっきり、レン子は消えてしまった。すぐ近くの渋谷桜ガ丘のアパートにも、かえっていない。

四日たって、ミヤをつれ、アパートの管理人に立合ってもらい、レン子の部屋をのぞいてみた。もちろん、ちょっと見たぐらいではわからないが、この前、おれがレン子と寝たときとぜんぜん変りはないようで、部屋の隅に脱いであったスカートに、レン子の尻のまるみが、まだのこっていて、しめきったままの部屋のせいもあるが、レン子のしめっぽい肌のにおいが鼻にからみついた。タンスもあけてみたけど、もちだした物はないようだ。

じつは、わざわざ、清瀬の療養所にいるレン子の亭主のところにもいった。しかし、亭主は、「女房からはなんのしらせもないし、ぜんぜんしりません」とくりかえすだけだった。

レン子の亭主は、病室の入口にちかいベッドに寝たきりで、なん度も喉をひくひくさせたあとで痰をはき、これで、ほかの女の患者を口説けるのかとおもった。

清瀬の療養所までレン子の亭主をたずねていったのは、今まで、いろいろ、レン子の店のめんどうをみてきたんだから、亭主が入院してるあいだだけでも、店をまかしてもらいたいとおもったんだが、そのことについては亭主は返事をせず、あれはレン子の店だから、と言った。

　そのレン子が消えちまったのだ。おれは、そのことをくりかえすよりしかたがなかった。

「レン子に……男ができたんですか」

　口をよこにして痰をふきとり、レン子の亭主は言った。

「いや、そんなはずはありませんよ。アパートもそのままで、なにもかもそっくりのこってるんですからね。あの晩、ママはバーにもきていて……そして、それっきり消えてしまったんです」

　おれは、なんだか力んじまい、女房が消えた病人の亭主のほうが、おちついた口調で言った。

「男ができたんでしょう」

「ちがうったら。おたくは、こんなところに入院してたからわからないんだ。だいいち、バーの入口のドアをあけっぱなしにしたまま、男と逃げますか」

　レン子の亭主の目が、目玉だけうごいて、おれの顔を見あげた。うさんくさがってる目つきだ。

　しかたがないので、おれはかえることにしたが、病室をでるときに、バーのトイレの窓をこわして逃げた男のことをはなすと、レン子の亭主は、「それで？」と言って、よけいうさんくさそうな目つきをした。

レン子は、ほんとに消えちまった。

そしてあれからしばらくたち、レン子の亭主は清瀬の療養所で死んだ。おれがたずねていったときも、かなりひどい状態だったらしい。

ユミにもあっていない。銀座の並木通りでユミに似た女のコを見かけたようにおもったが、ひとちがいだった。

ついでだが、ノンベー横丁の土手の上の貨物線で轢かれて死んでいた男の身許がわかったということもきいていない。

レン子も亭主もいないあのバーを、どうにかしようとおもったのは、きれいにアテがはずれた。まさか、ななめうしろ裏の酒屋が、あのバーの大家だとはしらなかった。

おにぎり屋の「しずか」のママがつぎの借りてになって、バーの前のほうだけ改装しているとき、おれは店にはいってみたが、これで、もしレン子がふっと現れたとしても、いる場所がないんだなとおもいながら、つい、またトイレにはいり、水洗のタンクのうしろのちいさな窓を見あげた。

レン子がいなくなったときも、おれは、バカみたいに、トイレにきて、この窓をしらべた。ママのレン子もトイレの窓から消えた……バカらしすぎて涙がでる。しかし、おれは窓の金網にさわって、たしかめてみた。

もともと、トイレのこの窓は、ちいさくて、高くて、水洗のタンクのうしろのせせこましいところにあり、ニンゲンがとおれるような窓ではない。すると、あの男はどうなる？　いや、あの男は、ほんとに、この窓から飲み逃げしたんだろうか？

狂《ラ》ったことを言っちゃいけない。この窓から出ないでどこにいったんだ。窓の金網を切りやぶり、一万円札をのこして（これは一枚だけではなかったかもしれない）あらためて、ドロンドロンとトイレのなかでかき消えたのか？

バカの上塗りみたいだが、おれは、店から重い止り木《ストール》をだいてきて、トイレの便器にわたし、その上にのっかった。

窓の金網は修理したまま、ちゃんとついている。ただ、金網のむこうに見えているものに気がつき、おれはぼんやりしてしまった。ハッとしたとか、ドキンとしたとかではない。あんまり信じられないことに、脳のうごきがにぶくなったんだろう。感覚もしびれて、頭をなん度もトイレの天井にぶっつけたが、痛いどころか、その感じさえなかった。

おれは、止り木《ストール》をそのままにして、店をでると、路地の角をまがり、表通りの朝鮮焼肉屋の三階の屋上にあがらせてもらい、下を見おろした。やはり、まちがいない。

この建物は、もうひとつ道玄坂よりの通りに面した酒屋とは裏どなりで、両方の裏壁がぶつかるところに、路地にあるバーのトイレの窓が、この二つの壁に直角にむかいあっている。

こんな説明はどうもへただが、トイレの窓の外はよその家の裏壁で、道なんかないのだ。おれは、トイレの金網のむこうに、なにかを見つけたわけではない。

トイレの窓からは、それをせせっこましくとりかこんだ壁が見えただけだ。

もうせん（といっても、だいぶ前のことだが）このバーのトイレが汲取りだったころは、酒屋とその隣りの中華料理店のあいだに、バーキューム・カーのホースをいれるせまい通路があったのが、無意識のうちに、おれの頭にのこっていたんだろう。

だが、下水をこしらえて、バーのトイレが水洗になったためか、こうして、裏の朝鮮焼肉屋の屋上からみると、その通路はつぶされて、そのぶんだけ酒屋がひろがり、トイレのうしろは、裏壁がびっしりむかいあって、それこそ、犬の子一匹はいだせるだけの隙間もなかった。

しかも、裏壁なので、まるっきり窓みたいなものもなく、二階、三階の屋根まで、まっすぐきりたっている。一万円札をのこして、三百円のビール代を飲み逃げした男が、たとえ、トイレの窓からぬけだせたとしても、それから、いったい、どこにいけただろう？

おれは、また、からだの中身がとけて消えていくようで、屋上の手すりにつかまったが、てのひらの中身も、もうなくなったみたいに、力がはいらなかった。

犯人はいつも被害者だ

やつの指がひらき、おれの鼻のさきの空気をつかんだ。だが、ななめにながれた指さきが、ほんのちょっと、おれの肩にさわっただけだった。

プラットホームの端にかかった黒の短靴がすべり、ワインレッドの靴下が、ちらっと見えた。

たいして大きな悲鳴でもなかった。肉と骨がぶっつぶれ、なかの空気がむりにおしだされたような、人間ばなれのした声が、電車の急ブレーキの音にまじって、瞬間、きこえただけだ。

あの時、やつがどんな顔をしたか、おぼえていない。いや、顔なんか、おれは見てないかもしれない。

プラットホームに電車がはいってくる時には——朝の出勤時間はとくに——どいつも、こいつも、電車のほうをにらんでるものだ。やつがプラットホームの端に立ち、線路にむいていたことは、まちがいない。そして、そのすぐうしろに、おれはいた。

　やつが体のバランスをうしない、片足がホームのふちからはなれた瞬間には、もう、ふりむく余裕などなかっただろう。ただ、なにかにつかまろうと、それこそ必死になって、手をのばしただけだ。

　おれのまわりに、ワッと人々があつまってきた。とおもったとたんに、おれは人の渦からおしだされていた。

　よろめいて、ふんばった右足のさきに、ハイヒールがころがっていた。やつがおちたところにむかって、文字通り目の色をかえてうごきだしたホームの通勤客におされ、この女もぶったおれたのか？　女はホームに横ずわりになったまま、タイトスカートの前に手をやった。あんまり尻《けつ》にくっつきすぎたスカートに、ばか高い踵のハイヒールなんかはいてるから、ひっくりかえったんだ。ばかやろう。

　おれは手をさしだしていた。女をおこしてやるつもりだったのだ。ところが、真赤にマニキュアした、女の指がはらいやがった。あの時、おれ自身でも気がつかなかったなにかを、女は見たんだろうか？

　それとも、ただ、女を助ける騎士面《ナイトづら》を、おれがしてなかったためか――。ともかく、女に手をはらわれ、その時はじめて、背筋から首のあたりに、おかしなものがチリチリっとはいあがってくるのを感じた。

　ばかみたいに、おれは、まだ、手を前にだしていた。その手を、うしろからつかんだやつがいた。ふりかえると、学生帽のひさしが顎にぶっつかった。おれをひっぱっている学生服の腕に「駅務実習生」という腕章が見えた。

おもいだした。こいつがホースをいじっていたのだ。そのホースが水道の蛇口からはなれ、水がパッとあたりにちって、せまいプラットホームにぎっしり立っていた通勤者たちが、ドドッとうごいた。おれも押されて前にのめり、前には、やつが……。

実習生は、顔をあかくし、口をとがらしていた。力んで、子供っぽい顔だった。いや、まだほんの子供だ。なんと言っていたのか——、言葉にならないことをわめいていただけかもしれない。気がつくと、おれと実習生のまわりに空間ができ、それをぐるっととりかこんで、あきれるほど人があつまっていた。そいつらの目を見て、おれの腹のあたりが、力がなくなった。

腕をひっぱられるままにうごきだすと、おれたちがすすんでいくほうにいたやつらが、あわててうしろにさがり、道をあけた。

ホーム事務室では、帽子に赤い筋がはいった助役が、ガラガラ、電話器のハンドルをまわしていた。おれは、そこいらの椅子に腰をおろし、実習生は赤筋帽の助役のところにいった。ホーム事務室のガラス窓には、通勤客の顔がいっぱいくっついていた。

電話をかけおわった赤筋は、前に立っている実習生を見あげた。

「あのひとが——」といいかける、実習生の声がきこえた。赤筋の唇がうごいたが、なんといってるのかは、わからない。そのうち、実習生の声もひくくなった。二人は話しながら、なんども、こっちをふりむいた。

やがて、実習生はおれのところにもどってきた。赤筋は、また、電話器のハンドルをまわしだした。そして、受話器を耳にあてたまま、ちらっとおれを見たが、すぐ、顔をそらし、帽子の下にでている髪をかきあげた。

ホーム事務室のガラス窓からのぞきこんでいるヤジ馬の顔ぶれがかわったようだ。しかし、あとからあとから、新しい顔がかさなる。窓ごしに、「スリ?」という言葉もきこえた。

タバコを何本かすい、だいぶたってから、電車はうごきだした。つづいて、べつの電車がホームにはいり、でていった。もう、ホーム事務室の窓からのぞいている者もいなくなった。

奥の机の赤筋が、こっちにむかって、なにか言った。すると、「はい」という返事が、頭の上でした。実習生は、まだ、おれのそばに立っていたのだ。

赤筋は、指さきで机をたたきながら、しゃべりだした。実習生が口をはさんだが、赤筋は手をふり、言葉をつづけた。実習生の頰に血がさし、だんだん、それがひろがって、顔中、まっかになった。

「まちがいだったら、きみ、たいへんな——」赤筋の声が耳にはいった。もしかしたら、わざとおれにきかせるつもりだったのかもしれない。なんどか、実習生は口をだしかけたが、そのたびに、だまらされてしまった。

おれのほうから見える、実習生の片目がひかってきた。実習生は、指さきで目をこすった。そのうち、肩もふるえだした。

「ぜったい、ぜったいに……」実習生は泣き声だった。

赤筋は、指さきで机をたたくのをやめ、うなずいた。


警察の取調室は、なんともサッパリした部屋だった。机の上に、なに一つないのに感心した。下宿のおれの机は、それこそ、ポンコツ屋の裏庭みたいだ。本なんか、近頃はぜんぜん読まないのに、何冊かつみあげてある。タバコの空箱、花瓶。下宿の娘の敏子が、いつだったか気まぐれにさしたカーネーションが、茎まで茶色っぽくなっていたり——。おれの机と、この取調室の机とでは、おなじ机という名前でも、まるでちがったもののようだ。

その机のむこうに、頭の両はし、こめかみのところから毛がうすくなり、おデコの上だけ、島みたいに髪がのこった刑事が腰かけている。年はいくつぐらいだろうか。ともかく、おっさんだ。おれの椅子の背に片手をかけて立っている刑事のほうが、ずっと年も若く、服装《なり》もいい。レンガ色のネクタイなどして、おしゃれらしい。

本籍、現住所、氏名、年齢、職業、職場ではうまくいっているか——。あきれるほどいろんなことを、刑事はきく。おもに年配のほうがたずね、時々、若い、おしゃれの刑事が口をはさむ。そして、前の質問には、まるで無関係に、不意に、「なぜ、あの男をつきおとした」とおれをにらみつける。おれは首をふるだけだ。

「あの男の名は？」

「おなじ会社の者か？」

「どういう知り合いだ？」

「なにか、されたのか？」

「前にけんかでも――」

おれは、ただ、「知らない」とくりかえす。

「じゃ、知りもしない者を、どうしてホームから、入ってくる電車にむかってつきおとしたんだ？」

「つきおとしたりなんかしません。あの時、水道のホースがはずれて、みんな、わあーっと……」

「しかし、相手のからだをおとしたのは事実だろう？」

「さあ……」

「おぼえていないことはあるまい。だめだよ。ちゃんと目撃者があるんだ」

年配の刑事は、おデコの上にとりのこされた髪をなで、その手をおろす時に、腕時計に目をやった。さっきから、時計ばかり見ている。いそがしいのなら、さっさと訊問をきりあげて、かえしてくれればいいのに――。

若い刑事が、おれの肩をつついた。

「しらべれば、すぐわかることだ。はやく話したほうがよかないかね」

れいの実習生も、警察につれられてきてるようだ。

うしろで、ガラス戸があく音がした。年輩の刑事が立ちあがり、机のよこをまわった。おれの椅子に手をかけていたおしゃれの刑事は、いつのまにかいなくなっている。靴音一つしない。

部屋のすみで、二人は、今はいってきただれかと話しているらしい。ふりかえってみようとしたとたん、首筋がボキッとなり、おもわず、おれは首に手をやった。首筋の動脈がドキドキしていた。

ガラス戸がしまり、二人はもとの場所にもどった。

また、くりかえしだ。

「会社はちがっていても、マージャンかなんかの仲間じゃないのかね」

「いいえ、ぼくはマージャンはしません」

「きみはひとり？　ガールフレンドは？」

若い刑事がきいた。おれは返事をせず、刑事を見あげた。刑事は、レンガ色のネクタイに手をやった。

「あの男とは、いつもいっしょの電車なのか？」

おれは、いいえ、とこたえたつもりだった。しかし、おそらく、唇がうごいただけだったろう。おデコの上だけ、島みたいに毛がのこった年配の刑事が、からだをのりだし、おれの目をじっと見た。おれは目をそらした。

「いつも、いっしょだったんだな？」離島禿の刑事は、たたみかけてきいた。

おれは、また、いいえ、といいかけたが、やはり、口のなかだけの音におわってしまったようだ。

若い刑事が、かがみこんだ。香水をつけている。

「そして、よく知ってたんだろう?」

「いいえ」

こんどは、おれの声が、はっきり耳にはいった。おれは歯のあいだから、そっと息をはきだした。息をとめていたのだ。

あさい弁当箱のすみにはいっているきんぴらごぼうをかぞえたら、ちょうど十本あった。それに、タクアンが二きれ。おれは箸のさきで飯を十等分し、きんぴらごぼう一本にたいして十分の一の飯というように、きちんとたべていった。そして、最後に、タクアン二きれをいっぺんに口にほうりこみ、カリカリっと——。いや、これは、頭のなかでこしらえた音だ。タクアンはだらしなくしなび、ただしょっぱかった。だが、舌のさきにのこる、あくの強いしょっぱさは、なにかうれしかった。

留置所にいれられた日の晩飯は、奥のほうにいる丸刈りの男にとられた。どうせ食欲がなかったから、やったようなもんだ。しかし、あくる朝は、飯も汁も、ちゃんとたべた。

酒はきらい、マージャンや賭事には手をださず、活字は頭がいたくなるし、映画もロクに見ないおれには、いわゆるたのしみというものはない。それが、みょうなもので、ブタ箱にいれられてからは、飯が待ちどおしく、たのしみになった。

　おれの房の前をとおり便所にいく女を見ているのもおもしろい。ブタ箱にはいった日には三人ぐらいいた女も、今は一人になっている。パン助かなんかだろう。ひでえ面《つら》だが、セーターの胸のあたりは盛りあがっている。

　女が便所にいる時に、うまく、こっちもはいっていけないもんだろうか——、とおれは考えたりした。しかし、その前に、女と話をつけとかなきゃいけない。また、おなじ房のやつらにも、気づかれないことだ。やっかまれたらこまる。そんな心配まで、おれはした。

　女のエバープリーツのスカートの尻のところに、ひだ二つばかりをつきぬけて穴があいている。タバコの焼跡のようだ。だれが、女の尻《けつ》に火をおっつけたのか。女はどんな声をだしただろう。こいつは、傑作だ。

　毎日、取調べにひっぱりだされた。留置所から二階の取調室まであがっていく階段の数をかぞえる。ちくしょう。犯人になんかされてたまるもんか。おれは、なんだかファイトみたいなものもわいてきた。

　警察では、いろいろ調べてみたらしい。おれはもちろん、やつのことも——。しかし、おれとやつとの関係は、なにもでてこなかったにちがいない。あたりまえだ。

　それに、あの時、水道のホースがはずれ、ホームにぎっしりつまった通勤者が、いっぺんにうごきだしたのは、おれのせいじゃない。おれがやつをつきおとしたと言った、あの実習生の、つまり不注意のためだろう。

取調べは、おなじことをくりかえすだけだった。あの実習生以外に、おれが殺《や》ったという、ちゃんとした目撃者がいるかどうか、おれには話してくれないので、もちろん、わからない。

年配の、離島禿の刑事は、あまり気がのってないらしい。刑事の顔つきなんかから、頭で考えてることがわかるとおもったら、大まちがいだ。しかし、毎日顔をあわせていれば、こっちだって、いくらか察しはつく。あきらめきれず、疑っているのは、どうも若い刑事のほうらしい。


その日、ベルトをとられたズボンをひっぱりあげながら取調室にはいっていくと、若い刑事が、さっそく、いった。

「嘘発見器のテストをうけてみんかね」

「嘘発見器?」

椅子にすわりかけた中腰のまま、おれはききかえした。

年配の刑事の口もとが、ちょっぴりゆがんだ。

喉がクッとなってきた。おれはわらいだしていた。わらいは、どうしてもとまらなかった。おれはゲンコツで机の上をおさえた。涙まででている。こんなに笑った記憶はない。だが、なぜ、おかしいんだ?

離島禿の刑事とならんで、机のむこうに腰かけていた若い刑事の眉があがった。

おれはゲンコツで涙をふき、口をおさえ、胸をたたいて、せきこんだ。さっき、年輩の刑事の口もとがゆがんだわけが、その時になって、おれはわかった。やはり、わらったのだ。

嘘発見器！

おれは、いったい、どんな嘘をついているのか？　いや、考えてみれば、毎日、朝おきてから、夜ねるまで、嘘ばかりついているような気もする。ともかく、ほんとのことは、あまり言ってないみたいだ。しかし、自分は、ほんとはどんなことを考えてるのか、ほんとはどんな気持でいるのか、おれ自身にもよくわからないのだから、どうしようもない。

おれの笑いが、やっとおさまったのを見て、若い刑事はいった。

「世間では嘘発見器といってるが、ポリグラフの検査だ。嘘をついてれば、すぐわかる」

「ほんとのこともわかりますか？」そう、おれはききかえしていた。

皮肉ではない。相手も皮肉とはとらなかったようだ。若い刑事はみょうに子供っぽい顔になった。そして、ネクタイに手をやった。ローケツ染のネクタイをしている。

「もちろん。きみが言うように、あの男をつきおとしてなければ、それもはっきりする。これとわっとくが、ポリグラフのテストをうける、うけんは、きみの任意だ。しかし、テストを拒否すれば、むろん、きみの立場が――」

ずいぶんながいあいだ、おれはだまりこんでいたらしい。とにかく、気がついたら、前にならんだ二人の刑事が、じっとおれの顔を見ていた。嘘発見器のテストをうけるかどうか、考えているとおもったのだろう。おれはなにも考えてはいなかった。おそらく、ふつうの者なら、なにかをおもったり、考えたりするところだが、おれには、つまり、それができないだけだ。思考の機械をセットし、スイッチをいれる。だが、機械はうごかない。うごいたことがない。今では、スイッチもいれなくなってるかもしれない。ただ、動かない機械をながめているだけだ。もう、じれったいともおもわない。そういう生れつきなんだろう。

「検査をうけろよ」

と離島禿の年配の刑事がいった。やさしい声だった。いや、あきあきして、熱がなかったのか？

おれは、うなずいたらしい。

ローケツ染のネクタイをした若い刑事が、机の引出しをあけ、紙をとりだした。机に引出しがあり、そのなかになにかはいっていたというのは、ちょっとおどろきだった。紙には、嘘発見器《ポリグラフ》の検査をうけることを承諾するというようなことが印刷してあった。

自分の名前を書き、拇印をおしたが、いい気分ではなかった。すくなくとも、嘘発見器のテストをうけるのが、得か損かぐらいは考えてみたかったのだ。

その晩は、夢ばかりみた。夢のなかで「嘘発見器」という言葉が、たえずきこえていた。どんな機械か、形の見当もつかないのが、いけないようだ。子供の時、嘘をつくとエンマ様から舌を抜かれるぞ、とおどかされたが地獄極楽の絵のエンマさんを見てからは、こわくなくなった。嘘発見器がエンマさんみたいな機械で、おれが嘘をつくと、ウソ、ウソ、ウソとどなるようなものだったら、ばかにしてやるのだが——

嘘発見器は、なにかの計算器みたいな、ちっぽけな機械だった。うすいグレイの色がモダンな感じで、エンマさんほどもこわくなかった。

検査官は、女の子のように皮膚がやわらかい、わかい男だった。口紅でもつけてるように唇があかい。いかに嘘発見器が嘘をつかず、正確なものであるか、検査官は早口で説明した。新米の教師みたいに熱心な口調だ。このちっぽけな機械を信じこんでるらしい。

まず、本籍、現住所、生年月日、職業といったことを、検査官はきいた。おれは、すこしアホらしくなった。家族は？　ありません。下宿してるんですね？　そう。

「会社では、うまくいってますか？」

「ええ、まあ……」

「不満があるようですね」

いったい、ひとに使われていて、不満のない者があるだろうか？　肝臓の薬ばかり飲んでいる、色のわるい課長の顔を見てるだけでも、胸くそがわるい。係長の甲高い声でなにか言われると、ほんとに、歯がうくこともある。だが、朝出勤すれば、おれは、課長にも係長にも、女の子にも、みんなに挨拶し、机につき、お昼がくると、もりかかけをたべ、五時には机の上を片づけ、また、みんなに挨拶をして、かえる。とくべつつき合いがわるいとも、自分ではおもっていない。係長や課長に好かれてはいないだろうが、にらまれてもいまい。「べつに――」とおれがこたえると、「じゃ、会社以外で、なにか不満なことでも？」と検査官はききかえした。

ばかやろう。自分の生活に不満がない者がいたら、お目にかかりたいもんだ。

朝おきて、パンをかじり、水か、つめたいミルクを飲む。パンはかたくなってることもあるし、なにもたべずに、下宿を出ることもある。それが、満足だといえるか。

下宿から私鉄の駅までは、かなりある。それを、たいてい、走るようにあるかなくちゃいけない。雨の日なんかひどいもんだ。ぜったいに腰かけられない満員電車。そいつを二度ものりかえる。満足なはずがない。

正直いって、朝おきた時から、くそおもしろくないことの連続だ。だが、いったい、だれに腹をたてたらいいだろう。社会がわるいんだそうだ。新聞なんかにも、いろいろ書いてある。しかし、近頃では、新聞もよまない。たまに、スポーツ欄をのぞいてみるくらいだ。おれには、社会なんてものはわからない。わからんものに、ムクれることはできまい。

フランク永井みたいに歌がうまく、金がゴッポリもうかり、また石原裕次郎のように、やはりゼニがもうかって人気があったら、おもしろいだろう、とおもう。中学の時いっしょだった、酒屋の息子の森田剛に、このあいだ、ひょっくりあった。やつの家の近くに団地ができて、いそがしくてしようがないそうだ。ふとって、おやじ面になり、でっかい金の指輪をはめていた。いや、あの指輪も、ほんものの金ではなく、店もそんなにもうかってはいないかもしれない。みんな、調子のいいことをいっている。だけど、口だけでもホラがふけるのは、おれなんかにくらべると、まだトクな性分だ。フランク永井みたいな才能がなく、係長のようにまともな大学を出てなくても、おやじが金持なら、いつクビになるか心配しなくてもいいが――。

どうも、くそおもしろくない原因は、結局、てめえ自身にかえってくるようだ。自分にムクれるわけにはいかない。それは、むりだ。小説なんかには、「自分に腹が立ってしかたがない」というような文句がでてくるが、そんなにカンカンになって、てめえが癪にさわることができるもんだろうか？　おれにはできない。モヤモヤ、気分がわるいだけだ。ぶんなぐっても、パンチがめりこむのを感じない。だいいち、いたくないのが、やりきれない。

下宿のばばあも、娘の敏子も、課長も、係長も、温泉マークにいったことがあるタイピストのユリも、みんなくそおもしろくない。

だが、熱くなるほど、頭にきたこともない。自分に対しては、近すぎて、パンチが効かないのと反対に、みんな、つまりは赤の他人で遠すぎて、腕がとどかないのか？

いや、自分は近すぎ、他人は遠すぎるなんてのは、なんかの本でよんだ文句だろう。てめえ自身もはっきりせず、もちろん、他人もはっきりしないいんじゃないのか――目には見え、声はきこえても、パンチがあたる身がないいんだ。

ふん、こいつも、嘘くさい。どうでもいい。なんと言おうと、おんなじだ。ともかく、おれは、くそおもしろくない。ひっぱたく――でなくても、頭のなかだけで、せめて悪口をならべる——相手がないのが、よけい腹がたつ。まてよ、やつはどうだ。線路におちていった、あいつに対しては？

「プラットホームからおちて、電車にひかれた人とは、どういうつき合いです？」

とうとう、やってきた。おれは、やはり、かたくなっていた。嘘発見器というからには、嘘をつくのはマズい。だが、たいして、心配はいらないかもしれん。朝から晩まで、嘘だか、ほんとだか自分でもわからないことばかりしゃべってるおれだが、すくなくとも、警察での取調べでは、事実（こいつは、また、みょうなものだ）のとおりこたえている。

「つき合いなんかない」

「ほんとですか」

「嘘なら、その機械にでるんでしょう」

「しかし、あの時、はじめて顔をみたんではないんですね」

「ええ……」

「前に、どこであいました」

「毎朝、電車がいっしょだったんで——」

「仕事のほうの関係は？」

「ありません」

「勤めはちがっても、家のほうのつき合いとか？」

「ない」

「学校の友達?」

「ちがう」

「名前は知ってたんですね?」

「いや」

「バーか飲み屋で顔をあわせたことなんか、あったんでしょう?」

「ぼくは酒はのまない。電車のなかで、よくあうから顔は知ってたけど、口をきいたこともない」

「ふうん」

若い検査官は、じいさんみたいな、ため息をついた。

検査官の質問はつづいた。刑事から、さんざっぱらきかれたようなことばかりだ。なにか駐留軍の施設のような名をならべ、知っているかとも、たずねた。藤原、池田、コウハラ、なんて人の名に、記憶があるか、なんてことをいっていた。(あとで考えたんだが、そのなかに、やつの名前があったのかもしれない)新野勇という名がでてきたのにはおどろいた。新野とは小学校、中学と同じクラスだった。中央大学にはいったという話を、いつか、どこかできいた。もう十年以上もあっていない。その新野が、このことにどんな関係があるんだろう。

そういえば、やつとおれとは、いったい、どんな関係だったのだ?

毎朝、おなじ電車にのっていた。これは、事実だ。そして、いつからか、むりに言葉にすれば、やつを憎みだしていたようだ。おれよりも、いくらか服装《なり》がよく、男っぷりもましだったからか。だが、そんな男は、それこそゴマンといる。また、おれがきらいなだれかに、やつが似ていたともおもえない。

ごくふつうのサラリーマン面だ。似たようなやつはいくらでもいる。しかし、とくべつ、だれとも似ていない。もちろん、電車にのる時に足をふまれたとか、肘でつきとばされたようなおぼえもない。

ともかく、なぜか、おれはやつを憎んでいた。くそおもしろくない、もやもやしたウップンの対象に、なにかの風のふきまわしで、やつをえらんだのか？　こんな言い方をすれば、ホホウ、とわかったような顔をする者もあるかもしれないが、自分のことだ。おれはだまされない。

しかし、あの時、おれがやつのうしろにいたというのは、偶然ではない。私鉄をおり、国鉄線のプラットホームへあがる階段の途中でやつを見つけ、うしろからついていったのだ。

たしかに、おれとやつとのあいだには、なにかあった。でなければ――。

「やつ、いやあのひとを、つきおとしたかどうか、どうして、きかないんだ」

おれは、自分の声にびっくりした。だが、若い検査官のほうが、もっとなれていた。

「しずかに、興奮しないで」

検査官は両手で、いそがしく、ダイヤルやスイッチみたいなものをうごかした。

「もし、ぼくがつきおとしたのなら、つまり殺意があったのか、ないのか、ハッキリ、しらべてくれ。その嘘発見器で……」

検査官は、まるでなにかから嘘発見器の機械をまもるように、だきかかえたみたいな恰好のまま、顔をあかくして、いった。

「検査は、まだおわっていない。今に、ききます」


嘘発見器のテストをうけた翌日、おれは警察からかえされた。でる前に、あずけていた腕時計と金をうけとった。二百三十五円、みょうなものだ。金額はちゃんとおぼえていた。留置所にいる時は、外にでたら、うまい物を腹いっぱい食おうと、いつもおもっていた。しかし、スシ屋の前をとおっても、中華ソバ屋の看板を見ても、足はそっちのほうにはむかなかった。「いこい」を一箱買っただけだ。それは、シャバにでたら、二百三十五円は二百三十五円でしかなかったこともある。

下宿にもどり、二階の部屋のフスマをあけると、なにかのにおいがした。窓をあけたが、おんなじだった。いやなにおいだ。これは、おれの部屋のにおい、つまりおれのにおいだろうか？　ザブトンをおって枕にし、寝っころがると、たてつづけにタバコをすった。

晩飯のおかずはサツマ揚だった。腹がふくれた感じもないのに、二杯たべると、もう飯はいらなくなった。

二階にあがり、タバコに火をつける。下宿の娘の敏子は、まだ勤めからかえってきてないらしい。押入れのふとんをひっぱりだし、窓をしめかけて、部屋のにおいを感じなくなっているのに気がついた。おれは鼻をうごかした。あのにおいをさがしていたのだ。いやなにおいでも、あったほうがいいというのか――。

目覚時計がなった。警察につれていかれる前に買ったパンを、それでも一口かんでみて、はきだした。服を着て、カバンをもち、下宿をでる。私鉄の駅は、あいかわらず混雑していた。いつものように、前から二つめの車輌にのる。乗り換え駅でおり、国鉄線のホームにいく、階段をあがった。

ホーム事務室をこしたところで立ちどまり、線路のほうをむく。だんだんホームは混んでくる。はっきり見おぼえはないが、周囲には、おなじような顔がならんでいるようだ。

電車がやってきた。その音がだんだん大きくなるにつれて――。いや、おれは、なにも感じなかった。電車がとまり、ちょっぴり人がおり、おされながら、のりこむ。

通勤者というのは、みょうなものだ。たいてい、おなじ電車の、おなじハコにのる。おれも、やつもそうだった。今日も、おなじ場所に、おなじ顔が見えた。ドアちかくに腰かけた女の子は、やはりレース編をしている。時々、眉をしかめ、となりで新聞をひろげた男の肘を肩でおすのも、おんなじだ。

おれは車内を見まわしていた。やつはいない。しばらく窓の外を見て、カバンをもちかえた。おれのことをおぼえている者もないようだ。あの朝、やつが線路におち、実習生に腕をつかまれ、ホーム事務室にひっぱっていかれるのを見、道をあけた者もいるにちがいない。しかし、みんな忘れてしまったらしい。都会人はいそがしいから……嘘をつけ。いそがしいやつなんか、いるもんか。いや、だからよけい、いつも、なにかやってるのか――。

おれはつまらなかった。この気持は、すこしみょうだ。前には、やつの面《つら》を見ながら、おれはムカムカしていた。なににしゃくにさわっているのか、それがわからずじれったい気持でも、とにかく、おれはムクれていた。それが今では、ただ、つまらない。

昨日、下宿にかえり、自分の部屋にはいった時、いやなにおいが頭にきた。だが、そいつも感じなくなると、いやなにおいをさがし、とうとうかぎつけられなくて、ガッカリしたみたいだった。おなじようなものだろうか？

電車がのろい。また、窓の外を見る。まったく、つまらない。やつがいないから――。それも、言いすぎのようだ。いや、なんだかわからない。

いつものことだが、課長のほうが、さきにきていた。課長どまりの男だ。定年もちかい。課長は、はっきりは言わなかったけれども、刑事が職場にもきたらしい。みんな、仕事をしているようなふりをして、課長とおれの話にきき耳をたてていた。いい気分のものではないが、しゃくにもさわらなかった。

係長は「よく、かえしてくれたね」といった。これは、いったいどういう意味だろう。しかし、ムクれる気もないし笑う気もない。

仕事はたまっていた。指さきがかたく、ボールペンの字がきたない。昼になり、かけをたべ、もう一つ注文したが、あとは、半分しか胃にはいらなかった。腹の皮がつっぱっただけで、やはり、つまらない。

五時までのあいだに、なんど時計を見ただろう。かえりの電車は、もっと混んでいる。だが、おされて、吊革をにぎった腕がななめになってる時のほうが、まだよかった。

夕食がすんで、二階の部屋にあがり、寝ころんで、タバコに火をつけた。ふと、ラジオの音に気がつき、スイッチをきった。いつ、ラジオのスイッチをいれたんだろう。

下宿の娘の敏子が部屋にはいってきた。いつも、フスマがあくまで、足音一つきこえない。これも、敏子の才能のうちか……。

敏子は横に足をなげだし、マニキュアのはげかけた足指をもみだした。敏子が高校を出て、勤めにでた年の夏、この部屋で、おれたちは、男と女がすることをやった。敏子には経験があった。三年前のことだ。それから、ちょいちょい、すこしもかわらないことを、くりかえしている。それも、だんだん、すくなくなった。敏子は、ほかが、いそがしくなったんだろう。

敏子は足の指をもみながら、「まだ、ないのよ」といった。

はじめてのことじゃない。よくわかっていたが、おれはしらばっくれた。

「なにが……」

「手術は早いほうがいいわ。お金ある？」

おれは返事をせず、手首をにぎって、ひっぱった。敏子はいやがったが、からだをおっつけると、けっこう熱心だった。

部屋をでる時、「お金、どうにかしてよ」と敏子はいって、また、足音をさせず、階段をおりていった。

しばらくして、おれは銭湯にいった。かかり湯を手桶にくんでは、前にぶっかけ、ペニスをあらっているじいさんがいた。

銭湯からかえり、寝巻をきた。タオル地の寝巻は、ほつれをひっぱると、きりがなかった。おれは机の前にすわり、肘をついた。やがて、机の引出しをあけ、ゴタゴタ紙きれなどがつまった奥から壜をとりだした。

やはり、おれは、やつを殺したのだ。この青酸カリの壜が、その証拠のような気がする。あの時、手がつきとばしたか、肩でおしたか、手や肩にのこる記憶はない。おれがやつをプラットホームからつきおとしたかどうか、そんな事実は、じつはどうだっていいのだ。

もともと、おれとやつとのあいだには、事実上、つながりはなかった。あの瞬間にも、やはり、おれとやつとは、はなれたままだったかもしれない。ただ、やつがホームのはしから落ちかかった時、手をさしだせば、助けることができただろうか？　それも、もう、わからない。

この青酸カリの壜を手にいれた時から、おれには、このどうしようもない自分自身に、なんとかケリをつけたい気持があったことは、たしかなようだ。しかし、どうにも手がでなかった。それがたまたま、あの偶然のチャンスに、やつを身代りにした。毎朝、電車のなかで、やつの顔をみながらムカついていたのは、鏡にうつった自分の姿に悪態をついていたようなものだった。死んだのはやつだが、ねらわれていたのは、おれ自身だ。人まちがいの殺人……。なんとでもいえ。どうせ納得がいかない話を、今さら、デッチあげてもはじまらない。

しかし、この青酸カリを飲んで、おれが死ねば、その犯人はばかみたいにはっきりしている。おれだ。だったら、やっぱり、やつの場合も、おれが犯人じゃないのかな。おかしな理屈だ。いや、はじめから理屈なんかない。

おれが死んだあと、敏子がおれの子をうんだら、みょうなもんだ。ばかな。そんな、まるっきりトクにならないことを、敏子がするはずがない。まてよ、だれの子かわからない赤ん坊をタネに、あっちこっちの男から金をださせようとしているのか？　まてまて、赤ん坊のことなんか、ぜんぜん嘘で、ただ、みんなから税金をあつめるため……。敏子なら、やりかねない。おれは、ひとりで、ふきだした。

さて、わらったところで、毒殺といくかな。考えてみれば、おれに殺されるようなまぬけは、御本人のおれぐらいかもしれない。

洋パン・ハニーの最期

キャッチャ・フォーリング・スター
アンド・プリニン・ハー・プッシイ……
おちてきたスター（星）を、うけとめて
ブッシイのなかにいれておき
給料日前までとっときな

ラリーなんか、ほんとに、もうラリったのかとおもうくらいわらっちゃって、カウンターにつっぷし、チョコレート色と白と、裏表のあるでかい手で顔をおおい、泣いていた。

スターのやつが自殺したっていうのが、大笑いなのに、しかも飛降り自殺で、おまけに、下の道をあるいてた女にぶつかり、その女がハニーだったときちゃ、オーオー大笑いだ。

情報部員《インテリジエンス》スター。００７にちょっぴりたりない００６９、オーオー、シックスティナイン・スター。

　いったい、だれが、スターなんて苗字をつけたのか？　まっ黒なお星さま……スターは、基地《ベース》の黒人兵のなかでも、とくに黒かった。

「シュークリームみたいにまっ黒だ」と、いつも、ハリーは感心していた。シュークリームといっても靴墨のことで、ハリーは、このバー「マーサ&ハリー」のバーテンだ。もとは、基地《ベース》のNCO（下士官）クラブの日本人従業員だった。マーサもNCOクラブのウエートレスで、二人とも人員整理でやめて、このバーをひらいた。

　しかし、マーサがハリーの女房かどうかは、おれたちのあいだでも意見がわかれている。マーサは、ちょいちょい、店にくる基地の兵隊たちと寝にいくからだ。

　もちろん、ハリーも、それをしっている。だけど、女房だからって、よその男と寝ていけないわけはない、とラリーはがんばる。ラリーも、いっぺんぐらい、マーサと寝たことがあるかもしれない。

　しかし、スターはけっこうスターみたいよ、とマーサは言った。

「黒くても、それこそお星さまのようにピカピカ肌がひかってて、それに顔がまんまるだもの」

　だけど、星はまんまるだろうか。星はコンペイ糖みたいなかたちをしてるんじゃないのか。おれが首をひねると、マーサはきめつけた。

「だって、うちのハリーみたいに、胡瓜《きゆうり》が左折したような顔や、電話機そっくりのラリーの顔にくらべたら、スターの顔はまるくて、うんとお星さまに近いわ」

ラリーの顔を、電話機そっくりとは、マーサもうまいことを言った。ラリーは補給部《サプライ》の黒人兵で、スターとはよく飲んでけんかをしてたが、黒い顔が電話機式に横に居すわり、上下のくちびるのまんなかあたりがバカ厚いので、まんまるに見える口が、なんだか顔のまんなかあたりにあって、白い文字盤みたいな歯が、まるい口の内側をとりまき、おまけに、レスリングでもやったのか、めくれこんだ耳たぶが、受話機の両はしのふくらんだところに、かたちもくっついてる場所も、てんで似てやがる。

スターは、朝、廃品部の事務所《オフィス》にくると、自分の机のうしろの壁にぶらさげた特別製のカレンダーの、今日の日附のところに、マジック・ペンで☒なふうに、まず×印をかきこみ、その¼を黒く塗り、ふーっと、ため息をつく。

そして、昼休みには、はんぶん黒くし、午後の休憩時間《コーヒー・ブレーク》には¾、仕事がおわると、ぜんぶまっ黒に日附を塗りつぶし、くちびるのピンクの裏側をみせて、また、ふーっと、大きなため息をつき、白いままでのこっている日附をかぞえて、あと何日、と声にだして言う。

事務所《オフィス》だけではない。兵舎《バラック》のベッドの枕もとにも、自分でつくった特別製のカレンダーがあって、スターは、朝、目がさめると、黒のマジック・ペンで一本斜線をいれ、夜寝るときには、もう一本斜線をクロスさせていた。

それどころか、このバー「マーサ&ハリー」にも、ビールの広告のポスターの裏に日附をかいたカレンダーがぶらさげてあり、スターは、口でもゆすぐみたいに、安物のジンを口のなかでころがし、カウンターによりかかって、ナインティーン・モア・デイズ、ナインティーン・モア・デイズなどと、くりかえしくりかえしつぶやきながら、時間をかけて、その日附を塗りつぶした。

それは、丹念な動作というよりも、見ていてしつこくて、あと何日、とくりかえす言葉も、その日がくるのが待ち遠しくてわくわくしてるひびきはなく、なんだか呪いの言葉みたいだ、とハリーは言った。

事実、スターは、日附の枠《わく》のなかに、サージャンなんとか、ルテナンなんとか、といったように下士官や将校の名前をこまかく書きこみ、それを、べっとり黒く塗りつぶしていくこともあり、アメリカ流の五寸釘だな、とおもったりした。スターのカレンダーは、今月の十六日までしか日附がない。スターは今月の十六日で満期除隊になることになっていた。あと十四日だ。いや、もう十二時をまわったから、十三日か。

たしかに、ハリーが言うように、スターはわくわくしてるようなそぶりではなかったが、除隊の日を待っていたはずだ。でなかったら、わざわざ、とくべつのカレンダーを、職場と兵舎とこのバーと三つもつくって、しつこく、それを塗りつぶしたりはすまい。でも、だったら、あとたった十四日というところまできて、なぜ、飛降り自殺なんかしたのか？

「それなんだよな」わらいすぎて涙がかれたハリーは言った。「スターは、刑務所をでる日を、毎日、指おりかぞえてる囚人みたいだったけど、仲間を裏切るかなんかしていて、出所したら殺《や》られちまうのを覚悟してるようなところもあってよ」

ラリーが鼻をならし、鼻の頭に褐色のしわがよった。

「情報部員《インテリジエンス》スターが、こんどはギャングスター・スターかい」

「スターが、だれを裏切ったの?」

マーサがスカートをまくりあげ、アンヨの奥のほうを、音をたててひっぱたいた。

太股の内側が凝るんだそうだ。とくに、前の夜酔払《デキアガ》ったあくる晩、またできあがり、それに、今夜みたいに雨が降ると、よけいしんしんと凝るという。うんと、ひどいときには、鍼《はり》をうってもらうらしい。

まだ、やっと二十《はたち》をこしたぐらいで、そんなふうなら、あと五年もしたらヨイヨイだな、とおれがケナすと、マーサは、なんだか、ちらっと、みどりがかった目の色をして、「ほんとは、マラリアにかかって、注射をお尻にしてたとき、打ちかたがわるかったのか、それから、内股がしびれだしたの」と言った。

しかし、マーサは終戦後に生れたというし、だったら、どこでマラリアにかかったんだろう? ときたま、目がみどりがかったひかりかたをするのもおかしい。グリーン・ジャップという悪口があるけど、それはニホン人の皮膚のことで、目の色とはちがう。もしかしたら、マーサはニホン人ではないのかもしれない。

ともかく、股に鍼というのには、わらっちまった。股鍼、マタハリじゃないのよ。

だいたい、ハワイの三世の大世渡なんかは、このバーのことをマタハリという。ハワイの英語はthがtとおなじ発音で、サンキューはタンキュー、このバーの名前のMarth &

Harryはマタハリになっちまう。

いや、あれこれわからないことがあるというだけのことで、またはなしをもとにもどすが、スターは、やっぱり、除隊の日をまってたはずだ。だいいち、廃品部《サルベージ》に転属してきて、顔をあわせたときから（おれは、基地のサルベージ、つまりゴミ捨場の人夫《レーバー》だ）スターは、軍隊の悪口ばかり言っていた。

軍隊をコキおろさない者は、ふつうの兵隊でも将校でもまずいないが、スターのはとくにひどくて、このあいだの夜の地震でベッドに小便をもらして、みんなにわらわれたときも、軍隊があるから、ニホンになんかきて、そのために地震にもあい、こんなことになる、みんな軍隊がわるいんだ、と言った。

まったくそのとおりで、たいへんはっきりした理屈だが、明確な理論というのが、いちばんわらいものにされるようだ。そして、みんなにわらわれると、スターは黒い顔を黒くしてムキになり、ガッデメ、サラバベッチ、カクサカ……と、きたない形容詞をきりがなくならべて、軍隊の悪口を言った。

ところが、二月半ほど前だったか、この「マーサ&ハリー」で、スターが除隊の日まで一〇〇日間のれいのカレンダーを、ビールの広告ポスターの裏につくったとき、れいのラリーが、そんなにきらいな軍隊になんだって志願してきたんだ、と言い、おれはびっくりした。

しょっちゅう、軍刑務所《ストッケード》にほうりこまれたり、それよりもっとひどい不名誉除隊になる連中でも、志願してきた者はたくさんいるけど、まさか、スターが志願兵だとは、おなじ廃品部《サルベージ》にいるおれもしらなかった。もっとも、それは、おれが日本人の従業員だからで、人員点呼《ロールコール》用の名簿《リスト》なんかにも、この男は志願兵というような記号がタイプしてあり、兵隊仲間では、だれでもしっているらしい。

しかし、まさか、スターが志願兵だとは……おれは戦後すぐからの基地《ベース》づとめで、あれこれ、軍隊にはむかなくてイビられてるアメリカ兵をみてきたが、スターなんかは、最高に兵隊にはむかないほうだとおもう。

スターが除隊カレンダーの余白にその名前を書きこんで、マジック・ペンでまっ黒にぬりつぶしていた下士官や将校も、スターをイビったくちだろうが、スターならイビられてあたりまえだろう。

おれも、半年、おなじ廃品部《サルベージ》にいたから、よくわかってるが、要するに、スターはどうしようもない兵隊だ。勤務をサボるとか、要領がわるいとか、上官に反抗的だとかなんてことよりも、うまく説明できないけど、スターは兵隊になってなかった。こんなのがまじってると、たとえ、人なみに仕事をしていても、目ざわりでしようがあるまい。だから、事務所《オフィス》といっても、基地《ベース》のはしにペンキを塗った小屋がたってるだけの廃品部《サルベージ》に、スターはおくられてきたんだろう。

おもしろいもので、ゴミ捨場には、日本人でも、G・Iでも、ゴミみたいなのがおくられてくるようだ。

スターが、継子《ままっこ》兵隊の黒い羊《ブラック・シープ》（べつに、シャレのつもりではない）だったことは、本人もよくしっていて、また、入隊してから、急に軍隊がきらいになったのでもあるまいし、なんだって、そんな軍隊に志願したのか、と、よけいなことだが、おれはスターにきいてみた。だいいち、志願したら、徴兵された者より、サイテイ一年は長く軍隊にいなければいけない。

そのとき、スターは「マーサ&ハリー」のカウンターに腕をつき、れいの歯でもゆすぐように、安物のジンを口にふくんでいたが、なかなか返事をせず、となりの止り木《ストール》の上でカルメンみたいに足をくんだ（短いけど、そんなひだひだがついたスカートだったからさ）マーサも、カウンターのなかのハリーも、スターが志願兵だったときいてあきれかえり、なんだか不気味なミステリのようにおもったのか、ハリーはグラスをふくのもやめ、スターの手をみつめた。

補給部《サプライ》の黒人兵のラリーも、スターが志願したことはしってても、やはり、どうして、軍隊に志願なんかしたんだろうとふしぎだったにちがいない。スターのほうにストールをまわした。

黒蜥蜴《とかげ》の（見たことはないが）背中のように、黒くなめらかにひかかっている指と黄疸《おうだん》にかかったやつの白眼みたいにきいろっぽい爪と、それこそ、蜥蜴の腹のような白さの指の裏と、からからになったシャット・グラスが、そのあいだでななめになってまわり……シャット・グラスがとまって、みんな息をのんだが、スターは、だまって、グラスを前につきだし、ハリーがジンをついだ。そのグラスにくちびるをつけ、白い歯をアルコールで晒すみたいに、歯のあいだからジンをすすりこみ、おれとハリーとマーサとラリーと、自分をとりかこんだ八つの目の玉を見まわして、スターは、あきらめた顔で言った。

「志願すりゃ、自分のいきたい部署《ポスト》をえらべるだろ」

それで、ゴミ捨場を志願したのか、とまぜっかえしかけて、おれはだまった。マーサもハリーもラリーも、息をのみっぱなしだ。

「で、どこにいきたかったんだい？」

おれはきき、スターは、しずかにこたえた。

「情報部」

いや、しずかにこたえたというのはアタらなくて、ただちいさな声で言っただけだとか、ヤケノヤンパチで、ムクレた口調だったとか、いやいや、けっこうプライドをもってたとか、ハリーなんかは、息子の自分が父親がだれだかわからないだけでなく、母親までそれがわからないことを告白したみたいだと解説したりしたが（ハリーは、スターが除隊になって、本国《ステーツ》にかえると、なにかで裏切った仲間がまってるようなことを言ったり、ペーパーバックの安ミステリの読みすぎじゃないかな）みんな、あとになっての意見で、そのときは、ちいさなバーのなかでバズーカ砲の弾丸《たま》でも破裂したみたいに、もう、たいへんな大笑いだった。

マーサはわらって、わらって、止り木《ストール》からころがりおち、バーの床にうずくまって、スカートのなかに手をつっこみ、お腹がひっちゃぶけると息をきらし、お腹はやぶれないですんだが、あれ以来、下腹のほころびが、だいぶ大きくなったんじゃないか、とハリーは悪口を言った。（そこまでしってれば、この二人はやはり夫婦かな）

情報部員のスター。

スターがスパイになったところを想像してみろ。もちろん想像できなくて、涙がチョチョぎれる。

軍隊ぐらい、スターには似合わないところはないとおもったが、そのなかでも情報部までは考えなかった。目から涙でなくて、オシッコがでそうだ。

ラリーは、おかしすぎて、わらえなくなり、まだ酔っぱらってもいないのに、フラつきながら、バーを出ていった。

スターは、だから言いたくなかったんだという顔つきだったが、自分が情報部に志願したのが、それほどバカげてるとも、こっけいだともおもってないようで、だから、プライドをもっていたとマーサは言うんだけど、事実、「色つき坊《カラード・ボーイ》やのおれが、情報部じゃおかしいのか」とつぶやき、それは、はっきり不きげんな声だった。

もちろん、スターが情報部には入れるわけがない。しかし、志願しちまったから、徴兵の者より、たっぷり一年余計に軍隊にいて、最後はゴミ捨場勤務……どう考えてもおかしくて、どんなジョークだって、なんどもくりかえせば味がうすれてくるものだが、これだけは、ひと晩に何人客をとっても味がかわらないハニーのプッシイ（とハニーは自慢している）みたいに、いつでもどこでも、だれかが、情報部員《インテリジェンス》スター、といえば、みんなわらいだし、基地《ベース》じゅうにひびくニックネームになった。

さて、道をあるいてたら、上からスターがおっこってきたハニーだが、これは、もう世界的に有名な女性だ。

ニホン人はあまりしらないが、国際的にはわりと有名な人物なんてのが、ときどき、週刊誌などにのったりするけど、学者だったり、菅井汲さんみたいなエカキさんだったり、その分野ではしられていても、そう一般にポピュラーなわけではない。

ところが、ハニー・ヒルといえば、アメリカの兵隊がいるところなら（つまり、ほとんど世界じゅう）どこでも名前がしられていて、ニホンの総理大臣の知名度なんか、まるっきり問題じゃない。

つい、せんだっても、テキサスからきた兵隊が、むこうを輸送機で発つ日、テレビで、ボッブ・ホープがハニーのことをしゃべってた、と言った。

アメリカの全国ネットのテレビの司会で名前がでてくるようなニホン人は、ほかにはあるまい。

ニッポンにいったら、どうしても見なきゃいけないものが二つある。ひとつは東京タワーで、もうひとつは、ハニー・ヒル、とボッブ・ホープはしゃべってたそうだ。駐留軍の新聞で、古今東西の人気投票をやったところ、第一位が故ケネディ大統領で、第二位がハニー・ヒルになった。この新聞は、おれも見たから、ウソではない。

それで、基地の婦人会のオバさんたちが新聞に抗議をしたというはなしもきいた。もっとも、婦人会のなかでも、この抗議に反対があったという。婦人会の幹部で、ハニーにお世話になった奥さん《レディ》がいたんだろう。

　ハニーは女の客もとる。夫婦でくる客もある。夫婦でくるのは、かならず将校で、兵隊や下士官の夫婦はいないそうだ。なぜ将校だけかわからない、とハニーは言った。おれにもわからない。

　いつだったか、世界的に有名なハニーのプッシイと、一度でもいいからやってみたい、とおれはたのんだが、ことわられた。

　ほんとは、おれは、そんなに物好きな男じゃない。ハニーのプッシイは安いのだ。G・I相手の相場は、だいたい安い。つい近頃まで、ハニーは、一回千円か千五百円だった。千五百円のほうは、ハニーの舌のなかで、からだぜんたいがアップアップ溺れちまう、と弾薬部のポーラックが言った。ついでだけど、このポーランド人の兵隊はベトナムのダナンでヘリコプターがおちて、死んじまった。

　ともかく、今どき、千円や千五百円でプッシイができるところなんて、ニホンにはありゃしない。アメ公はケチだから、と洋パンたちは言うけど、ニホンの男もケチになりゃいいじゃないか。

　といったわけで、安くあげようとおもい、ハニーにおねがいしたが、ノウ・サンキューをくらった。アメリカ人の客をとるだけで、ニホン人とはやらないそうだ。自分はニホン人なのに……へんかな？　べつに、へんじゃないのかな。

　黒人兵とも寝ない。黒人はアメリカ人ではない、とハニーは言う。

軍隊は、アメリカでもシロとクロがいちばんまじっていっしょにいるところらしいが、基地《ベース》の外にでるとちがう。パンスケだって、黒白はっきりわかれてる。これも、ついでだが、顔つきなんかは、クロ専の女のほうがマシみたいだ。

この「マーサ&ハリー」も黒人兵とおれたちみたいなニホン人のバーで、黒い顔の客がいないとき、たまに、白人の兵隊がはいってくることもあるが、たいてい、一杯飲んだぐらいで出ていってしまう。においでわかるんだよ、とハリーは言うが、においで区別がつくようじゃどうしようもない。よけいなおせっかいだが、アメリカでシロクロぐあいよくまざるのはたいへんだろう。

そんなことより、ハニーは、どうして、アメリカのテレビに名前がでるほど有名になっちまったのか？　ほかにも、アメリカ兵相手のパンパンは、占領のはじめから延べてかぞえたら、何百万人もいただろう。

北九州のある空軍基地《エア・ベース》のそばの町なんか、ほんとに軒なみ「貸間組合員之章」といういかめしい木の札が玄関にうちつけてあり、これが、みんなパンスケに部屋をかしてる家で、町の人口より洋パンの数のほうがおおかったんじゃないかな。

つまり、ハニーは、延べ何百万人ものニホンの洋パンを代表するスターだが、スターには、スターになる理由があるはずだ。（おっこってきて、ハニーにぶつかったスターは、生れたときからスターで、しかも黒ん坊だし、名前のことでみんなにからかわれ、きっと親父をうらんだだろう。だけど、ほんとは、親父のセキニンでもないし、だから、よけいもやもやか

なしかったにちがいない）

ところが、ハニーには、そんなものは、ぜんぜんない。逆に、いや、スターになれない要素みたいなものは、いくらでもある。だいいち、ハニーは、そんなにカッコよくない。はっきり言って、みっともないほうだろう。

足は、いつもモンペかくたびれたトレパンみたいなものをはいてるのでわからないが、いくらかガニ股じゃないかとおもう。そして、ウエストがなく、ずんべらぼうに胸がながくて、顔が長い。しかも、そんなふうにあちこち長くて、ぜんたいはずんぐりみじかいときてるから、カッコいいわけがない。

ただ、ニホン人が見れば、目もあてられないような女でも、きみょうにアメ公にはモテるのがいるけど、そんなのには、やはり、なにかおかしな放射能みたいなものがある。

しかし、ハニーには、野郎の下半身にビリビリっとくるところなんか、まるっきりなさそうだ。ひと晩にいくら客をとっても（最高は十八人だという）あたしのプッシイの味はかわらない、とハニーは威張ってたけど、かわるもかわらないも、はじめっから味なんかないんじゃないか。ただ、穴ボコがあいてるだけでさ。

これは、うちの廃品部《サルベージ》の軍曹《サージャン》が言ったことだ。ジャスト・ホール、アンド・レギュラー・ホール、しかも、ふつうの穴ボコだってね。"My wife do it hundred times better and for free too" ともうちの軍曹《サージャン》は言った。女房のほうが百倍もよくて、おまけにタダだ、という意味だ。

だいたい、軍曹《サージヤン》は女房自慢だけど（女房自慢の者が、なぜ、ハニーなんかのところにいくのかって？　そこまではおれもめんどうみきれない）軍曹《サージヤン》のうちにハウスボーイにいっていて、ハニーより百倍もいい女房にやられた河辺《かべ》のはなしだと、まるで難破船にのってるようだったそうだ。

あんなのが百倍もいいのなら、それより百倍もわるいハニーは、よほどひどいもんだろう、と河辺はゾッとしていた。

またまたついでだが、ハウスボーイにいっていて、そこのうちの奥さん《ミセズ》にやられちまうのはめずらしくない。おれの弟の竜次なんか、人事課《パーソネル》の中尉《ルテナン》のうちのハウスボーイをしていて、ミセズどころか、まだ十四歳のミス（娘）にバスルームでやられちまった。

また、ハニーは英語もあまりうまくない。もちろん、学校でならった英語ではなく、パンパン英語、パングリッシュだが、それもふしぎなパングリッシュだった。

補給部《サプライ》の通訳の根本さんは、ハニーが兵隊としゃべってるのを、つくづくきいていて、東北弁のパングリッシュじゃないかな、と言った。そういえば、ハニーは、ここにくる前は、青森県の三沢基地にいたとか言っていた。そんなハニーが、なぜ、ボッブ・ホープがアメリカのテレビで名前を言うほどになったのか……。

ほかは、すべてサエなくても、若くてピチピチしてるというのともちがう。もう、いいかげんな歳だ。また、長いあいだ、やってなきゃ、名前も売れまい。

だが、キャリアの長さからいえば、キャシイ東条みたいに、戦争中は特攻隊専門で、戦後はすぐ進駐軍の兵隊にきりかえ、ずっと今までこの商売をつづけ、娘が女子大を卒業して結婚し、もう孫が二人いるような大ベテランも、たくさんいるけど、ハニーひとりが有名になった。

おまけに、客のG・Iのあつかいかたもらんぼうで……まてよ、逆に、こんなところに、ハニーのビジネスが繁昌し、ジャパン洋パンの代表みたいになった秘密があるのではないか。ハニーのやりかたは、ジャスト・ライク・アーミイ、まるで軍隊そっくり、と兵隊たちは悪口を言う。

脱げ、あらえ、寝て、さ、いれろ、カモン、さっさとうごけ……すんだか？　すんだら、かえれ。ヘイ、ネクスト、おい、つぎ！

これじゃまるっきり、新兵教育のトレーニング・キャンプとおんなじだ、と兵隊たちはみんなクサす。ところが、あんがい、これが兵隊たちにウケてるのかもしれない。だから、クサしながら、はるばる、神奈川県の座間あたりから何回もかよってきて、くるたびにハニーのうちの壁に回数をかきこんでいき、正の字が（アメリカの正の字は卌こんなふうにかく）六つぐらいならんでるバカもいた。

しかし、ニホンだって、バカらしいことはある。昔の遊郭や赤線をなつかしがる連中は、泊って、朝になると、女が味噌汁をこしらえ、ズボンにアイロンをかけてくれた、なんてうっとりしてやがる。そんなことは、女房かおふくろがすることじゃないのよ。わざわざ赤線の女を買って、女房かおふくろみたいなことをやってもらって、うれしがってるのか。ひでえ趣味だ。

兵隊たちも、基地《ベース》の正門をでて、桑畑をよこぎり、ほんの四分ぐらいしかかからないハニーのところにきて、軍隊式に命令され、プッシイをする。

いや、この基地《ベース》の兵隊でなく、神奈川県の座間どころか、はるばるトルコからくるような戦略空軍の連中でも、やっと、軍務をはなれたのなら、軍隊くさくないところにいきたくないんだろうか。なにも、よりによって、訓練キャンプの新兵時代をおもいださせるハニーのところなんかにこなくてさ。

味噌汁とズボンにプレスの赤線の女と、かたちはちがってもおなじことで、ニホン人の男もアメ公の兵隊も、おかしなことをやるもんだ。

そんなわけで、どうして、ハニーが、これほど世界的に有名になったのか見当もつかないが、ともかく、駐留軍の新聞の人気投票では、故ケネディ大統領に次いで世界第二位にえらばれ、そんな名誉にくわえて、ハニーは、だいぶ金をためこんだらしく、このあたりの土地は、みんなハニーのものだというし、げんに、このバーも、マーサとハリーがハニーから借りてやっている。

「女が、からだで稼いで、男にいれあげなきゃ、たとえ、千円、千五百円の安い公定のプッシイ代でも、ちゃんとこんなふうになるっていう、いい例だ」

いつだったか、ハリーは、いくらか恨みっぽくマーサに言ったが、これは、マーサが、黒人兵と只《フリー》で寝ることに文句をつけてるのか、それとも、からだで稼げといってるのか……

あれ、おんなじことか。しかし、これでも、この二人は夫婦なのかなあ。

　ともかく、ハニーは、たいへんな名声をもち、金ももっていて、上から、スターがおちてきた。

　たぶん、ハニーは死んじまっただろう。すぐ、基地《ベース》の救急車がきて、スターといっしょに、やはり基地《ベース》のなかの病院にはこばれていったが（いったい、だれが、基地《ベース》にしらせたのか？）ラリーが面会にいってもあえなかった。

　ただ、ラリーは、なんだか、ふたりとも、基地《ベース》の病院にいなかったような気がする、と言う。ふたりといっても、スターは死んでるんだが、ハニーとスターが基地の病院にはこびこまれるのは（ふつうの救急車の入口はとおらず、裏からはいったそうだ）病院の裏のボイラー室にいたボイラーマンの柿内が見ていた。

　スターが死んだことはまちがいあるまい。基地《ベース》の救急車にのってきた男が、グンニャリなったスターの脈をとり、目をのぞきこんで、フィニッシ（おしまい）と言い、首をふったのだそうだ。アメ公のゼスチュアは大きいから、まわりにあつまってた者は、みんな、それを見て、おぼえている。しかし、ハニーは、タンカにのせられて、救急車にはこびこまれるとき、首をよこにまげたとか、口をはんぶんひらいたとか、口は、はじめからあいていて、うーん、とうなったとか、いろいろ言う者がある。それに、飛降り自殺をしたスターは出血らしいものはなかったが、ハニーは地面に頭かどこかうちつけたのか、上半身は血だらけで、首の骨がおれていた、とマーサなんかはがんばる。だけど、首の骨がおれていて、救急車がくるまで息をしてるだろうか？

ハニーの悲鳴をきいて、表にとびだした者のなかには、基地《ベース》の病院のニホン人の看護婦もいて、この看護婦は、スターの脈をみて、もうアカン、と首をふった男は、病院では見かけたことはなく、病院のドクターでも衛生兵でもない、とふしぎがってたらしい。

じつは、これは、きょうの午後（いや、もう昨日《きのう》の午後か）おきたことで、おれはその場にはいなかった。きょう（いや、昨日）はハーフ・ディ（半どん）の水曜日で、いくらベトナムで戦争をやってても、朝鮮で戦争をしてたころとはちがうから、たいていのセクションでは、CQ（当番）だけのこして、兵隊は休み《オフ》になる。

スターも、午前中だけ勤務し、昼食後、基地《ベース》をでて、ハニーの家のとなりの、基地労務者の共済組合の二階の屋根からとびおりたのだ。

スターの脈をみて、瞳孔《どうこう》をしらべ、フィニッシ（おしまい）と言った男のことだが、病院のドクターでも衛生兵でも、病院の人間でないとしたら、いったいだれかしら、とマーサがその看護婦にきくと、憲兵隊のひとみたい、と看護婦は言ったそうだ。兵隊が飛降り自殺をし、ニホン人の女が（ニホン人の客はとらなくても、ハニーはニホン人だ）その下じきになったとなれば、これは事件で、兵隊がおこした事件にMPや憲兵隊の者がきたってふしぎではない。

ただこれは、町でおきたことなので、もちろん、ニホンの警察の管轄だが、管轄の問題より、死ぬか死んだかというくらいのケガ人がいれば、病院にはこぶほうがさきだろう。ニホン人の基地《ベース》の病院にかつぎこむのは、とくべつのことだけど、町役場も警察も、もう二つむこうの駅にちかく、ここは基地があるだけの離れ小島みたいなところで、今までにもそんな例がなかったわけではない。

ちょっぴり、おれの頭にひっかかるのは、スターの脈をみて、もうアカンと首をふった男が病院の者ではなく、憲兵隊のひとりじゃないかしら、とれいの看護婦が言ったことだ。

へたをすると死んじまうかとおもった。わらいすぎて、お腹のよこっちょが痛くなるなんてものではない。

仕事がおわり、塵芥《ごみ》・トラックにのって、正門ちかくのバス・セクション（守衛所）の前まできて（うちのゴミ捨場は基地《ベース》のはしにあるから、歩いてたら、ほんとに日が暮れちまう）桑畑のあいだをとおり、崖崩れの跡をとおり、この基地《ベース》銀座のメイン・ストリートにくると、マーサ&ハリーのハリーが店からとびだしてきて、なんだかアワアワいいながら、おれの手をつかみ、バーのなかにひっぱりこんだのだ。

基地《ベース》銀座といっても、家は十軒ていどだが、朝鮮戦争の前は、今は基地労務者の共済組合になってる建物しかなかった。

そして、その建物の二階の屋根からスターが飛降り自殺をし、その隣り（ほんとは、うしろだが）の自宅からでてきたハニーにぶつかったときいて、（それまで、スターとはおなじゴミ捨場につとめていながら、おれたちには、この事件のことはしらされてなかった）おれは、グッと息がつまり、息がつまったたまま、マーサとハリーにつられてわらいだし、栓をしたまま、ラムネのびんをふりまわしてぶんなげたみたいな状態になったのか、わらいの風圧で肋骨がはずれたような気さえした。

マーサはわらいすぎて、れいによって、バーの床をはいまわり、それでもわらいがとまらなくて、またカウンターのはしをつかみ、止り木《ストール》によじのぼった。

そのうち、スターとよく飲んでいた補給部《サプライ》の黒人兵のラリーがきて、また大わらいになり……だって、こんなおかしいことはないだろ。もっとも、おれたちは、スターやハニーをしってるから、やたらにおかしいんで、よその者にはつうじないファミリー・ジョークみたいなものかもしれない。

やっと、わらいがいくらか下火になると、ラリーがペリー・コモの「キャッチャ・フォーリング・スター」の替歌をうたいだし、マーサは、目をおさえて、トイレにかけこんだ。わらって、涙がでて、目が赤くなり、これ以上わらうと、わらい涙で目の玉がおしながされるといけないとおもい、涙を下のほうからだすことにしたのか。

キャッチャ・フォーリング・スター
アンド・プリニン・ハー・プッシイ
おちてきたスター（星）をうけとめて
オ×××のなかにいれておき
給料日前までとっときな。

給料日前《ペイデイ》になると、やはりガックリ、兵隊の客がへって、日に三、四人のこともあり、スターの下じきになって死んだハニーは、暇だわ、とコボしながら、表の通りまで出てきて、しゃがんでたりした。そんなに暇なら、黒ん坊のスターでも、給料日前《ペイデイ》まで、プッシイのなかにしまっといて、ちょいととりだし……、とりだしちゃいけないのか、また、いれて……。

おれたちは、キャッチャ・フォーリング・スター、とくりかえし、スターがつくったカレンダーの残った日附を塗りつぶしていった。

もう、スターは、朝・昼・晩と塗りわけて除隊カレンダーを、毎日、マジック・ペンで黒く消すことはない。

ノウ・モア・デイズ

ラリーは、わらいがシャックリになってヒックヒックしながら、まず、最後の日まで、よこに、一本線をひき、そして、おれ、マーサ、ハリー、みんなで、一日ずつ、マジック・ペンや鉛筆で黒く塗り、ヤケに力をいれたり、涙がにじんだりして、スターの特別製のカレンダーは、ずたぼろになってしまった。

ハリーは、こうわらってちゃ、今夜はもう商売にはならない、と店の外にでていって、入口のドアのノブにぶらさげてあったＯＰＥＮ（開店中）の札をひっくりかえしてＣＬＯＳＥにし、もどってきて、カウンターの下の流しに頭をつっこみ、水道の栓をひねった。

それでも、夜中すぎになって、わらいがとまったが、わらいすぎたため、ハラワタがけずれてなくなり、腹のなかがペコンとからっぽになったみたいで、みんなカウンターによりかかっていたら、マーサが、ひょいと顔をあげた。

「あと十四日で除隊だっていうのに、どうして、スターは飛降り自殺なんかしたのかしら?」

「おまえ、くどいよ」ハリーがカウンターに頭をくっつけたまま、言った。

「あたし、あのとき、ちょうど表にいて見たの。スターは、ハニーめがけて、とびかかってるみたいだったわ」

「げんに、スターはハニーにぶつかったんだから、そんなふうに見えたのさ」おれは、のこったジン・コークを喉にながしこんだ。

「でも、スターは両手を前につきだし、ハニーの首にまきつけるようにして……。それに、スターが、だいぶ前から、共済組合の二階にいたらしいっていうのも、へんだとおもうの。自殺をするひとが、その場まできて、そんなにぐずぐずしてる? ぐずぐずしてたら、自殺なんてできないわ。あたし……経験があるもの」

マーサはグラスをふって、底にのこった氷をならした。自殺し、火葬にされた自分の骨の音をきいてるみたいな……ちくしょう、おれまで、拳銃とはんぶんヌードの女の絵が表紙にかいてあるミステリが好きなハリーのクセがうつってきた。

基地労務者の共済組合には、女のコがひとりだけしかいない。だいたい、今どき、地下足袋だとか、軍手とかぶらさがってるだけじゃ、共済組合になにか買いにくる者なんかありゃしない。

だから、ひとりいる女のコも暇で、お昼の弁当をたべたあと、駅にあそびにいっていた。

駅には、広島あたりのイガ餅にくっついた米粒みたいに、顔にニキビがちらばった若い駅員がいる。

そして、一時間半ぐらい、駅であそんでいて、共済組合にかえり、それからまた一時間ほどたったとき、スターが二階の屋根からとびおりたのだ。

女のコは、駅からかえったあとは、ずっと共済組合にいて、自分の机で手紙をかいてたそうだ。どうも、それまでおしゃべりをしてかえってきたばかりのイガ餅駅員にあてた手紙らしいが、いくら、ラブレターを書くのに熱中していても、机は、すぐ階段のそばにあり、だれか、そばをとおればわかるだろう。

ひとがたくさん出入りしているなら、気がつかないこともあるかもしれないけど、夕方以外は、ぜんぜんひとがよることはなく、基地銀座《ベース》といっても、前の道をとおる者さえ、ほとんどいない。

とすると、女のコが共済組合にかえってくる、ほんのちょっと前に、スターが二階にあがったとしても、一時間は、そこでじっとしていたことになる。

そして、スターは、ながいあいだ、共済組合の二階に（かくれて）いたあとで、屋根からとびおり、下をあるいていたハニーにぶつかった。

それもおかしい、とマーサは言う。人通りがはげしい銀座のデパートの上あたりから飛降り自殺をしたのなら、下をあるいてた者にもぶつかるだろうけど、おなじ銀座でもこの基地《ベース》銀座は、今もいったように、朝晩、基地労務者や兵隊がとおるほかに、ほとんど人通りはない。

　あのときは、たった十軒たらずでも、基地銀座にいた者が、ぜんぶとびだしてきたから、道が混んでる感じで、スターが飛降り自殺をし、たまたま、下をハニーがあるいていてぶつかった、とあたりまえのことみたいに考えたが、これは、どうしてもへんだ。それに、飛降り自殺というのも、スターの脈をみて、もうアカン、と首をふった男が、ジャンピング・スイサイド、と言ったのをきいて、あれ、飛降り自殺だってよ、ということになったような気がする。偶然、表にいて見ていたあたしは（見かけたのはあたしひとりで、共済組合の女のコも見ていない）その瞬間は、飛降り自殺なんてことは、ぜんぜん頭にうかばなかったみたいだ。だいいち、自殺をしようという者が、たとえ、共済組合が基地銀座《ベース》のなかではいちばん高い建物だとしても（ほかは、みんな平屋）そんなところの二階の屋根から飛びおりたりするかしら……マーサはがんばった。

「それで、なんだって言うんだよ」

　ハリーは、ぬれたゾウキンみたいに、カウンターの上にのっけた顔をよこにしてきいた。

「だって」マーサは、また、グラスの底の氷をならした。

「ケネディ大統領だって殺されたのよ」

「おいおい……」おれは止り木《ストゥール》からズッコケそうになった。「だから、人気投票で、ケネディ大統領の次だったハニーも殺されたっていうのか？」

「だれに？」ハリーはゾウキンをしぼるみたいに顔のまんなかあたりをくしゃくしゃっとさ

せた。

「きまってるじゃないの。スターよ」

「情報部員《インテリジエンス》スターが、人気投票世界第二位の偉大なパンスケ・ハニーを殺したって?」ラリーが言った。「バット・ホワイ? 殺すのには、理由があるはずだ」

スターもハニーの顔ぐらいは知ってただろうが、ものを言ったことはあるまい。カンケイがない者は恨みようがない。ハニーはシロ専のパンパンだった。

マーサはだまりこみ、ラリーが電話機に皺がよったように眉をしかめた。

「しかし、情報部員《インテリジエンス》スターだから、トップ・シークレット（極秘）の理由があったのかもしれんぜ」

せっかく、なんとか、わらいがおさまったのに……また、みんなでヒイヒイわらいだし、かわるがわるトイレにいき、ゲロをしながら、まだわらった。

昨日《きのう》、ひさしぶりに、マーサとハリーのところにいくと、スターを見かけたという兵隊が店にきた、とマーサが言った。

「スターは死んじまったんだよ。人ちがいさ」

おれは本気にしなかった。しかし、スターに見まちがえられる黒ん坊は、かなしい黒ん坊だな。

「でも、その兵隊、ほら、前に兵器部《オードナンス》にいてスターと兵舎《バラック》がいっしょだったメーヤーよ。今はドイツにいて、TDY（出張）でこの基地《ベース》にきているらしいんだけど、ハンブルクの町の通りで、スターにあったたっていうの。すれちがったときは、それこそユーレイでも見たような気持だったけど、ふりかえって、スター、と声をかけ、もう一度、情報部員《インテリジエンス》スターと言ったら、左の肩をピクンとあげたんだって。ほら、スターは腕はうごかさずに、肩の骨でもとびだしたみたいに、ピョコン、とそこだけうごかしたでしょ。そんなこと、だれでもやれるって、補給部《サプライ》のラリーが言いだし、うちの店があの基地《ベース》銀座にあったころ、みんなでためしてみたけど、てんでだめだったじゃないの」

「うん」それは、おれもおぼえていた。

「メーヤーは、ぜったいスターにまちがいないと言ってるわ。テン・バックス（十ドル）賭けたっていいってさ。ところが、まだ、はなしがあるの。でも、わらっちゃだめよ。あのとき、わらいすぎて、とうとう三日も寝こんだんだもの。スターがどんどんいってしまったので、ふりかえって立ちどまってたメーヤーもあるきだしたら、私服のアメリカ人のごついのが二人やってきて、どうして、あの男が情報部員だと知ってるのかって、しつこくきいたらしいわ。そして、ひっぱっていかれたのが、わらっちゃいやよ、米軍情報部なんだって。スターはほんとに情報部員だ、これもテン・バックス賭けてもいい、とメーヤーは……あら、わらわないの」

おれはコーヒー・カップをおいた。どんな兵隊だって、その職場にくる前のことをしゃべる。しかし、スターは、前にどこにいたかということは、ぜんぜん口にしなかった。情報部に志願したことのほかは……。

「それに、ハニーのことでも、おかしなことをきいたの。あのときいたニホン人の看護婦のはなしだけど、キャプテン・グッドウインが、ハニーは殺された、と宿舎《ドミトリ》で泣いたそうよ」

大尉《キャプテン》といえばおっかないが（事実、威張ってて、おっかなかった）アメリカ人の看護婦だ。しかし、これは、マーサのおもいすごしだ、とおれはおもった。「あいつらはアクシデント（事故）のときは、キルド、殺されたって言うからね。自動車事故なんかも、みんな、殺された、だ。ハニーも事故だったし……」

「そんなんじゃないの。キャプテン・グッドウインは、They killed her. ってくりかえしてたらしいわ」

「They?　ドクターたちの処置がわるかったのかな」

「キャプテン・グッドウインは、ハニーのおなじみだったんだよ」よこから、ハリーが言った。

「ハニーは、女の客もとってたからさ。女ってのはおもしろいんだな。ハニーは、兵隊たちのあいだではすごい人気だったけど、本気でハニーに惚れてる者なんかいなかった。要するに、パンパンとして人気があったんだ。ところが、キャプテン・グッドウインなんかは、ハニーはわたしのもの、男はしかたがないけど、ほかの女の客はとらないでちょうだい、それだけのマネーはだす、と言ったりして、看護婦仲間あたりでは、だいぶやりあってたらしい」

「ま、ハニーが殺されたとして、病院にはこびこまれてから、なにがあったかわからないけど、さいしょは、スターがおちてきて、ぶつかったんだが……じゃ、なぜ、ハニーは殺されたんだろう?」

あのときとおなじように、マーサはだまってしまった。

あれから、ちょうど一年たつ。朝、出勤のとき、基地《ベース》の前の駅でおりた瞬間、電車のなかの居眠りがつづいていて、まだ夢を見てるんじゃないかとおもうことが、ちょいちょいある。基地《ベース》の前といったが、ほんとに駅のまん前に基地《ベース》があるのだ。一年前には、この駅からは、基地《ベース》の正門も見えなかった。

しかし、今では、駅までのあの基地《ベース》銀座も、スターが飛びおりた共済組合の建物も、崖崩れの跡も、桑畑も、なにもない。

駅の真正面に、道路をへだてて、メイン・ゲート（正門）とMP小屋があり、金網のむこうに、広い白い道がつづき、うつってきた燃料部のバカでかいタンク・ローリイなんかがはしりまわっている。

駅はもとの正門よりひくく、そのあいだに崖崩れの跡なんかがあったのに、すっかりひらったくなってしまったのも、どうしたことだろう。

リンゴをかじって、なくなってしまうのはわかるが、げんにあった空間が、そのまま姿をけすというのは、おれには、どうしても解せない。

あのあとすぐ、このあたりは米軍に接収され、工事がはじまり、それこそあっという間に、駅のまん前に基地《ベース》の正門ができた。桑畑のあたりは、もうだいぶ前から、米軍のものになっていて、ただ、基地《ベース》銀座の土地と建物をもっていたハニーが、すごく強硬に接収に反対してたらしい。

しかし、たとえ十軒たらずの基地《ベース》銀座でも、土地も建物も、ぜんぶハニーのものだったとはおどろいた。もっとも、人気投票世界第二位、ボッブ・ホープがテレビでその名前を言うぐらいのパンちゃんなら、そのていどの金はたまってただろう。

ハニーの葬式はなかった。九州にいる妹が遺体をひきとりにきたということだが、その遺体が基地《ベース》の病院にあったのか、それとも、どこかほかにうつされていたか、それもわからない。東北弁のパンパン英語をしゃべったハニーに、九州の妹がいたというのも、へんだが、いちいち心配してたら、きりがあるまい。

飛降り自殺をしたはずのスターのほうは、ほんとに死んだのか、なんだかあやふやな気もしだしたが、ハニーは死んだ。そして、だれかが（ひとりでなくても）基地《ベース》銀座の土地と建物をうけつぎ、ハンコをおして、米軍に接収された。

ハニーは、死んでもここはうごかないと言ってたそうだ。自分の商売のためには、ニホン最大の基地の正門からあるいて四分たらずのここが、いちばんいいとおもいこんでたのか。

むりに接収するのなら、こちらにも覚悟がある、ハニーが言ってたともきいた。世界中にちらばった米軍にその名がとどろいてたぐらいだから、ハニーには、いろんな部隊、階級の客がいた。中佐、大佐なんてのもめずらしくなかった。もっと重要な地位の高官も、それこそおしのびできていたかもしれない。そんなことも、スターが飛降りて、ハニーにぶつかったことと、なにか関係があるのか？

しかし、もし、スターが、ほんとに情報部員だったとしても、基地のまわりのわずかな土地の接収のために、情報部員がその土地の持主の女を殺したりするだろうか？　どんなチンケなスパイ小説でも、そんなバカらしいことは書いてない。

いや、今もいったように、ハニーのところには、共産圏以外は、ほとんど世界じゅうに駐留している米軍からのお客がきていた。ＴＤＹ（出張）で、昨日、西ベルリンから、きょうの午後、トルコから着いたばかりなんてことは、基地では、毎日あることだ。そして、ジャパンにいったら、ケネディ大統領に次いで人気があるハニー・ヒルとプッシイしてみよう、なんてことじゃなかったのかな。

事実、ハニーの家は、便所のなかから、壁、天井にまで、地球上のあちこちからきた兵隊たちが、プッシイの順番をまってるあいだに書きこんだ部隊名と名前がならんでいて、ハニーの家にいけば、世界じゅうの米軍の配置とうごきがわかる、といった者もあった。

だから、おなじ青い目のスパイも、ハニーのところにはきてたかもしれない。そのスパイにニセの情報をながす米軍のカウンター・スパイも……。そして、やがて、ハニーの存在が危険になり……。

ただ、メーヤーがハンブルクの町ですれちがったのは、やはり人ちがいでスターではなく、スターは飛降り自殺で死んじまったのだとしても、また信じられないことだが、ほんとにスターは情報部員だったとしても、除隊の日までの特別製のカレンダーを、毎日、しつこく塗りつぶしていた姿が、どこにもあてはまらず、うきあがってしまう。

マーサとハリーも、基地《ベース》銀座を接収され、二つむこうの駅のK町にうつった。店も、もうマーサ&ハリーのハワイ式の発音でいうマタハリ酒場ではなく「白鳥」という名のスナックだ。店はきれいになったが、黒人兵は顔をださず、たまには、ニホン人が家族連れでくることもあるという。おれも、こうして、安物のジンでなく、コーヒーなんか飲んでいる。

ベーカリイの配達がきて、ケーキをおいていったあと、ハリーが言った。

「おれたち、こんど結婚することにしたんだ」

「あれ、前から夫婦じゃなかったのか……」

おれはカウンターのうしろにならんだマーサとハリーに目をやった。

「そう言われるとヨワいな」

ハリーは頭をかいたが、なにがヨワいんだか、おれにはわからない。

またしばらくだまっていて、おれは「情報部員《インテリジェンス》スターか……」とつぶやいたけど、ハリーもマーサもわらわなかった。

海は眠らない

ハッチの壁に後頭部をぶっつけて、おれは尻もちをついた。その目の前に、パレットがななめに、どっと落ちてきた。

「なにをぼんやり、ひとの顔をみてるんだ」

おれをつきとばした男は、ひくい声で、うなるように言った。

おれはうしろ頭に手をやった。ヌルッとした指さきから、ハッチの壁にくっついた背筋をつたい、つめたいものが全身をはしる。

重い貨物《カーゴ》をのせる、厚板をうちつけたパレットが、今のようにスリングからはずれ、その下じきになって、白い骨をだして死んでいた仲間の検数員《チェッカー》をみたのは、ほんの十日ばかり前のことだ。

だが、おれはパレットにつぶされかかったので、ゾッとしたんじゃない。やつだ。まちがいない。語尾がおもく耳の底にのこるような、あのひくい声。

やつは手をのばして、おれをひきおこしてくれた。色メガネをかけ、いいかげんなチョビ髭なんかはやしているので、わからなかった。

この船は、おれははじめてだった。検数員《チエッカー》の一人が病気になり、そのかわりに、今夜一晩だけ臨時できたのだ。しかし、会社のランチで、沖に碇泊しているこの船につき、昼勤の検数員《チエッカー》と交替して、ハッチにおりてきた時から、やつを、どこかで見たことがある仲仕《ステベ》だとはおもっていた。

目をあげると、やつは横をむき、さがってきたスリングのさきをつかんだ。艀《バージ》におろしているジェット機の、燃料タンクの数をかきとめた集計《タリ》板をほうりだし、おれは、ハッチの壁に垂直にたった鉄梯子に手をかけた。

船員帽をかぶった仲仕《ステベ》の小頭が、ハッチサイドからでてきて、どなった。

「よう、貨物《カーゴ》を集計《タリ》しなきゃ、こっちは仕事ができんじゃないか」

だが、その時には、もうおれは鉄梯子をのぼりだしていた。そして、ばかやろう、あんな野郎のそばにいられるかい、と口のなかでつぶやきかけて、ハッとした。じょうだんじゃない。スリングからはずれたパレットがおちてくるのに気がつき、やつはおれのからだをつきとばして助けてくれたのか？　それとも、その反対に――。

おれは、膝から下がぬけてしまったのかとおもった。靴の底に、ぜんぜん体重をかんじないのだ。鉄梯子の横棒をにぎった手にも、力がはいらない。額につめたい汗がにじみ、そのくせ、頭はカッとあつくなっていた。おれは上も下もみなかった。うごけないのだ。そして、ガンガンなる頭で、やつのことをかんがえていた。

朝鮮戦争の頃、米軍にチャーターされた貨物船に、おれは通訳としてのっていた。その船が元山のほうにいったとき、やつとは、おなじハッチに寝ていたことがある。四段になったベッドのいちばん上がやつ、そのつぎが松木というオッサン、そして、みんなからネコとよばれていた金子、下がおれだった。ネコは川崎のグレン隊で、モヒ中毒をなおすために、朝鮮行きの仲仕《ステベ》になった、なんて言っていたが、あてにはならない。しかし、時々、なにがはいっているのかわからない注射を腕にぶっこんで、女の上にのっかった時のような声をだしていた。

そのネコが、どうも、やつはうすきみがわるい、と言いだした。やつは無口で、もともと仲仕《ステベ》ではなさそうだったが、仕事はよくやった。ただ、みんなのくだらないおしゃべり――エロ話やけんかの話はべつとして、本気できいている者もないだろうが、密輸の手伝いとか、麻薬売買《ベーバイ》をやったとかいう話になると、時々、やつの目がおかしなひかりかたをするのに、おれも気づいたことがある。とにかく、はじめから、虫のすかん野郎だった。

松木のオッサンも、得体のしれない男だった。

わざわざ、朝鮮行きを志願してきたこの連中のことだから、横浜《ハマ》でごろごろしていた風太郎か、ネコみたいなやつとか、学校の中途でグレて、まともな就職もできないおれのような男ばかりで、船にのりこんだ時には、それこそ、百円札一枚、持っていた者はなかっただろう。

ところが、松木のオッサンだけは、ばかでかい紙入れに、ゴッテリ札をいれていた。そんなに金《ナマ》があるんなら、こんなところにくることもないだろう、とネコが言ったことがあるが、オッサンはおかしな訛のある声で、「これっぽっちで、何日くらせる」とつぶやいただけだった。オッサンは仕事はてんでしなかった。しかし、だれも文句は言わなかった。やはり貫禄があったんだろう。

やつの正体をかならずつきとめてやる、とネコはいきごんでいた。殺人《ころし》か強盗《たたき》でもやってズラしてきたにちがいない、とネコはおもっていたようだ。

ネコは、やつがウインチの合図係で手をふっている時、スリングからはずれたドラム缶を背中にくらって、二晩うなって死んだ。

松木のオッサンも内地にはかえれなかった。元山の撤退がおわり、通信機かなんかの最後の貨物《カーゴ》をとりにいく時、めずらしく、松木のオッサンは、自分からすすんでボートにのった。むろん、やつもいっしょだった。考えてみれば、いつも、やつは松木のオッサンのそばにへばりついていたようだ。いつまで待っても、ボートはかえってこなかった。元山の街をかこんだ山のむこうで鳴っていた大砲の音もやんで、へんにシーンとなり、そのうち、突然、でかいやつでも、船のドテッ腹にくらいやしないかと、おれたちは気が気じゃなかった。

もう船をだしかけた時、やつひとり、泳いでもどってきた。縄梯子を舷側からおろしたが、やつはすごくへバっていて、あがれなかった。で、おれがおりていき、やつのからだをだきあげた。その時、やつの腹のあたりに、ベルトできつくはさんでいたかたい物にさわった。

まさかとはおもったが、海水でぬれたシャツをとおして見えるのは、小型のハジキにまちがいなかった。

ボートが桟橋についたとたんに、武器をもった町の者におそわれ、自分だけやっと逃げてきたが、松木のオッサンのことはわからない、とやつは言っていた。

しかし、もちろん、おれはそんな話は本気にしなかった。はじめがネコ、そして松木のオッサン……。だが、なんのために、やつはこの二人を殺《や》ったんだろう？　しかし、もともと、人を殺すだけの理由なんてあるものだろうか？　とくに、殺されるほうで納得のいくような――。

つぎはおれの番か、とその時もおもった。あれから何年かぶりで、やつと顔をあわせたとたん、ネコの時とおなじように、スリングがはずれたというのは……。やつは、ずっと、おれをねらっていたんだろうか？

ちくしょう！　おれは頭を鉄梯子にたたきつけた。すると、頭のあつい血が手や足のさきまでながれていったような感じがし、やっと、からだがうごきだした。

熱をもってきたうしろ頭に、潮風は気持がよかった。ズボンのポケットから、短いシケ煙草《モク》が一つでてきた。そいつを口にくわえ、こんどはマッチをさがした。しかし、マッチはなかった。おれは甲板《デッキ》のてすりごしにシケ煙草《モク》をほうりなげた。シケ煙草は油のういた海面におちていった。おれがハッチからあがったので、仲仕《ステベ》たちはタバコにしたのだろう。バージのなかにいた連中は、みんな舟底に、あおむけに寝ころんでいた。タバコをすっている者もいない。ほとんど目をつむっていた。バージのうしろのほうでは、赤ん坊を背中にしょった船頭のかみさんが、七輪に釜をかけ、うちわでばたばたやっている。

おれはデッキの反対側にあるいていった。上甲板のサーチライトの光が三角形にてらしだした海面のはしに、船をつないだブイがゆれていた。ブイはなぜ赤い……。おれは口のなかでわらった。舷側のはしに、海にむかって腰をおろしている男がいた。その背中は、ぜんぜんうごかなかった。ちかよってみると、バージの船頭で、釣糸をたれていた。かみさんが飯をたき、おやじがおかずをつる。おれは、また、わらった。だが、自分の笑い声が耳にはいると、なぜか、やたらにしゃくにさわってきた。

くらい海面のむこうに、横に一列にみえるのは、岸壁にならんだ倉庫のあかりだろう。そのひかりが、いやにとおく、かすんでいた。夜になると、その時の気分で、船と陸《おか》との距離が、遠くおもえたり、近くに感じられたりするものだ。おれはギャングウエイをとおって、なかにはいった。

そして、通路のつきあたりの冷水器から水をのんだ。水が胃のなかにはいっていくのがわかるようだった。腹がへっているのだ。

船員食堂では、相棒の検数員《チェッカー》と仲仕《ステベ》の監督が新聞をよんでいた。サボっているのを見つかれば、また文句をいわれるので、おれは足音をさせないで、食堂の前をとおった。

炊事場《キッチン》のドアもあいていた。のぞきこむと、テーブルの皿の上に、ドーナツが五つ六つあるのが、通路のあかりでみえた。おれは、あたりを見まわした。前に仕事にいった船で、炊事場《キッチン》にかっぱらいにはいり、コックに見つかって、ひどい目にあったことがあるからだ。

人影はなかったので、おれは炊事場《キッチン》のなかにはいり、ドーナツをつかんだ。そのとたんに、手をはたかれた。おれはゾッとした。食い物に手をかけたところをつかまったためじゃない。だれもいないとおもっていた炊事場《キッチン》の奥から、不意に、人があらわれたからだ。

目をあげると、船の給仕《ステユワード》がたっていた。東洋人らしいが、どこの国の人間か、おれには見当がつかなかった。陰気な面《つら》をした男で、年もわりにくっている。しかし、この野郎は、いったい、どこから出てきたんだろう？

いや、くらい炊事場《キッチン》の隅で、なにをやっていたのか……？

無意識に、給仕《ステユワード》の顔をみていたおれは、そのつめたい目にぶっつかって、さっそく、にげだした。炊事場《キッチン》の入口まで退却した時、音がしたのでふりかえると、給仕《ステユワード》が、ドーナツを残飯桶にぶっこんでいた。

おれはくそ面白くなく、よく鳴りもしない口笛をふきながら、通路をあるいていった。一等航海士《ファースト・メート》の船室から、あかりがもれていた。その前までくると、つい首がまわって、おれはなかをのぞきこんだ。そして、おれの三倍も体重がありそうな、金髪の一等航海士と目があった。

一等航海士はおれを見てわらった。おれもニヤニヤすると、彼は手まねきした。おれはドアの内側にはいった。一等航海士は、もじゃもじゃ毛のはえた指で、ベッドをさした。おれはすこしめんくらい、こわごわ、ベッドに尻《けつ》をつけた。

金髪の一等航海士は、おれを見おろして、コーヒーを飲むか、ときいた。ひどい訛の英語だった。たぶん、ノールウェー人かなんかだろう。おれがうなずくと、彼はコーヒーをついでくれた。おれは、もっとふかく、ベッドに尻《けつ》をおちつけ、あついほうろうびきの大きなマッグを両手でかかえた。

コーヒーを飲んでるあいだ、彼はニコニコしながら、こっちを見ていた。おそろしそうな面《つら》をした毛唐のなかには、そこぬけに人のいいのがいるもんだ。おれは、なにか食い物もくれないかとおもった。タバコもすいたい……。

コーヒーを飲みおわると、彼はおれの手からマッグをとり、つかれてるならベッドに横になってもいい、と言った。おれは尻《けつ》の位置はそのままで、ななめにベッドにねそべり、あたたかいコーヒーがはいった腹をなでた。ドアがしまる音がしていた。

彼はおれの足もとにたって、「いい気持か」といった。おれは背中でベッドをバウンドさせてわらった。

ところが、急に、彼はおれの上にのしかかってきた。

はじめは、ただの冗談だとおもった。しかし、髭がザラザラする顔を、しつっこく、やつがこすりつけてくるので、おれはあわてだした。

「たのむ、やめてくれ、からだをどかせろ」とどなったが、彼は、おれがもがくのをよろこんで、ヒッ、ヒッ、とでかい図体に似合わない、へんに高い声でわらうだけだ。そのたびに、おれのからだにぴったりくっついた、彼のデブデブの腹がゆれる。

おれは泣き声をだし、彼のからだをはねのけようとした。だが、三百ポンドもありそうな体重でおさえつけられているので、どうにもならない。口をひらき、はげしい息をしながら、よだれみたいなものをながしている彼の顔だけでもあげようと、おれは手を首すじにまわした。

しかし、やはりだめだった。手がすべりだしたのだ。汗じゃない。ねばっこいすべりようは、血だった。ひっかいて、彼の首すじから血がでたのか、おれの指がきれたのか……。

おれは両手のさきを、やたらにばたつかせた。片方の手が枕の下にはいり、かたい、つめたいものにさわった。おれは、それをつかみ、彼の頭をぶんなぐろうとした。だが、彼にねじりとられてしまった。

彼は、おれのもう一方の手首をおさえた。両腕をひらいた恰好になったためか、わきがのにおいがムッと鼻の穴のなかにはいりこみ、おれは胸がむかつき、気もとおくなりかけた。ところが、突然、彼の腕の力がぬけた。おれは、彼の指の間から手首をはずし、両手を喉にかけて、おしあげた。すると、前にはどうにもならなかった彼のからだが、グラッとかたむいた。

ハイヒールをふりあげた女に気がついたのは、その時だった。ハイヒールが、ほんとに風をきって、おりてきた。やつの口から、ウッ、というような声がもれた。女は、やつのうしろ頭をねらって、また、ハイヒールでぶっとばした。外国の貨物船のなかをうろついているような女だから、どうせふつうのスケではないだろうが、まったくいいタマだった。この女は、どこをドヤせば、どれくらいきくか、ちゃんと心得ていた。

おれはベッドから床にころがりおち、それからはいあがった。そして、女の前にまわった。助けてくれたんだから、ありがとう、ぐらいは言うつもりだったのだ。しかし、ふりむいた女の目はけわしかった。ムクれていることはたしかだ。

女は、おれをたすけてくれたんじゃない。てめえの男が、自分とおなじ日本人とおかしなことをしていたので、カッとなったんだろう。この女は、一等航海士のスケだったのか――。まだ息をきらしているおれにも、それぐらいのことはわかった。

女は、手にぶらさげたハイヒールを床の上におとし、片足をのせた。そのとたんに、女はたおれかかった。一等航海士をぶんなぐったため、ハイヒールの踵がおれたのだ。

ほとんど反射的に、おれは両手をのばし、女のウェストをささえていた。

女は、片足のさきを床につけたまま、おれの目をみた。だが、それも、ほんのちょっとのことで、からだをかがめ、ハイヒールをひろいあげようとした。しかし、おれは手をはなさなかった。

で、女はからだをおこし、おれをにらみつけた。そして、デシンかなんかのやわらかい生地のブラウスの、ぐっともりあがったところがブルンとゆれたかとおもうと、おれは、平手で横っ面をどやされた。頬がしびれ、それからジーンとあつくなってきたが、ぜんぜん痛みはかんじなかった。もちろん、えぐりとったように、すげえくびれかたをした、女の胴にかけた手もそのままだ。

この女が一等航海士のスケなら、彼からされたことをギリかえしてやるんだ、なんてことをおれは考えたのか、それとも、ただ、この女が欲しかったのか……。

ブラウスの左右に山をつくった乳房のさきが、きれいにならんで、ななめにうごき、女の手があがったが、それがおりてこない前に、おれはウェストにかけた手に力をいれ、グッとそのからだをだきよせていた。


おれは、女の背中の下になった腕をひきだした。腕はすっかりしびれていた。で、片ほうの手でもむと、掌にザラザラ砂や木屑がついてきた。

貨物《カーゴ》をおろしおわり、カバーをかけた一番ハッチに、女ともぐりこみ、ちょっと電燈をつけてみたら、ハッチの隅にたたんだキャンバスがあったので、その上ではじめたのだが、いつのまにか、ハッチの床に、じかにころがっていたのだ。女はおれの下唇にかみつき、とがった爪のさきが背中にくいこんだ。

「すごくガッついてるじゃないか。もっとも、あんなオカマ野郎といっしょにいても――」

「そう、結婚してからは、あたし、ヴァージンよ」

おれは大声でわらった。女の肩も埃だらけだ。おれは手をずらして、女の背中をなでた。手がヒップのまるみにかかった時、肌にくっついたマッチ棒のようなものが、指さきにさわった。おれは、それで女の尻をついた。女は大げさな悲鳴をあげ、もりあがったオッパイがった。

おれの胸にぶっつかって、バウンドした。

女はまっぱだかだった。そういえば、おれも、なにも着ていない——。

一等航海士をハイヒールでドヤしつけた時とは、まるでちがう女のようだ。いや、考えようでは、おんなじともいえる。とにかく、こんな女は、おれははじめてだった。

「結婚って……、ほんとに結婚したのかい？」

おれは、女の左手をひきはなし、その薬指にさわってみたが、ちゃんと指輪がはまっているので、またふきだした。

「しかし、なぜ、あんな男といっしょになったんだ？」

「だって、結婚してくれっていったのは、あの人だけなんだもの。こんなことをしたがる男は、いくらでもいたけど……。あんただって、どうよ？」

「へえ、おめえにも、そんなしおらしいところがあったのか？」

「なにをいってるの。あたしがどれくらい気がよくて、しおらしいか、あんたは、もう、身におぼえがあるはずよ」

「身におぼえ？　いや、おそれいったよ」

「でも、結婚を申込む時、あの人、すごく、しんけんだったのよ。いつもそばにいてくれ、って——」

「ふうん、でも、その時も、オカマの癖はあったんだろう？」

「ええ、はじめから、あたしのからだには、興味がなかったわ。だけど、ほんのちょっとでも、出かけたりすると、とってもきげんがわるいの」

「へんだなあ」

「どうせ、へんな人よ」

「しかし、そんな亭主といっしょにいて、よく平気だね」

「平気じゃないわ、だから……」

女は、からだじゅうのカーブを、ぴったり、おれにおっつけた。おれは、また、あつくなってきた。


むきだしの背中を、もう一度、靴の底でふんづけられ、おれは、けとばされて目がさめたのがわかった。

おれの上からのしかかるようにして立っている男が、黒い手帳をだした。だが、そんなものを見たり、なにがおこったのか考えたりするより、おれはズボンをはくのにいそがしかった。

女はおちついていた。まっぱだかのまま、サンダルをつっかけ、キャンバスの上に脱いだ物を片手でつまみあげて、ゆっくり、ハッチの隅にあるいていった。

警察手帳を見なくても、すぐ刑事《デカ》だとわかる、ごつい肩に、シケた背広をぶらさげた、だいぶ年のちがう私服が二人、それに、色が浅黒いチビの船長もいた。肩にかかった髪をかきあげ、腕を上から背中にまわして、ファスナーをとめている女をゆびさして、チビの船長は、まるでアルゼンチンタンゴでもうたってるようにRのひびく英語で、「彼女が一等航海士のワイフだ」といい、おれをふりかえって、日本語に訳せないいきたない悪口をならべやがった。

刑事につれられて、おれたちは甲板《デッキ》にあがると、ギャングウエイをとおり、なかにはいって、船員食堂の前にきた。

船員食堂は、仲仕《ステベ》の連中にバージの船頭《おやじ》、赤ん坊をしょったそのかみさんまであつまり、制服のお巡りが二人もたっているのには、おれもびっくりした。こいつは、ただごとじゃない。もしかしたら、あの一等航海士になにか——、ということぐらいは、まだ、頭がはっきりしないおれにもわかった。彼は、あのまま息をしなくなったのか？　女に、ハイヒールでぶんなぐられたまま……。

年とったほうの刑事が、さきに一等航海士の船室にはいり、ベッドのそばに背中をむけてたっている男のうしろから声をかけた。男はふりかえったが、その瞬間、今まで背中のかげになっていた一等航海士の姿が見えてしまった。ベッドにうつぶせになった一等航海士のうしろ頭にごっぽり穴があき、髪の束がついた肉がちぎれてぶらさがり、なんともいえない色をしたドロドロのものがベッドの上にながれていたのだ。目をつむったが、もうおそかった。

うしろから、背中をおされて、おれは船室にはいった。

「目をあけて、よく見ろ」

若いほうの刑事が、おれの耳もとでどなった。おれはまぶたをひらきかけたが、すっぱい液が口のなかにあがってきた。

さっきはあれほどおちついていた女も、自分の亭主のこのザマを見ると、グッというような声を喉の奥でたて、白眼ばかりになってしまった。

おれたちは通路にでて、船員食堂につれていかれた。食堂にはいった時から、おれは、みようなな空気に気がついていた。仕事をサボったことをあやまるつもりで、相棒の検数員《チェッカー》にうなずいたが、やつはむこうをむいてしまったのだ。それに、ガラのわるい仲仕《ステベ》の連中もへんにおとなしく、お巡りの顔色をうかがいながら、時々、チョロッとこっちを見ていやがる。

赤ん坊をしょったバージのかみさんと目があい、こわいものでも見たように顔をふせられた時、はじめて、おれはみんなの目つきの意味がわかった。

おれは犯人なんだ！　おれと女が！　一等航海士を殺した――。

「じょ、じょうだんじゃないよ」

おれは刑事《デカ》のほうをふりかえった。その時、さっき一等航海士のベッドのそばにいた、いくらかましの服をきた男が食堂にはいってきた。そして、仲仕《ステベ》たちとむかいあって立っているお巡りに、「みんないるね？」ときいた。

「ハッ」とお巡りはかたくなってこたえた。

男は、おれと女の顔をちらっと見て、「いこうか」といった。

おれたちはあるきだしたが、「みんないるね」という言葉が、なぜかおれの耳の底にからまっていた。ドアから出かかった、おれの足がとまった。おれは、まわれ右をして、食堂にあつまった者の顔を見まわした。

機関室の当直の黒ん坊、陰気な顔の給仕《ステユワード》、相棒の検数員《チエツカー》、監督、バージのおやじにかみさん、ウインチマン、シグナルマン、船員帽をかぶった仲仕《ステベ》の小頭。だが仲仕《ステベ》のなかには……、やはりいない。色メガネをかけ、いいかげんなチョビ髭をはやしたやつの顔はなかった。

その時まで、おれは、やつのことをすっかりわすれていたのだ。

みんなそろっているのに、やつの顔だけ見えないというのは――。ちくしょう！　やつが一等航海士を殺《や》って、ズラしたんだ。

やつのいるところからは、かならず、だれかが消えるときまってる。しかし、やつは、なぜ一等航海士を仏《ロク》にしたんだろう？　そんなことはどうだっていい。こっちは、犯人にされてるんだ。まてよ、やつは殺し屋かな？　やつ自身には殺す理由はなくても、だれかにたのまれて――。

松木のオッサンは、たしかに、ただのねずみじゃなかった。なにかヤバいことがあって、朝鮮行きの船にかくれてたんだ。そのオッサンをおって、やつも船にのってきたにちがいない。だが、へたに、ネコがやつを疑いだした。ネコも、やつがハジキをもっているのに気がついたのかもしれない。で、やつはネコをかたづけた。それから、松木のおやじを……。

おれもねらわれていたのだろうか？　やつのハジキに感づいたから――。

やつは、一等航海士を殺《バラ》す注文をうけて、仲仕《ステベ》になり、この船にやってきた。ところが、ハッチのなかで、パッタリおれと顔をあわしてしまった。パレットがおちてきたのは偶然だろうか？　どうも話がうますぎる。

　スリングをかけたのはやつだった。おれは思いだした。スリングの片方をわざとはずしておいて、おちてきたパレットの真下におれをつきだす――。しかし、つい力がはいりすぎたのか、おれのからだはハッチの壁までふっとんでしまった。

　だが、本命の一等航海士はしくじらなかった。おれがその犯人にされている。警察がおれのカタをつければ、こんないいただきはない。やつはこのことをしってるかな？　もし知ってたら、それこそ、腹をかかえてわらってるだろう。

　若いほうの刑事がおれの腕をつかんで、廊下にひっぱりだした。もちろん、おれは、やつのことを刑事に言った。ランチにのりうつったあとも、朝鮮でのことから、おれはくわしくしゃべった。だが、おれの話をきいてるのは、女だけのようだった。

　警察につくと、おれたちは指紋をとられ、べつべつに、窓に鉄格子のはまった個室にいれられた。

　おれは、おなじことをくりかえすだけだった。それを、また、なんども刑事はききかえした。

「一等航海士が呼んだから、船室にはいり、ベッドに横になってると、上からのってきて、いたずらをしたというんだな？」

「そうです」

「それを、あの女がたすけてくれた。ハイヒールで、一等航海士の後頭部を殴打して……？」

「ええ、まあ――」

「そして、二人で船室をでた。その時には、もう、一等航海士は死んでたんじゃないのか？」

「とんでもない！　とにかく、頭に、あんな穴はあいていませんでした」

「船室をでる時、ドアはしめたかね？」

「さあ、ぼくのほうがさきで……、どうかなあ？」

「しめたんだろう？」

「ええ、そうですね」

「船室には、海のほうにむかって、ちいさな円窓が一つあるだけで、ドア以外からは、人間は出はいりできない。そして、ドアの錠は、なかでしめれば自動的にかかるようになっていて、外側からは、鍵がなくちゃあかんのだ。また、錠前をこわしたような跡もない。その鍵をもってたのは、殺された一等航海士のほかは、おまえとできてる、あの細君だけだぞ」

「そ、そんな……、知るもんか！　ぼくが殺したんじゃないんだから。それよりも、さっき話した仲仕《ステベ》が――」

「うるさいな。おまえは、こっちのきくことにこたえればいい」

「しかし、げんに、みんながあつまってた食堂には、やつはいなかったんですよ」

「わかってる」

「じゃ……」おれはからだをのりだした。

「やつは、ぼくらよりさきに、警察につれていかれたんですか?」

取調べをしていた年とった刑事は、おれの顔をじっと見て、ため息をついた。うしろの若いほうの刑事が、おれの頭をこづいて、いいだした。

「今夜は、船員はほとんど外泊していたし、四番ハッチしか積みおろし作業をしていなかったから、仲仕もほんのわずかで、みんなアリバイはちゃんとある。船は岸壁についてたんじゃないんだぞ。沖に碇泊してたんだからな。それに、船の左舷にはバージがいて、そのなかでは、仲仕がはたらいていた。その連中のうち、船にちかづいたボートどころか、魚一匹見た者もいない。そんなふうだから、左舷は作業中でやかましいというので、バージの船頭は、本船の右舷で夜釣をしていた。波のない、しずかな夜だから、たとえだれか泳いできてもわかる、と船頭はいってるんだ」

「今頃、なにが釣れるのかね?」と年とった刑事が口をはさんだ。

「さあ……。ともかく、クリーニング屋のランチが洗濯物をとりによっただけで、その洗濯物も、甲板の上から、給仕がおとしている。たとえ、鍵なしで、あの船室にうまくはいれた者が、おまえたち以外にあったとしても、船にあがることも、船からでることもできなかったはずだ。また、一等航海士の船室からは、現金はもちろん、なにもなくなった物はない。

おい、どうせわかることだ。はやく白状したほうがとくだぞ。おまえと女が、船室でおかしなことをやってる最中に、一等航海士がはいってきて、口論になり、ついカッとして、あのピストルで射ったんだろう」

「ピストル？」

おれはおどろいて、椅子から半分腰をうかした。その時、べつな私服がはいってきて、年とった刑事をよび、なにかささやいた。若いほうの刑事も、そばに立って、きいていた。年とった刑事は、おれの前の椅子にもどったが、目の色がちがっていた。

「一等航海士の正確な死亡推定時刻は、おまえがハッチからあがった直後だということが、検死の結果わかった。それに、ベッドの枕の下にあった殺人兇器のピストルからも、おまえの指紋がでたぞ」

おれの指紋がピストルに？　そんな……、いや、ベッドの枕の下にあったって？　すると、あの時、枕の下で手にさわり、それをつかんで、やつの頭をぶんなぐろうとした物は、ピストルだったのか！

若いほうの刑事が、おれの右の手首をつかんだ。袖口からのぞいたシャツには、ごていねいに血までついていやがる。

「その血はなんだ？　おまえは、どこもけがしてないじゃないか」

「しかし、ぼくが殺したんじゃない。さっきはなしたやつ、あ、あいつが——」

おれの声は喉でつまった。

その本人、やつが調室にはいってきたのだ。

やつは、かかえていた大きなズックの袋を机の上において、言った。

「証拠があがりました。殺人《ころし》も、あの男でしたよ」

ズックの袋のなかから、やつは血だらけの白いコートをつかみだした。年とったほうの刑事は、コートの右そでを指さきでつまんで、鼻のところにもっていき、それから、左そで口のにおいをかいだ。

「ギッチョだな?」

「ええ、それから、これ……」

やつは、やはりズックの袋からだした枕カバーの縫目をあけ、ビニールのほそいチューブをぬきとった。

「ほう、あんたがにらんだとおり、船にでいりしていたクリーニング屋がグルで——?」

「そうです。わたしのほうは、クリーニング屋のほうからたどって、あの船に張りこんでたんですからね」

「あんたにとっては、殺人事件はオマケだな」

「まあね。クリーニング屋とくんで、こんなふうに洗濯物に麻薬をかくして、密輸をやってたんですよ。今夜は、そのなかに、一等航海士を殺した時に着ていた、かえり血のついたコートもつっこんどいたというわけです。前から、あの一等航海士をねらってたらしいが、女がいつもそばにいるので、機会がなかったんだそうです。すっかり、自白しましたよ」

「じゃ、被害者も麻薬密輸の一味で、仲間われというわけか……」

「そうなんです。一等航海士は、いわゆる性格破綻者でしてね。それがわかり、信用できなくなったところに、わたしなどが張りこんだのも、うすうす感づいていて、もし一等航海士がアゲられ、仲間のことなどしゃべったりするとたいへんだとおもってたらしい。それが、今夜たまたま、いいチャンスがあったので、カタをつけたんです」

「しかし、鍵がなくちゃ、あの船室には――」といいかけた若いほうの刑事は言葉をきり、ニヤッと笑った。「そうか、給仕なら、船室の合鍵ぐらいもってるはずだ」

おれは顎がはずれたみたいだった。ポカンと口をあけたっきりだったのだ。陰気な顔をした給仕《ステユワード》が一等航海士を殺《や》ったのか――。そういえば、あの時、給仕《ステユワード》は、くらい炊事場《キツチン》にいた。おれのあとから、女が一等航海士の船室にはいっていき、ハイヒールでぶんなぐり、彼がノビてしまったのを、ドアがあいたままで、見ていたのかもしれない。前から、一等航海士をねらっていたが、いつも女がそばにいるので殺れなかったという。ちくしょう！　それで、あのオカマ野郎は女と結婚したんだ。ほんとは、男と結婚したかったろうに――。

やつは、白い粉のはいったビニールのチューブを、机の上からとりあげた。

「これは、いただいていきます。あの男の取調べが一応すんだら、わたしのほうにまわしてください」

「ああ、麻薬課にね」と年とった刑事はいいながら、立ちあがった。「ごくろうさん」

「じゃ」

やつは、もう出口のほうにむかっていた。とんでもないことになりかかったのを、ともかく、やつが助けてくれたんだから、礼をいうつもりで、おれは「ちょっと」と声をかけた。元山で消えた松木のオッサンのことも、ききたかったのだ。しかし、やつはふりむきもせず、調室を出ていってしまった。やはり、虫のすかん野郎だ。

おれは机の上に両手をついて、言った。

「もう、ぼくはかえっていいでしょう?」

「ま、そう、いそがんでもよかろう」年とったほうの刑事は、タバコの箱を、おれのほうにさしだした。「もう一日、とまっていったらどうだ」

「ど、どうして?」

口をとがらせたおれの顔を見て、刑事はニヤニヤわらいだした。

「年よりに、あんまり刺激の強いものをみせた罪だ」

いつのまにか、刑事のうしろの窓があかるくなっていた。

おれの目の前に、ハイヒールをふりあげた女の顔がちらつき、それに、ブラウスをぬぎかけてわらった顔がダブった。急に、おれは、女とはなれているのがたまらなくなった。

「あ、あの……」

女のことをききかけたおれは、まだ名前もしらないのに、そのとき気がついた。

ベッド・ランプ殺人事件
（だれがそのコを殺そうと）

その瞬間、からだじゅうから重力がぬけていったような気がした。

だから、今はこうして、おザブトンの上にすわっていても、いつ、からだがよこ倒しになったり、また、ふわふわとうきあがっていくかもしれないみたいな気持だ。よこに倒れるのならいい。もし、浮きあがって、天井に頭がぶつかり、さかさまになったりしたら……。

夜、寝るときも、わたしはすっかり下着をとりかえる。今朝かえってきて、もう一度寝なおそうとおもい、なにもかも脱いで、着がえようとしたときに、刑事たちがやってきたので、いそいで、素肌の上からガウンをひっかけたきり、ガウンの下は、まるっきりのおヌードで、パンティもはいていない。それがさかさまになり、ガウンの裾がひらいたりしたら、どうしよう。

「鴨井キク子さん……」

若いほうの刑事は、黒い手帳に書きこんだわたしの名前をくりかえし、おなじおだやかな口調で、こう言った。

「あんたが、殺したんじゃないでしょうね」


まったく、とんでもないところに引っ越してきた。はじめは、いいアパートを見つけたとおもっていたのに……。

今年から本科にはいり、予科があった神奈川県の日吉の下宿から三田に通うのは遠いので（わたしは、K大学経済学部の女子学生）学校のちかくのアパートにうつったのだ。

ところがこの三田のあたりはゴミゴミした町なかのように見えたが、近ごろめっきり車がふえた郊外なんかより、よっぽどしずかで、下町情緒みたいなものもあり、わたしは、ものぐさのおかげで、ひろいものをしたとよろこんでいた。

日吉の予科にいたときも、せめて、おなじ東横線の自由ケ丘とか田園調布とかのアパートにでもすめばいいのに、おなじ日吉にいるなんて芸がないわよ、といわれたが、わたしは電車でかようのがめんどくさかった。

ただ、こんどは、日吉とちがって、ニンゲンが住める場所のようにはおもっていなかったが、学校のかえりに、電車通りをさけて、ちいさなマーケットのある裏通りをあるいてたら、ヤキトリ屋の赤提灯《ちょうちん》をさげた（夜は、ヤキトリ屋さんになるらしい）周旋屋が目につき、ふらっとはいっていくと、ちょうど部屋があいたばかりのアパートがある、すぐそこ、隣のとなりのアパートだから、とひっぱっていかれ、こうなったらめんどくさくなり、日吉のほうは部屋の権利もきれるので、引っ越してきた。

そして、今もいったように、学校にはあるいていけるし安くて鄙《ひな》びた食堂もあるし（下町情緒っていうのは、ローカルな鄙びたものではないかしら）はじめて東京にきたような気がして、下町天国なんておセンチな名前を自分でつけてよろこんでいたのに、やりきれない気持になってきた。天国が地獄になったっていえば大げさかしら。

でも、ほんと、地獄のほうがましみたい。

地獄の底に燃えてるという硫黄臭い真っ赤な炎にでも、メラメラ、お尻から焦がされたほうが、かえって気分がいいかもしれない。

焼かれても、煮られても、バラバラに切り刻まれても、ともかく、骨身にしみたほうが、さっぱりするだろう。

真っ赤に野蛮に燃えてる地獄のほうがいい。生かさず殺さず、手のとどかない、からだの奥まったところが、だんだんむずかゆくなってくるような、なまあったかい、ピンクの色がついた熱波を、みょうな場所にあてられているようなのはこまっちゃう。

このピンクに、わたしはイビられて、死んじまうのではないか……。

さいしょ、わたしは、火事なのかとおもった。もう寝ようとおもい、枕元のスタンドを消したときに、窓が、うすあかく染まっているのに気がついたのだ。

あわてておきあがり、窓ガラスをあけると、二メートルもはなれていない隣のアパートの真向かいの窓が、ピンクにかがやいて……。ピンクの炎っていうものもあるかもしれないし、煙のないところにも火はあるかもしれないが、これはどう見ても火事ではない。ただ、お向かいの部屋のピンク色のスタンドかなんかの光が、電灯を消したわたしの部屋の窓にうつっただけだろう。

わたしはホッとして、ガラス窓をしめかけ、それこそ、からだの下のほうから手をいれてくすぐられるみたいな感じに、びっくりし、つぎの瞬間、その感じの意味（?）がわかり、わたしは窓ぎわにつったったまま、からだがうごかなくなった。

お隣のアパートの真向かいの部屋で、なぜピンクのライトをつけたのか？　ピンク色のスタンドをつけて、本を読む者も、家計簿をつける者もあるまい。

お向かいの部屋からは、さっきまで、ふつうのあかりがもれていた。これは、とくべつなライトなのだ。

こちらが、スタンドを消すとすぐ、お向かいの部屋がピンクの照明にきりかえたというのは、わたしが寝るのをまっていたとも考えられる。

なにしろ、すぐ隣のアパートで、べつな建物だといっても、こちらの窓とバッチリ真正面にむかいあってるし、そのあいだの距離も、せいぜい一メートル半ぐらいしかない。

こちらの部屋のあかりが、やっと消え、寝たようなのでそれまでにお向かいの部屋の二人は、すっかりその用意をし（どんな用意か、わたしには、なまじっかな想像しかできないので、よけい、じくじくする）さっそく、ピンクのベッド・ランプをつけたんだろう。

そのとたん、わたしは、大きな音をたて、らんぼうに（こっちは、火事だとおもってあわてたんだが）向かいあったガラス窓をあけてしまった。

ピンクのあかりの下で、お向かいの部屋の二人は、スタンドを消すこともできず、抱きあったまま、息もできないでいるのではないか。スエーデン映画よりも、もっと切実な、なまなましい姿態で……。

お向かいの部屋には、鼻や口もとのかたちは、それぞれかたちよくまとまってるが、なんだか色が白すぎて、王朝物のテレビのお公家さん役あたりには似合っても、近ごろの男性整髪料のモデルにはほど遠い、つまり、あまり現代的でない若い男性がいるけど、奥さんらしい女性は、一度も見かけたことがないから、たまにガールフレンドでもたずねてきたのかもしれない。

そのガールフレンドが、おなじ会社に勤めてる女のコなんかでなく、なぜだか、故郷《くに》から上京してきた恋人みたいに、わたしはおもったりした。

ともかく、はやく、こちらのガラス窓をしめて……。ところが、頭に血がのぼり、胸ばかりドキドキして、窓ガラスにかけた手がうごかない。でも、このままでいるわけにはいかず……。やっと、錆びついた歯車でもまわりだしたみたいに、手がうごいたが、途中で、とつぜん、頭と手とのあいだのブレーキがはずれ、力があまって、ガラス窓が暴走し、すさまじい音をたててしまった。

ピンク・ライトの下の二人もびっくりしただろう。向かいの部屋の女子学生があてつけられて、ヒスをおこしたとおもったんじゃないかしら。

フトンをかぶって寝たが、頭から耳にかけてカッとあつく、それがコメカミにのぼって、ドキンドキンと脈をうち、その脈がからだの起伏をローラー・コースターみたいに上下しながら、はいさがり……。

たまらなくなって、フトンをはねのけると、ピンクに染まった窓が見える。

歯をくいしばるように、しっかり目をとじてみたが、闇のなかに、こってりしたピンクの色だけが、よけいうきあがった。まぶたの裏側の色だろうけど、気になりだしたらどうしようもない。

つい、手を下のほうにやってしまい、わたしはキリキリ頭にきた。オナニーがいいとか悪いとかってことではなく、これでは、男のコたちのY談をケイベツできない。たまたま、お向かいの部屋でピンクのベッド・ランプをつけたというだけで、考えてみたら、どこでもやってることじゃないの。

それだけなら、まだまだがまんできるけど、お向かいの部屋からきこえてくる音に、じっと耳をすましてる自分に気がつき、わたしは、なさけなくなった。

はじめは、まさか、お向かいの部屋の物音だとはおもわなかったけど（そうじゃない、そうじゃない、とオマジナイみたいに口のなかでくりかえしてもみた）もう、まちがいない。それがへんにリズミカルな音で、わりとシンプルなくりかえしなのも、いやらしい。

ピンクのあかりにからまったこの音が、なんだか無限につづきそうで、わたしはフトンのはしをかんだ。しげみのへんが妙にしめってきたな、と思ったが、前にもおぼえがあるピンクで、そういえば、もう生理がはじまるころだった。

ほっとくわけにはいかないし、おきあがって、電灯をつければ、お向かいの部屋の二人に、なにをゴソゴソやってるんだとおもわれるだろうし……でも、しようがない。

はじまったばかりの生理は、まだ色が淡くて、ブドウ酒の赤と白のあいだの、バラ色のヴァン・ローゼみたいで、ひとには言わないけど、わたしはきれいな色だとおもっていた。

しかし、今ふきとったのをみると、お向かいの窓のピンクとおなじ色で、わたしはすごく侮辱された気がし、涙がにじんできて、子供のころ、男の子にエンガチョなイタズラをされて、とうとう泣きだしたときをおもいだし、また腹がたった。

だから、こんど、お向かいの部屋の男と顔があったら……いや、文句をいうわけにはいかない。でも、せいぜいじんわり、にらみつけてやろうとおもっていたが、それどころではなかった。なんだって、こうつぎつぎにいじわるなことになっちゃうんだろう。

寝不足と生理で、パーマ屋さんのれいのオカマをかぶったみたいな、うっとうしい頭だが、こんなむしゃくしゃしたときは、学校で講義でもきいてるほうがいい。（こんなふうなので、女子学生はマジメだっていわれるのかな）

と、ヤケ酒ではなくてヤケ・ノート取りをやって、アパートにかえってきたわたしは、いつものように窓をあけ、せせっこましくくっついたおとなりのアパートの屋根とのあいだの空の切れ目を見上げてアクビをし、ひょいと目をさげてうんざりした。

今朝、顔をあらうときに、いっしょに洗濯して窓の外に干しておいた昨夜のパンティがおちていたのだ。

それも、ただおちているのではなく、おとなりのアパートの下の庇《ひさし》にひっかかっている。

つまり、お向かいの部屋の真下にある部屋の庇で、こんなしちくどい説明をするのは、わたしの部屋の窓からは、おとなりのアパートとのあいだをへだてて、ななめ下になり、かなりの距離があるということだ。

もっとも、おとなりのアパートとのあいだは一メートル半ぐらいしかないけど、それでも、こちらのアパートの下の部屋の庇とちがって、アパート用のみじかい物干し竿なんかではとどかない。

あんなパンティなんか、すてちまっても、ちっとも惜しくないが、そんなわびしいパンティだから、なおさらほっとくわけにはいかなかった。

大学にはいったばかりの、まだほんのコドモだったころ買ったパンティで、バカみたいに、色がピンクときている。

ライトブルーとかピンクとか淡い色は、ティーンの女のコには清潔に似合うけど、もうわたしはティーンではないし、三年間はいて、洗いくたびれたピンクのパンティというのは

（なんだって、こんなパンティを、いつまでもはいていたんだろう？）洗濯したばかりでもうす汚れた感じだ。

それに、股のあいだのほそくなったところを上にして、あら、いやだ、あそこの型がついたみたいに、すこしよじれて、みぞみたいなものもできてるじゃないの。色もかわってるし……。庇にひっかかり、だれが見たって、わびしく、かなしいパンティだとわかっちゃう。

かといって、わたしの窓のアパート用の物干し竿ではとどかないし……せっぱつまると、アイデアがわいてくるものだ。

物干し竿にホウキをつぎたして、ストッキングでゆわえつけてのばす。アイデアはよかったんだが……やっと、ホウキのさきがかすれるというのがなさけない。

でも、あきらめきれないで、物干し竿&ホウキをふりまわしてるうちに、ゆわえつけたストッキングがゆるんできたのか、そこから、がくがくまがり、われながら、バカみたいな、かなしい気持でいたとき、お向かいの窓がガラッとあき、その瞬間、ホウキが、物干し竿のさきからぬけて、おちていった。

マンガならば、頬っぺたに、恥ずかしいマークの、餅焼きの網みたいな斜線ができるところだ。でも、どうせパンティはとれないし、ホウキがぬけておちてよかった。下までひろいにいけば、パンティを逆三角形の頂点にして、お向かいの部屋の男性と、むかい合っていなくてすむ。

ところが、おとなりのアパートとのあいだにおちたホウキをひろってあがってくると、お向かいの部屋の男性が、窓の手すりから、からだをのばし、ゴルフのクラブで、わたしのパンティをすくいあげようとしていた。

くりかえすが、お向かいの部屋の真下の庇だから、むこうからだと、グッと距離もちかい。ただ、ドライバーとかっていう、木でできたエッチなかたちのお頭《つむ》がついたゴルフのクラブで、なかなかうまくひっかからない。

まだ、いくらかパンティがしめってるせいもあるけど、クラブのさきが、お頭《つむ》をふりふり、股のあいだ（ここが、いちばんひっかけやすいんだろうが）へつっこんでいくありさまは、もともとエッチなカッコなのが、そのものズバリに見え、わたしは顔をあかくすまいとして、下腹がいたくなった。パンティの股のところが、さっきもいったように色がかわってるけど、今朝、顔をあらうついでに洗濯したとき、お向かいのこの男のせいで寝不足で、頭がぼんやりし、まだよく、昨夜《ゆうべ》のヴァン・ローゼとなにかがおちてなかったのかもしれない。

まるで、犯されている自分を、目の前で見てるような……これは、ちょっと、雑誌の愛欲特集の読みすぎみたい。それはともかく、お向かいの男性は、いわゆるのっぺり色白の前近代的な顔だちで（男性整髪料の男のコが近代的とするならば）お公家《くげ》さんに似てるとおもったが、こうして見てると、お公家さんにしてはすこしお品がたりないみたいで、浮世絵の男のほうにちかい。

お向かいの男性は、手すりをまたいで、からだをおりまげ、顔をあかくして、うーん、うーん、うなりながら、もうエッチをとおりこした（色まで、あか黒くて、そっくりじゃないの）クラブのお頭《つむ》をパンティの割れ目にねじこもうとした。わたしは、昨夜の声をおもいだし、なんだかあたりがピンク色になったみたいな気がした。

これは、浮世絵でも、美術館あたりには陳列してない浮世絵だ。

ただ、お向かいの男性が浮世絵の男なのはかまわないけど、このわたしが（パンティを三角形の一点として点線でむすんだシュールレアリズムの浮世絵みたいだが）その相手じゃたまらない。

でも、まあ、お向かいの男性は、手すりをまたいで、下にさげた顔の耳のあたりが、赤くドキンドキンしちゃって……努力の努の字はヤッコラヤノヤ、分析すれば、のうチゴさん、女にマタかけ……わたしたち女子学生がいると、よけい男のコたちが歌いたがるきたない歌の文句を絵にしたような……ほんとは、これはみんな、あとになって言葉がそろったト書きで、そのときは、古風な言いかただけど、わたしは、窓ぎわにつっ立ったきり、気がとおくなりそうな恥ずかしさに耐えているよりしかたがなかった。

でも、こんなことと人殺しと、どんなカンケイがあるのかって？　だって、はじめからはなさないとわからないじゃないの。

お向かいの男性は、いくらか膨張したように見えるゴルフ・クラブのさきで、なんとかパンティをつりあげると、そちらにお届けしましょうかと浮世絵声で言い、わたしが、とんでもない。と首をふると、ドライバーのあか黒いお頭《つむ》にひっかけたパンティを窓ごしにこちらにさしだし、佐原という名だと自己紹介した。

どこでしらべたのか、わたしが塾の経済学部の学生だってことをしっていて、遊びにいっていいですか、と言う。お向かいさんも、塾の経済学部を二年前に出たんだそうだ。

考えてみたら、この佐原という男が、ピンクのベッド・ランプをつけたり、おかしな声をだしたりしたので、今朝、パンティを洗うようなことになり、そのパンティをたのみもしないのに、エッチなものでひろいあげ、あなたの部屋に遊びにいっていいかなんて、まったくあつかましい。

しかし、それは原因をあきらかにすればのことで、おちたパンティを、わざわざ親切にとってくれたことにはちがいなく、わたしは、うなずくよりしかたがなかった。

だけど、まったく、いい迷惑だ。あれから毎晩、こちらが電灯を消すと、ピンクのあかりが窓をぬらし、やがて生ぐさい声がもれ、まったくどうしようもない。

それがつづいて、わたしは、ほんとにひどい目にあった。おサイフを失くしたみたいな、かなり実質的な損害で……。いや、そんな言いかたは、やはり強ぶっている。もしかしたら、さきざき、ずっと、これがたたるかもしれない。

じつは、わたし、処女を失くしちまった。しかも、失くした相手がわるい。ううん、お向かいの浮世絵ボーイの佐原さんが、パンティをひろってくれたことを、ちゃっかりキッカケにして、さっそく、部屋におしかけ、とつぜん、むりやり……なんてことではない。

その相手というのが、わたしのフィアンセなのだ。ほかの者だったら、あやまちとか、出来心とかアクシデントとかですむかもしれないが、フィアンセとセックスの関係をもったとなると、だいたい婚約ってことが、結婚のセミ・ファイナルみたいなものだから、グーンと決定的になっちまう。

事実、フィアンセの章ちゃんは、これでほんとに確実にぼくたちは結ばれたんだね、と言った。

婚約と結婚とはちがう、婚約というのは、結婚の約束をしただけで、これは、また、商売上の約束なんかともちがう。それに、たとえ約束をしても、約束をまもらないのは女性の特権だ、とわたしは自由をたのしんでいたのに、これで、ガックリ、自由から結婚の制限区域に針がかたむいてしまった。

章ちゃんは、べつに、いやな男性ではない。きらいだったら、だいいち、婚約はしない。

章ちゃんは、わたしの故郷の街にある電気工事会社の社長の次男だ。わたしのうちは造り酒屋で、昔は、うちのほうがうんとお金持ちだったそうだけど、章ちゃんのおとうさんの会社は、ちかく、本社を東京にうつすといってるぐらいだから、今ではだいぶ差ができている。

うちの父と章ちゃんのおとうさんは、選挙で応援するひとがちがうときは、ひどい悪口を言いあってるが、今は、たまたま、おなじ候補者で仲がよく、そんなことで、わたしたちの婚約もすんなりまとまったんだろう。

ともかく、章ちゃんが、わたし以外の女性とは、ぜったい結婚しない、とがんばったんだそうだ。

章ちゃんは、小学校のときから真面目で勉強家で、京都大学の農学部の林学科を卒業して、今の会社にはいり、こんど、アラスカにいくことになった。

それはいいけど、アラスカにいく前に、どうしてもわたしと結婚したいと言いだした。でも、わたしは、せっかく入学できたK大の経済学部だし、文学部あたりのお嬢さんとはちがうんだという気持があって、結婚はことわり、だったら、せめて婚約だけでもってことになり、婚約するとこんどは、わたしに直接交渉で、ちゃんと結婚するという証拠をくれと言いはじめた。

章ちゃんは、すごくまともな人間《スクエア》なんだろう。学生仲間では、スクエア人種をケイベツするけど、こんな連中がどっちみち実直《スクエア》なサラリーマンになる。

だけど、章ちゃんは、子供のときから、きみが好きだった、なんてことを、まともに、まじめに言うひとで、会社でスクエアなのはかまわないけど、夫婦でくらしていて、ずっとこの調子だとしんどいんじゃないかしら。

だから、ほんとは、うるさいから婚約だけはしておこうみたいな気持だったのに……

みんな、ピンクのベッド・ランプと、ジャングル調の、あのへんにリズミカルな声のせいだ。

男のコみたいに、からだの一部分が、カッと熱くなるのはいい。そして、それが、はっきり、欲望のかたちをしめし直立するなんて、とっても爽快だろう。しかも、最後には、はげしい勢いでふきだすのだ。だから、男のコは、ひとりでしても、ひとまずおわった、という気持がするにちがいない。

　でも、おんなは、ひとりではおしまいにならない。ある部分がカッと熱くなるのなら、その熱がひいたときには、さっぱりするだろう。

　男のコの場合は、それが体外につきでていて、そこで欲望し、そこで欲望がおわるらしいけど、おんなは、そこと区別できるものがなく、からだのなかにはいりこみ、それがからだぜんたいになってるみたいだ。

　ともかく、いちばんいけないのは、頭のなかで、いろいろ考えたり、想像したりしている、つまり妄想だろう。

　ピンクの照明と、もれてくる声を、舞台のよこのほうできいてるようなもので、舞台の人物が見えないことが、毒をそそいでるんじゃないかしら、
　舞台の上の男女をハッキリ見てしまえば……しかし、それは、のぞいて見るということではなく、自分が、その男の下にならなければだめなのかもしれない。見るだけで経験になるものもあるが、これは、そうもいきそうもない。性知識ではどうにもならないことだ。

　体温計ではかると熱はないのに、スチーム・バスのなかにでもとじこめられ、蒸されているような気持の夜がつづき、このアパートには引っ越したばかりで、権利金や敷金など経済的には痛いけど、どこかほかにうつろうかと本気で考えてるときに、ある晩（しかも、ピンク・タイムの最中に）フィアンセの章ちゃんがやってきて、わたしは戦いつかれノビちまっ

た感じで、章ちゃんの言うとおりになった。

章ちゃんは、いつものように、結婚の約束をしたのなら、約束した証拠の手付け《アドバンス》をくれ、みたいなことを、くりかえしてたが、いつもなら、それを、昔のなんとか塾の先生みたいに、諄々と諭す口調で言うのに、その晩は、堅物《スクエア》人間にはめずらしく、ベロンシャンに酔っぱらっていて（でなかったら、もう寝てるわたしのそこにおしかけてもこなかっただろう）泣き声をだしたり、しまいには、男の力でわたしをねじふせてしまった。

こういうことは（とくにはじめてのときは）暴力的でなくちゃいけないようだ。考えてみれば、結婚式とか新婚旅行なんてものも、社会的な集団暴力かもしれない。

なんどでも言うが、お向かいさんのピンクのベッド・ランプとへんな声がなかったら、章ちゃんとこんなことにはならなかっただろう。それほど後悔してるわけではないが口惜しくってしようがない。

それに、たしかに、性知識とは、ぜんぜんちがったものだったけど（本に書いてあるとおりでも、やはり、まるっきりちがう）それで、けっしてスッキリしたわけでなく、ダマされて、なにかをとられたみたいで、それも口惜しかった。

だけど、口惜しがってるのもバカらしい。で、わたしはそれまでに出かける用意をして、窓がピンク色にそまると、夜の散歩にいくことにした。そのほうが、フトンをひっかぶったり、ほてったほっぺたをだして、ふうふう息をしたり、寝てジタバタしてるよりいい。

そして、近所をぐるぐるまわって、お向かいの窓のピンクが消え、暗くなってたら、かえってくるのだ。

ところが、ある夜、お向かいさんがピンクになって、なまぐさい声もしだしてから、部屋をでて、おとなりのアパートの角までくると、お向かいの浮世絵ボーイの佐原さんが電話をかけていた。おとなりの大家さんはアパートの角でタバコ屋をやっていて、そこに赤電話があるのだ。

浮世絵ボーイの佐原さんは、わたしを見て、受話器をもったまま、やあ、と手をあげ、わたしは、つい、「あら、お部屋でどなたかといらしたんじゃないの」と、はしたない皮肉を言ってしまった。

すると、佐原さんは、すごくあわてて、まっ赤になっちまい、受話器を手でおさえ、まってくれ、ちがうんだ、とこのひとにしてはめずらしく、大きな声をだした。

それまでに、佐原さんは、二度ばかり、わたしの部屋にあそびにきていた。でも、しゃべるのは、国際問題みたいなことばかりで、女のコの部屋にきて、国際問題なんて、この経済学部の先輩もだらしない。

だいたい、学校のすぐちかくのアパートにすむのが男らしくない証拠だ（わたしは、どうなんだろう?）。しかも、卒業してからも、ずっとそのアパートにいるっていうのは退嬰的きわまる。

ともかく、遠まわしな言いかたでも、ピンクのベッド・ランプにケチをつけたのは、はじめてで、わたしは、いくらかせいせいしてふりかえり、ピンクに染まった窓を見あげて、ザマーミロ、とおもったが、なんだかおかしな気持がした。

おかしな気持は、散歩してるあいだもずっとつづき、そのうち、ハッと、わたしは足がとまった。

さっきふりかえったとき、佐原さんの部屋の窓はピンクにかがやき（なにかやってることを、近所じゅうにＰＲしてるようなものじゃないの）そして、アパートの角の赤電話を佐原さんはかけていた。

なにかしてる最中に、電話ですよ、と大家のタバコ屋さんによばれ、ピンクのベッド・ランプをつけたまま、途中で、タバコ屋の店さきにいったのでは……ちがう。

わたしが部屋を出るときも、ピンクのベッド・ランプがついて、はっきり、れいの生ぐさい声をきいた。そして、サンダルをつっかけ、おとなりのアパートの角まできたら、佐原さんが赤電話をかけていた。

ピンクのベッド・ランプはつけたまま、と考えられないこともないけど、だったら、あの声はどうなるんだろう？　あんな声をだしてたぐらいだから、きっと、あられもないカッコをしていたにちがいない。

でも、タバコ屋の店さきであった佐原さんは、ネクタイはしてなかったが、わりとキチンとした服装だった。

どんなに秒をきざんで考えても、わたしが部屋をでたあとで、佐原さんが電話だとしらされ、服を着て、赤電話のところにいき、そこに、わたしがきたとはおもえない。

とすると、いったい……？

こちらがたずねもしないのに、佐原さんは、そのわけをくどくど説明した。

ピンクのベッド・ランプをつけ、おかしな（べつにおかしかないけど）声をだしてたのは、じつは、おなじ会社にいるK大の経済学部の一年先輩で、どこかの銀行につとめてるフィアンセとのランデヴーに、佐原さんの部屋をつかってるのだそうだ。

いくら先輩だって、毎晩、アパートの部屋を貸すっていうのはバカみたいだけど、げんに、毎晩、ピンクのベッド・ランプがともり、溺れかけてアップアップやってるような声がきこえ、げんに、今も、本番のピンク・ランプがつきオン・エア中で、そして、げんに、佐原さんはわたしの部屋にいるんだから、そんなことなんだろう。

ただ、窓にピンク色がさし、その声をききながら、若い男性とふたりきりでいるというのは、ほんとに衛生的によくない。章ちゃんのときもそうだったし、佐原さんの顔が、ますます浮世絵的に見えだし、この浮世絵が暴力をふるいだしたら、わたしは抵抗できるかどうか自信がなく、たったいっぺんセックスをしたきりだけど、もしかしたら、わたしは色情狂《ニンフオマニア》ではないかと心配になった。

「わたしが……殺した？　どうして？　いいえ……だれを？」

からだじゅうから重力がぬけたというのは、抽象的な言いかただけど、具体的には腰がぬけたようだ。ともかく、ぜんぜん、からだの下のほうに力がはいらない。こらえがきかなくて、オシッコがもれたりしたら……。

「さきになれば、どっちみちわかるんだからね。正直に言ったほうがいいよ」

年輩の刑事がねむそうな声で言った。ほんとにねむいのかもしれない。目が赤くてショボショボしている。

犯人に自分がやった犯行を説明してやろうといった口調の刑事のはなしをきいて、わたしは目まいがした。

昨夜《ゆうべ》、佐原さんの部屋で、若い女が殺されたというのだ。わたしの部屋からかえってきたところが、錠はかけてないのに、入口のドアがあかず、むりやり、こじあけてはいったら、部屋のなかにその女がたおれていた、と佐原は言ってるけどさ、と刑事は鼻をならした。

入口のドアがあかなかったのは、内側から掛け金がおりてたらしいというんだが、それも、佐原が、わざと、むりにこじあけたみたいな、小細工をしたにちがいない。自分の部屋で人を殺して、しらばっくれてるつもりなら、そうストレイトな殺し方はできないからな。しかし、窓も内側からしめてあったと佐原はいうし、推理物の密室殺人のつもりかどうか、ガキッぽいやりかたをしやがって、と若い刑事は、ならした鼻に、こんどはしわをよせた。

佐原さんが一一〇番に電話し、パトカーがきたときには、まだ、その女のコは息があり、ひどい目にあったのは（ベルトで首を絞められたらしい）どんなに、たくさん時間をさかのぼってみても、三十分ぐらい前だそうだ。

だったら、そのとき、佐原さんは、わたしの部屋にいたんじゃないの。ところが、くりかえしそう言ってるうちに、いいかげんにしろ、と刑事たちがおこりだし、わたしはびっくりしたが、刑事たちは、わたしと佐原さんがグルで、二人で口裏をあわせてるようにおもいこんでるみたいだ。

わたしと佐原さんと殺された女のコは、つまり三角関係で、じゃまになったそのコを、佐原さんかわたしか、いや、二人で殺し、アリバイのつくりっこをして……冗談じゃないわよ。

「ほんとに、佐原さんも、わたしも、ここの部屋にいたの。だって、佐原さんは、自分のお部屋にいられるわけがないでしょ。自分のお部屋には、先輩とそのフィアンセが……」

「ユーレイのアベックのことか」年輩の刑事がアクビをした。「あんたが、しつこく、そう言うもんだから、一応、佐原のアパートの者にもきいてみた。ところが、となりの部屋の夫婦も、どこの部屋の者も、そんな男女が、佐原の部屋に出入りするのは見たことがないというんだ。あんただって、実際に、その二人を見たのかね？　それどころか、佐原自身、あんたの言葉を否定している」

「でもげんに、あの……とき、佐原さんは、わたしの部屋にいて、お向かいの部屋にはピンクのベッド・ランプがともり、あの……声もきこえて……」わたしは、おなじことをまたくりかえし、顎が重くなってきた。

あ、佐原さんは先輩をかばってるのか。その女のコは、佐原さんがわたしの部屋にいたときに、ベルトで首をしめられたという。

佐原さんがわたしの部屋にいたときは、佐原さんの先輩とフィアンセさんが佐原さんの部屋にいたときだ。

そして、佐原さんが自分の部屋にかえると、その女のコがたおれていた。なあんだ。こんな単純《シンプル》な事実はない。たおれていたのは先輩のフィアンセとかいう女のコで、もちろん、先輩がやったのだ。

それで、佐原さんは警察にウソをついたんだろう。でも、そのために、このわたしまで……。

「佐原とは、いつからの関係だ?」年輩の刑事がいこいをパイプにつめた。

「カンケイだなんて……ただ、アパートがとなりどうしでお部屋が二階でむかいあっていて……それだけです」

「それだけの者が、若い女性のあんたの部屋に、夜おそくたずねてくるかな?」

若い刑事の目がひかった。あんがい演技かもしれないが、おっかなくてまともに見られる目ではない。

「だいいち、あんたは、昨夜、犯行のあったころから行くえをくらましている。自分の部屋でも寝ていない。かえってきたのは、ついさっき、朝の十時ちかくになってからだ」

年輩の刑事が、タバコに火をつけるのをやめて、わたしの顔をのぞきこんだ。

「どこにいってたんだ？」

「どこにいってても……警察にはカンケイないわよ」

わたしは泣きだし、若いほうの刑事が、わたしの肩に手をかけた。

「どうカンケイないか、それを説明してもらおう」

わたしは、そんなことより、佐原さんにはわるいけど、佐原さんが先輩のやったことだとしっていて、警察に事実とちがうことをはなしたり、密室殺人みたいな細工をしたのではないか、と刑事たちに言った。


ほんとに、ひどい目にあった。とうとう、わたしは章ちゃんと仮祝言をさせられてしまった。そして、章ちゃんがアラスカに行って、住むところなんかがちゃんとしたら、わたしをよぶことになった。

アラスカにいるあいだは、学校は休学すればいいじゃないか、と章ちゃんも父や母も言う。だけど、アラスカからかえって、学校にいく気がするだろうか？　せっかく、名門のK大の経済学部にはいったというのに……わたしはほんとは、卒業したら、結婚なんかより、経済雑誌かなんかの記者になるつもりだった。

だから、あの晩、章ちゃんのアパートにいったことも、刑事たちには言わなかったのだ。でも、さいしょのときは、章ちゃんがおしかけてきて、あんなことになった。でも、わたしのほうから、夜おそく、章ちゃんのアパートにたずねていったということになると……しかも、警察にはなせば、両方の親にもわかってしまう。そうすれば、つまり、もう公の事実で、わたしのうちも、章ちゃんのところも世間体を気にするほうだから、仮祝言でもするよりしかたがない。

だけど、まさか、こんな事件がおきて、おおっぴらになるとはおもわず、あの晩、佐原さんがかえったあと、散歩にでて（ピンクのベッド・ランプがつき、れいの声がきこえだし、散歩に出かけようとしたとき、佐原さんがきたのだ）あるいてるうちに、佐原さんだって、力ずくでせまってきたら、章ちゃんのときとおなじように抵抗をやめてしまったかもしれないとおもうと、からだのなかがじくじくし、やはり、わたしは色情狂《ニンフオマニア》かなとこわくなり、ひとりでいるとなにをするかわからない気がして、章ちゃんのアパートにいったのだ。

犯人もつかまった。

どこかの女のコが（喫茶店につとめていたということだった）男に追われて、おとなりのアパートに逃げこみ、階段をかけあがって、いちばんはしの佐原さんの部屋の前まできて、いき場がなくなり、だれでもかまわない、たすけてもらうつもりで、入口のドアをあけたとき、男が追いついて、首を絞め、佐原さんの部屋のなかにほうりこみ、いそいでドアをしめたら、そのいきおいで、内側から掛け金がかかったんだそうだ。

まるで、〝密室殺人初歩〟なんて本の、こんなバカな例外もあるかもしれないというところにでも書いてありそうなはなしだけど、事実、そんなことだったらしい。

殺された女のコが、よそのアパートの見もしらないひとの部屋にとびこんでいったというのもみょうなはなしだが、ついちかくの子供の遊び場で、いっぺん、男に首を絞められ（その女のコに、ほかにボーイフレンドができたため、と新聞に書いてあった）それこそ、死にものぐるいで逃げてきたんだという。

だから、佐原さんの先輩が犯人ではなかった。また、そのフィアンセが殺されたわけでもない。はじめから、先輩もフィアンセもいなかったのだ。だいいち、いたら、女のコも殺されないですんだかもしれない。

みんな、浮世絵ボーイの佐原さんがつくったエッチなお伽話だときいて、わたしは、あらためて、キリキリ頭にきた。ピンクのベッド・ランプをつけ、エロ・テープっていうのかしら、男と女の声をいれたテープをまわしてたのだそうだ。そのため、首をしめられ、グンニャリなった女のコのからだを部屋のなかになげこんだときも、テープの音とかさなって、だれも気がつかなかったらしい。また、夜おそく、時間にすれば、たいへんみじかいあいだの出来事で、だれも、この二人を見かけた者はなかったという。

でも、どうして、佐原さんは、毎晩、ピンクのベッド・ランプをつけたり、へんなテープなんかをかけたりしたんだろう？　まったく、男って、ふしぎな生き物だ。

先払いのユーレイ

1

タクシーの運転手は愛想がわるくて、こちらがなにか言っても、ブスッとして返事もしない、と文句を言うひとがおおい。

しかし、ぼくはそうはおもわない。こっちが黙ってても、たいてい、運転手さんのほうから声をかけてくるし、また、ぼくが口をきると、それを待ってたように、いろいろ話しだす。

やはり人徳のちがいだろう、とぼくが威張ったら、キン子が、「そりゃ、おたくが人相が悪くて、運転手がこわいから、しゃべらせてみて、タクシー強盗をするけはいがあるかどうかさぐりをいれてるのよ。このあいだだって、交番の前にクルマをつけられたじゃないの」とヌカした。

しかし、あれはキン子のやつがよろしくない。旅館にいこうと言いだしたのは、キン子だ。

キン子の店は渋谷川にそったションベン横丁の飲屋で、ハシゴをかけて中二階にあがれるようになってるから、そこでカンタンにやろう、とぼくはくりかえしたが、キン子は、どうしても旅館でなくちゃいや、とがんばり、わざわざ新宿御苑の塀が見える旅館まできた。

ところが、キン子は自分で旅館にいこうとさそっておきながら、旅館代がなく、ぼくが払った。

よけいなことだが、この旅館の風呂は、ほそ長いおメメのようなかたちをしていて、ぼくとキン子はむかいあって湯のなかにはいり、足ズモウをやった。

お湯のなかで浮力がついてるので、おたがい腰がうきあがり、足をからませたまま、どびどば、からだがよこになって、お湯をのみそうになったり……。

腰が浮きあがれば、ヘソの下もうきあがるわけで、キン子のおヘアはそうめんみたいにほそく……ウドンのようにぶっとい毛があったらお化けだが……それが湯の表面のすれすれのところで、にくらしく渦をまき、とおもうと、やさしくながれて、それがまた、おつゆたっぷりで、ぼくは、生れてはじめて、黒いそうめんをたべた。

しかし、やることはカンタンにすんで、キン子は、「つまんないわ」と言ったが、ぼくはカンタンにしかできないデチ性質《タチ》だからしようがない。

ま、そんなことはどうでもいいが、旅館をでて、タクシーにのってから、キン子がタクシー代をもってないことがわかった。

旅館代をはらったとき、これでもう一文無《ハエネカ》しだとぼくは言ったのに、それでも、まだいくらか金をもってる、とキン子はおもったようで、むちゃくちゃだわ、と逆《さか》うらみをした。

だいたい、なんでも、ゼニは男に払わせるものだときめている根性がよろしくない。女だって、自分でさそったときは、自分で金をだすべきだ。それが合理主義、民主主義ってものだろう。

キン子とぼくとのそんなやりとりを、タクシーの運転手はきいてたらしく、不意にクルマがとまると、原宿の交番の前で、ここでおりてくれ、ここまでの料金はいらない、と言った。

それはともかく、タクシーの運転手が、いろいろはなしかけてくるのは、ひとつは眠気さましの意味もあるかもしれない。

ぼくがタクシーにのるのは、たいてい、夜中の三時すぎで、運転手には、おそらくいちばん眠いころだ。だから、口をきいてれば、目もあいてるだろう、とおしゃべりのバッティング・マシンがわりにしているフシもある。

昨夜《ゆうべ》も、新宿のドヤ街のなかの飲屋にいくと、エミが結婚した、と飲屋のおかみさんが言い、エミのやつは、しょっちゅう結婚するから、ぼくもおどろかず、一昨日《おととい》あたりから結婚したのか、とわらったら、もう二週間も前から結婚のしっぱなしで、ぜんぜん姿をあらわさない、ときかされて、エミのやつは、あんなにあれこれ結婚するのに、なぜぼくと結婚しないのか、といささか悲しく、つい飲みすぎて（こんなことが、わりと毎晩おこって、いつも飲みすぎてしまう）タクシーをひろったのは、三時すぎだった。また、このころの時間にならないと、新宿ではタクシーはつかまえられない。

このタクシーの運転手は、ぜんぜん眠そうなようすはなく、だから、眠気さましにおしゃべりなんかしないとおもってたら、ぼくがクルマにのったとたん、はなしかけてきた。

「お客さん、ユーレイの存在を信じますか？」

「そうねえ……」

ぼくはいいかげんな返事をした。信ずるというのは、ないから信ずるのではないか。げんに、目の前にあり、手でさわり、その声をきいてれば、信ずるもクソもない。いっしょに寝ている女房の存在を信ずる者はあるまい。「不合理なるが故に、われ信ず」と中世のある哲学者は書いてるそうだが……こんなことを言ったってしようがない。

「この科学の世の中に、ユーレイなんているとおもわないでしょう？」

「いや、そうでもないよ。かえって、科学がすすんできたほうが、ユーレイの存在がはっきりしてくるんじゃないかな。科学がおくれてるときは、科学で説明できることでも、ユーレイの仕業みたいに考えてたのが、進んだ科学でいろいろしらべても、わからないとなると、もうまちがいなくユーレイの仕業だからさ」

ぼくは、これまた無責任にこたえた。科学には進歩ってものがあるんだろうねえ。しかし、科学の進歩っていうのは、いったいどういうことだろう？

「へえ、お客さんもユーレイにあったことがあるんですか？」

「いや、科学がすすめば、かえって、ユーレイの存在がはっきりすると言っただけだ。もし、ユーレイがいるならね」

「わたしは、ユーレイなんか、頭っから信用してなかったけど……運転手仲間にも、けっこうユーレイばなしがあるんです。たとえば、千葉にいく京葉道路の江戸川大橋をこして、ちょっといったところに、左側に電話ボックスがあるんです。そこを、明け方の四時ごろ、はしってたら、前のタクシーが、とつぜん急ブレーキをかけた。そのさきにクルマがつづいてたりしたら、なんかでブレーキをかけることもあるから、うしろの車も用心してるけど、一本道で、さきにはまるっきりクルマなんかなかった。そこに、急ブレーキでしょう。あわてて、うしろの車もブレーキをふんだが間にあわなくて、追突ですよ。かなりスピードをだしてたから、前のクルマのトランクにうしろの車の頭をつっこんで……。ところが、なんだって、前のクルマが急ブレーキをかけたかっていうと、それがふしぎなんです。今も言ったように、さきをはしってるクルマはなかった。だいたい、明け方の四時ごろっていえば、いちばんクルマのすくないころです。もちろん、人かげみたいなものもなかったという。ずっとさきまで見とおしの直線なんです。それが、電話ボックスのところにかかったとき、あ、やった、とおもった。ひとをはねたときはわかりますからね。猫や犬じゃない。たしかにニンゲンをはねた感じだったそうです。しかし、もちろん、道路の上をあるいてるニンゲンなんかいなかった。あたりにも人の姿はなかったという。だけど、それはあとから考えたことで、やったな、とおもった瞬間、ブレーキをかけ、うしろの車が、アワをくって追突したってわけです。ところが、クルマからおりて、あたりを見まわしたが轢いたはずの死体がない。血もながれてない。蟇《ガマ》さえペシャンコになってない。そんなことがいっぺんきりじゃないんです。京葉道路の江戸川大橋をわたったところの電話ボックスのそばで、二度も三度も、おなじようなことがおこり、評判になってきた。なんでも、夜おそく、その電話ボックスで女のコが電話をかけてるのを、オートバイをとばしてきたチンピラが見て、電話ボックスのなかにはいりこんでイタズラをしようとし、女のコが抵抗して、やっとボックスから逃げ、道路のほうにとびだしたところに、クルマがきてはねられて死んだ事故があったっていうんですがね。

いや、そんなはなしをきいても、なあに、明け方ちかい時間で寝ぼけてたのか、気流っていうのは大げさだけど、みょうな風あたりがするところで、そんなふうに感じたのか、ユーレイなんてあるものか、とわたしはおもってたんです。だから、びっくりしました。ユーレイにあったんです。それで、今はタクシーの運転手をしてるんだけど……。じつは、ついさっき、高円寺からのっけて新大久保でおろした女のお客さんが、そのユーレイによく似ていて、おもいだして、背中がちりちりしてたんです」

どうりで、夜中の三時すぎだが、この運転手は眠そうなようすなど、ぜんぜんなかった。恐怖にふるえながら（それはすこし大げさかな）うつらうつらしてる者はあるまい。

2

「ついひと月ほど前まで、わたしは定期便のトラックの運転手をしてましてね。九州にも広島あたりにも、よくいきました」運転手はつづけた。こんなふうに書くと、調子がいい口ぶりみたいだけど、しゃべり慣れたはなしかたではなく、すこし北陸なまりもあるようだった。「そのときも、広島にいったかえりで、豊橋をとおったのが夜の十二時ごろだったかな。朝の八時すぎに東京に着けばいいんです。東名高速なんかじゃなくて、国道一号線、東海道で……今は、みんなタコ・メーターがついてますからね、あいだでメシをたべたりするし、そんなにやたらにとばしたりはしないんです。ともかく、豊橋をとおり、浜松をすぎ天竜川をわたって、磐田、袋井、掛川ときた。掛川ってところは、国道一号線の右手のほうに、こんもりした森が見え、お城の跡があるんですよ。掛川の町をすぎると、田圃がつづいて、ところどころ、昔の東海道をおもわせる松並木なんかがあり……大名行列がとおりそうなね。それをこすと道が上り勾配になり、いわゆる佐夜の中山にかかるわけです。東海道で、箱根はべつとして、豊橋をすぎて、山のなかにはいるのは佐夜の中山ぐらいかな。ともかくトンネルをでて、のぼりつめたところの右手にドライブ・インがあり、左手の下のほうに、大井川のてまえの金谷の町のあかりが見える。

このドライブ・インの裏手の山のなかに、観音様だか神社だかがあって、やっぱりユーレイに関係のある佐夜の中山の夜泣き石が祀ってあるらしい。ここのドライブ・インには峠をのぼってひとやすみってわけで、夜中なんか、定期便のトラックがよくとまってます。だけど、わたしたちは、豊橋で夜食はたべたし、そのまま、坂をくだりだしたんです。佐夜の中山は、掛川からののぼりより、金谷にくだる坂のほうが急でね。これがまた、くねくねまがっておりていくんです。そのいくつ目かの急カーブをまがったとき、道ばたの白いものにヘッドライトがあたった。白っぽい服をきた女が道ばたに立って、手をあげてるんです。若い女でね。トラックをとめて、のせてやりました。どうこうするってつもりはなくても、やはり、いくらかスケベな気持はありますからね。定期便のトラックにはたいてい、運転席のうしろのほうによこになるところがあって、ちょうど、助手が交替して寝たばっかりで、まだ目をさましていて、仕切りの布にあけたちいさな窓みたいなのから、助手が運転台のわたしのそばにいる女をのぞいて、ニヤニヤしてました。

　女のコをトラックにのっけて、うまくやったってはなしは、運転手仲間ではよくするが、ほんとは、そんなことはあまりなくてね。わたしも、日光街道で女をひろったことがあるが、はんぶん玄人《くろうと》でした。やらせるけど、金をくれって言いましたからね。ところが、その晩のせた女は、顔つきも服装も、ぜんぜん玄人みたいじゃなかった。それにしても、夜の二時か三時ごろ、山のなかのなにもないところに、若い女がひとりで立ってるなんてへんなはなしなんだが、あんまりおかしいとはおもわなかったんだなあ。ただ、その女がなにも持ってないんです。女ってのは、ハンドバッグとかなんとか、たいていなにか持ってますからね。

　どこまでいくのかときいたら、金谷まで、と言う。坂をおりたら金谷の町です。口数はすくなかったが、こちらが話しかけると、ぽつりぽつりこたえてね。なにか事情はありそうだとおもったが、それほど気にはしなかった。顔つき？　ええ、おぼえてますよ。いくらか小柄なほうかな。目が大きいとか、鼻がツンとしてるとかって目だったところはなくて……くちびるがうすくてね。うつむいてるのを、運転しながらよこからのぞきこむようにすると、上くちびるが鼻の穴のみぞにめくれこんだようになって、かすかにうごいてました。

　わたしも、だんだんエッチな気がなくなってきましてね。どうも、そんな雰囲気じゃないんですよ。だから、しゃべるほうもとぎれとぎれになり、気がついたら、金谷の町をぬけて、大井川の橋にかかってるんです。女は金谷までと言ったが、橋をこせば、島田の町になっちまう。だから、どこでおりるのか、とふりかえったら、女がいないんです。わたしはポカンとしてね。さいしょは、こわいって気持もありませんでした。だけど、いくらよこを見たって、女はいない。それに下り坂になって女をのっけてから、一度も、トラックはとめてないんです。わたしのしらないうちに、はしってるトラックから女がとびだすわけはないし……。

　そして、女が腰をおろしていたあとを、ひょいと見ると、シートがびっしょりぬれていて、それからガクガクからだがふるえだし、もう運転できなくて、トラックをとめて助手をおこしたんです。助手も、もちろん、その女の声をきき、運転台をのぞいて、わたしのよこにいたのを見てましたからね。

　それで、すぐ、警察にとどけたところが、お巡りが、あんたもか、と言うんです。ほかの運転手も、そんなことがあったらしいんです。時間もだいたいきまっていて、夜中の二時から三時ごろで、お巡りさんのはなしだと、クルマで新婚旅行にでかけたカップルがいて、東京からきて大井川をわたり、金谷の町をすぎて、佐夜の中山の坂をあがりきる手前でクルマがエンコしたんだという。あのあたりの第一国道は道幅がせまく、上りも下りも追越し禁止だが、急カーブのところなんかに、クルマ一台ぐらいつっこんでおける場所がありましてね。そこにクルマをいれ、新婚のダンナがほかの車をとめようとしたが、みんな薄情なんだかとまってくれない。そこで、花嫁さんをエンコしたクルマのそばにのこし、ダンナだけ、金谷の町のほうにあるいておりていった。そのあいだに、定期便のトラックがきて、わるい運転手がいたんですね。くらい山のなかにひとりでいる新婚の花嫁さんをむりやりやっちまった。それも、ほかの定期便のトラックの連中もいっしょになって、何人かでやったらしい。ダンナがかえってきたときは、花嫁さんはひどいカッコをしてたおれてたそうです。そして、病院にかけこんだんだが、病院からぬけだして、大井川に身を投げて、死んじまった」

「それで、女をのせたあとのシートがびしょびしょ濡れてたってわけ？」

ぼくはききかえした。

「ええ。いいお天気の夜でね。雨が降りこんだなんてことは、まちがってもないんです。それが、いっぺんきりじゃないんですよ。ひと月ほど前、こんどは、名古屋のかえりに、やっぱりおなじころ、佐夜の中山の坂をのぼり、金谷のほうにくだりだすと、ハンドルをきって、急カーブをまがったとたん、道ばたに白っぽい服をきた女が立っていて、手をあげ……わたしは心臓がとびあがって、喉につまりそうになった。もちろん、トラックはとめず、うしろも見ないで、坂をおりてきましたけどね」

「じゃ、たまたま、そのとき、白っぽい服の女が道ばたにいたってこともあるな」

「そんな、こわくって、たしかめるどころじゃありませんよ。それで、もう定期便のトラックはいやになって、わたしにはあまり向かないけど、タクシーの運転手になったんです。それが、さっき、高円寺からのっけた女が、佐夜の中山の女によく似ていて……」

「やっぱり、白っぽい服をきてた？」

「いや、だいいちキモノだったし、いくらか酔ってましてね。酔っぱらいのユーレイなんかいないんじゃないかな。タクシーの運転手になってもユーレイにとっつかれるようじゃたまりませんよ。いや、もう、あのときはこわくって……」


運転手さんには、たいへんあいすまないが、はなしをきいていて、ぼくは、まるっきりこわくなかった。その運転手さんにしてみれば、実際にユーレイにぶつかって、ゾッとしたんだろうが（口ぶりから、ウソやつくりばなしとはおもえなかった）なにしろ、はなしがありふれている。

事実は小説よりも奇なり、というけど、せっかくほんとのことでも、似たような事実がいくつもあると、はなしとしてはおもしろくない。

元定期便のトラックの運転手からきいたこのはなしを、怪談の大家都筑道夫さんに言ったら、「わりと常識的なユーレイだな」とわらっていた。

ま、事実というのは、そんなものだろう。ぼくも、みょうな経験をしたことがある。いや、ユーレイのはなしではない。

朝鮮戦争のはじめのころ、ぼくは立川のさきの横田基地につとめていた。そして、なにかで仕事がおそくなった。北鮮軍が釜山《ふざん》のちかくまでせまり、アメリカ兵はみんな朝鮮海峡に追いおとされそうで、第二のダンケルクか、とさわいでたときかもしれない。

横田基地へは青梅線の牛浜でおりてかよってたが、もう青梅線の電車はなく、バクダンをはこぶM27のGMCのトラックで、中央線の上りの最終電車に間にあうように立川の駅までおくってもらった。

そのころ、ぼくは西荻窪のある女のアパートにころがりこんでいて、毎日、つまらない喧嘩をしては、いっしょに寝ていた。(フトンは一組しかなかったし……)

ともかく、その夜、立川から中央線の上りの電車にのってかえる者は、ぼくのほかに運転手《ドライバー》や人夫《レーバー》が二十人ぐらいいた。

ところが、いつまでたっても上りの終電車がこない。発車時刻をもう十分ぐらいすぎている、と時計を見て、みんなさわぎだし、それでも、たまには国電だっておくれることがある、いや、終電車ってものは、あとがつかえてないから、いくらか遅れるのがふつうだ、なんてガヤガヤやってたが、十五分たち、二十分たっても、上りの終電は姿をみせず、どうしたのか、と駅員にたずねた。

駅員はおどろいて、どこかに電話していたが、今、終電車は小金井だか武蔵境だかのあいだをはしってる、と言い、こんどは、ぼくたちがおどろいた。

ぼくたちは、終電車の立川発車時刻の十五分前には、中央線の上りのホームにたっていた。

ひとりで、ホームのベンチに腰かけたりしてたのなら、夜もおそいし、ちょうど終電車がきたとき、とろとろ居眠りをしてたってこともあるだろうけど、ホームには、ぼくのほかに二十人ものひとがいたのだ。

だれも終電車がはいってくるのを見た者もないし、またしらべてみたが、仲間のうちでいなくなってる者もなかった。もしいなくなってる者があったなら、その連中は、終電車にのり、ほかの者はぼんやりしていて乗りそこなったってこともあり得るわけだ。

だけど、そのとき、上りの終電車が武蔵境かどこかをはしってたのは事実らしい。そして、武蔵境にいくためには、立川をとおらなければいけない。しかし、くどいようだが、立川駅の上りプラットホームに二十人ほども立っていて、だれひとりその電車を見た者はなかった。

まさにユーレイ電車だが、この目で見えるはずがないものが見えるからユーレイだが、見えなきゃいけないものが見えなくてユーレイだろうか。

しかし、ぼくたちは不思議がるよりも、頭にきていた。だけど、そんなバカな、と立川駅の駅員にあたってもしかたがない。でも、もう電車はないし……みんなげんなりし、ほとんどの者は、駅の待合室でボヤきながら寝た。

ぼくは、立川の駅の前で、知り合いのポンビキにあい、その男の家にいった。ほかに女をかかえてるわけではなく、自分の女房のポンビキをやってる男だ。

立川のフィンカムの空軍兵の客がかえったところだそうで、（亭主が客をつれてきて、女房が稼いでるあいだ、町でぶらぶらしている）あとは、もう客はとらないというので、ぼくはポンビキの夫婦と三人で寝たが、「いいから、女房を貸してやるよ」とポンビキの亭主は言ってくれたけど、「いくらなんでも、亭主《ヤジ》がそばにいちゃ……」と遠慮した。

するとと、「じゃ、失礼して……」とポンビキと洋パンの夫婦がやりだし、なにしろ、三人ならんで寝てるので、このままでは眠るどころではなく、やっと二人がおわったので、「やっぱりお借りするよ」とたのみ、「どうぞ、どうぞ」とゆずってくれたが、さすがは亭主で落着いており、ぼくが女房にのっかるとすぐ、おだやかないびきをかいて眠ってしまった。

3

レジのうしろのボックスに、その女とむかいあって腰をおろしたとき、ひんやりしたものを感じたのは、冷房のせいばかりではないかもしれない。

その喫茶店は吉原の裏通りの角で、入口のレジのうしろにかなり大きなシュロの鉢があり、そのかげに、ひとつだけはなれてボックスがあった。

そこのボックスをのぞいたのは、この喫茶店の角から、もうひとつ裏にひっこんだ通りの角までのあいだにブンちゃんが立ってなければ、たいてい、このレジのうしろのシュロの鉢のかげのボックスにブンちゃんはひそんでるからだ。

ブンちゃんとのつき合いは、かなり長い。吉原にくると、ぼくはこの裏通りにきて、この喫茶店で、ブンちゃんとあれこれはなしをする。

　ぼくは喫茶店はきらいだけど、ブンちゃんが酒を飲まないのでしかたがない。それに、この喫茶店は、ブンちゃんの仕事場みたいなものだから、ブンちゃんにすれば、つまり、仕事をやすまないで、ぼくとおしゃべりができるわけだ。ブンちゃんはポンビキをやっている。

　のぞいても、ブンちゃんはいなかったが、ほかのボックスが混んでたので、女がひとりでいるここに、ぼくはむかいあったかたちで腰をおろした。女がなにを飲んでいたかはおぼえていない。

　しかし、みょうな女だった。この喫茶店にくる女性は、トルコ風呂の女か、ブンちゃんあたりの商売の女たちか、素人の娘なんかいない。バーやキャバレーのホステスにくらべれば、トルコ風呂の女は、そんなにこってりした化粧をしてるわけではないし、とくに、ここいらのおネンネ専門の女たちは、買物籠かなんかをもってるのがいちばん似合いそうな（いくらか歳もくっている）連中がおおいが、それでも、どこか素人とはちがう。

　だけど、この女は、ぜんぜん、そんなところがない。だいいち、お白粉気がまるでなかった。それも、風呂にいってお白粉をおとしたあと、みたいな皮膚でもない。

　水商売の女は、お白粉をおとしたあとの肌でわかる。陽にあたってない肌の色とか、化粧あれしているとかいうこととはべつに、上に塗ってはじめて完成する、タイルをはがしたあとみたいな感じがあるからだ。

　それに、近頃の女は、べたべた塗ったくらなくても、ローションやクリームはつけている。女のコのにおい、というのはじつはクリームのにおいだとおもうこともあるくらいだ。

あとになってのはなしだが、この女はクリームのにおいさえしなかった。ただ、ほかのにおいはした。消毒薬のようなにおいだろうか……。体臭は、ほとんどなかった。

たぶん、こちらがなにか話しかけたんだろう。目があって、ぼくが無意味にニヤニヤし、だけど、相手がプイとたっていったりしなかったので……なんてことだったにちがいない。

だれかを待ってるのか、とたずねたら、待ってるのか待ってないのかわからない返事をした。だいたい、この女が自分からなにかはっきりしたことを言った記憶はない。

歳は二十三、四か、お白粉けのない肌は、はんぶん透いてみえるようで、さよりの刺身をおもいだしたが、ニンゲンの肌がこんなふうだと、ちょっとこまる。

女性の肌の白さにも、ホイップ・クリームみたいに、白くてなめらかで、つやがあるのと、たまに、この女のように、のぞきこむと透いてみえそうなのがある。

事実、手なんかは静脈がすいていて、時計の裏蓋をあけて、なかが見えるのはしかたがないが、にんげんのからだのなかの仕掛けなんか、ぼくは見たくない。

それに、青白く透いてみえる皮膚にうぶ毛がはえていて……ぼくは海が好きだけど、藻がはえた海はきらいだ。

そんなにいろいろこまったところがある女性なのに、なぜ、いっしょに旅館にいったのかとおっしゃるかもしれないが、もともと、ぼくは我慢強いほうで、それに、ぼくなんかには、どうせロクな女はこないとあきらめている。

ブンちゃんは良心的でひとがいいポンビキだけど、ブンちゃんがつれてくる女も、さっきも言ったように、たいてい三十すぎのプロづかれがしたようなのばかりだ。

それにくらべたら、透《す》け透《す》けルックの肌だとか、それにうぶ毛がはえてたからとイチャモンをつけることはない。

歳は二十四、五で、目なんかぱっちりしちゃって、もしかしたら、ぼくが近頃寝た女のうちでは、いちばん若くて美人だったかもしれない。それに、なにより、泊りで五千円っていうのは安い。

いや、女のほうで泊りで五千円にしておく、と言ったんじゃない。夜店のタタキ売りの逆で、国のはじめは大和《やまと》の国（カンケイないか）、五千円でどう、ときりだしたら、女が黙ってうなずいたのだ。

そんなことより、ぽつりぽつりはなしていて（ま、ぼくのほうがはなしかけるばかりみたいだったが）いくらかヤケになり、どこかにいこうかとさそうと、やはり黙ってうなずき、それでつれだって喫茶店をでたんだけど、吉原の暗い裏通りをあるきだしてから、じつは、ちいっとぼくはヨワった。

これがプロの女性なら、いったんはなしがきまれば、なじみの旅館や、たまには自分のアパートにまっすぐいっちまうんだけど、この女は、黙ってならんであるいてるだけで、なんにも言わない。

へたをすると、どこかへいこう、とぼくが言ったのを、浅草六区の映画でも見にいくようなつもりでいるんじゃないだろうか。

ぜんぜん玄人には見えなかったが、こりゃ、へたをすると、ほんとにまるっきりの素人娘かもしれない。

失神派の巨匠川上宗薫先生は、おれは素人の女としか寝ない、と威張ってたが、肝臓がわるくなって虎の門病院の川崎分院に入院してしまった。素人の女は、肝臓にもよくないらしい。

そんなことより、ぼくはボンボ好きだけど、ほんとは女がきらいだ。川上宗薫先生あたりは女を口説くのがたのしみのようだけど、ぼくは、ただめんどくさい。

プロ疲れしたみたいな女にくらべたら、たとえ透け透けルックの肌でも、ごきげんな娘をひろったとおもったのが、バカらしくなり、ぼくは、つっかかるみたいに言った。

「で、どこにいこう？」

女は黙ってて、ぼくは、これで相手が逃げだしてもいいとおもった。

「どっちみち、ぼくは旅館にいきたいんだ。どう？」

女はやはり黙ってたが逃げるけはいはなく、手をとると、にぎったままにしている。

そんなわけで、ブンちゃんから世話してもらった女と、なんどか泊ったことがある元お女郎屋さんの旅館にいった。

広い階段をあがって、部屋に案内されても、女は黙ってすわっており、ぼくは、しかたがないので、ひとりでフトンにはいった。

すると、女は電灯をけして、服を脱ぎだし、ぼくは、やっとほっとして、デチ棒がたってきた。

そして、女はぼくのそばにはいってきたが、びっくりしたのは、なんにも着ていないのだ。旅館の浴衣も着ていない。

素人の女は、おネンネするときは、みんな、ばっちりヌードなんだろうか？　プロの連中は、とくにさいしょのときは、ヨロイ兜みたいに、やたらにごてごて着てるが……。

からだをかさねると、女の肌はひんやりした。

肥った女はあったかそうだが、皮下脂肪が厚いためか、これがいったん冷えちまうと、コールド・ポークを抱いてるようで、肌がつめたいのは、むしろ肥った女のほうだ、とぼくはおもってるが、この女の肌のつめたさはそれとはちがう。

つめたい肉という感じではなく、なんだか、ひんやりした水のなかに、こちらのからだがしずみこんでいくみたいなのだ。

そして、しずかな水が受身のように、女はあくまでもしずかで受身だったが、あそこの泉はふきこぼれたように濡れていた。

プロの女は、まちがってもこんなことはない。ぼくは、ひさしぶりに甘美なボンボをしたような気になった。

4

だから、うとうと眠って目がさめると、ぼくは、また、女を抱いた。

こんなことは、めずらしい。ぼくは、ちょこちょこ、ボンボをしたがるくせに、ただつっかけておわってしまい、それも一ぺんポッキリというのがふつうで、はやくすみさえすればいいプロの女性たちからでさえ、もっとマジメにやったら、とおこられることがある。

女も眠っていたのだろうか。もともと、しずかな水のように、ただこちらがはいっていくのをまっているようなので、わからない。

しかし、肌は、やはりひんやりつめたかった。肥った女の肌はつめたいといっても、さいしょだけのはなしで、エンジンがかかって熱くなってくると、いつまでもオーバーヒートしてるようなのもある。

そして、あそこの泉が、またすごい濡れようで、あとからあとから泉がわいてくるのか、泉のまわりだけでなく、まわりのしげみを濡らし、てのひらにちんまりはいるマン丘《ヒル》をこえて、ヘソの下あたりまで、とろとろに濡れ、女がべつに積極的な行為をしなくても、こうやって、ぼくを受けいれてくれてる証拠だとおもったりし、ぼくは、慣れないセコンド・ラウンドに、ぐったり疲れたが、その疲れを、すごく甘美なものに感じた。

しかし、なにしろたいへんな濡れかたで、おわったあとは、へんに粘っこくべとつき、ぼくはフトンから出て、トイレに手をあらいにいき、甘美な気持がふっとんでしまった。

ねばっこくべとついてた手がまっ赤だったのだ。濡れてあふれた泉はメンスだったのか。

血は爪のなかにまではいりこみ、もう乾いていて（まえのときの血だろう）なかなかおちず、あらっていて、ぼくはかなしかった。

　しかし、女を責めるのはまちがってる。プロの女ならともかく、なにしろ素人だし……いや、ぼく自身は無理なことをしたとはおもわないが、女にしてみれば、喫茶店でひとりでいるところをはなしかけられ、強引に旅館にひっぱってこられたような気持だったのかもしれない。

　ところが、部屋にかえると、女はいなかった。それでも、ぼくは、女もトイレにいったんだとおもっていた。廊下の反対側にも洗滌室とかいたトイレがある。昔のお女郎屋さんは、やたらにトイレがおおいらしい。

　そして、フトンにはいり、女を待ってるうちに眠ってしまった。

　眠ったことはまちがいない。目がさめたら、窓のカーテンのあいだから、日がさしこんでいた。

　女はいない。服もなかった。

　もう朝の十時になっている。ぼくは顔をあらい、階下《した》におりて、旅館の女中にたずねた。

「連れの女の子はどうした?」

「え?」

　旅館の女中は顔の皺をうごかして、ぼくを見あげた。この女中さんは、昔むかしのお女郎さんかもしれない。

「ほら、昨夜《ゆうべ》、ぼくといっしょにきたコ?」

旅館の女中さんの顔が、皺のなかでおぼれそうになった。わらったらしい。美人ほど、年とって皺がおおくなるというが……。

「なにを、また……。おひとりですよ」

「そんな……」

それからのやりとりはバカみたいだった。女中たちは——もうひとりの女中さんも——ぼくひとりだったとがんばる。こんな旅館は、みんなアベックで、それをぼくがひとりできたので、ことわろうかとおもったぐらいだから、はっきりおぼえてると言うのだ。

ぼくは、ぼんやり、旅館をでた。手をみると、まだ、爪のあいだに血がこびりついていた。しかし、旅館の女中はなぜ、あんなことを……。

ぼくは、毎晩飲んでるが、飲んで記憶があやしくなるということはない。それに、昨夜は、そんなに酔ってもいなかった。

まてよ、昨夜の女が、ぼくが酔ってるとおもい、旅館の女中に、みょうな細工をさせたのか……。昨夜のことは、ほんとのハプニングで、それでぼくとひっかかりができるといけないとおもい……。

吉原阪、幻の女か……。それでもすっきりしない気分で、稲荷町の釜風呂にいったぼくは、脱衣場で服をぬぎ、ハッとした。

股のあいだが、べつに汚れてなかったのだ。手があんなに血まみれになってたのなら、下のほうは、もっとひどいことになってたはずなのに、血の跡さえもない。

昨夜、あのあと、トイレにいったときも、手だけをあらって、下はあらわなかった。だいいち、トイレには下をあらうところはない。（旅館になってからは、洗滌の設備はとりのけてある）

それに、考えてみれば、女はまっ裸だったし、あんなふうなら、シーツもそうとうよごれてるはずなのに、ぜんぜん、そんなところはなかった。

しかし、この爪のあいだにこびりついた血は……。

それから、四日たって、吉原の裏通りの角の喫茶店でブンちゃんにあうと、ついさっき、ここを出て、車にはねられた女がいた、と言った。

「この（レジのうしろの）ボックスに、ひとりでいたらしいんだがね。下腹をうったんだか、ほかは傷はないのに、どんどん血がでてまっ赤になったパンティが、めくれたスカートのあいだから見えてさ。ああ、いやだ。こんなときは、酒が飲めないのがうらめしいよ」

ぼくは、そこまできいて、あらためて青くなった。

「おいおい、まさか、歳は二十四、五のお白粉けがない、肌がはんぶん透いてみえるような女で…」

ちょうど、ジュースをもってきたウエイトレスのタマ子が「あら、見てたの」と、おしゃべりの腰をおられたような顔をした。

「目がぱちっと大きくて、肌にうぶ毛がはえた……ほら、このあいだ、ここのボックスにいて、ぼくといっしょに出ていった女じゃないのかい？」

タマ子は、おぼえてない、と首をふり、ブンちゃんが、どうしたんだ、とたずねた。

じつは……とこたえかけて、ぼくは言葉をのみこんだ。

ぼくがあの女にあったのは、四日前で、きょう死んだとすると……死ぬ前に化けてでるユーレイがあるだろうか。

もっとも、九月号の雑誌が、七月にはもうでる時代だ。アドバンスのユーレイだってあるかもしれない。

悪夢がおわった

鍵穴にさしこもうとした鍵が、指さきからすべって、アパートの廊下におちた。手がふるえている。膝に力がはいらず、まだ、ぼくは息をきらしていた。

ドアをしめ、壁のスイッチをひねる。服もぬがず、ベッドにたおれると、ぼくは文子をだきしめた。

「文子、文子……」

文子は、いつものように、まっすぐ上をむいて、ベッドによこになっていた。大きな瞳が、なにかうつろにひらいている。

「また、おそくなって、すまない。だけど、今夜は……」

それ以上、ぼくは声がでなかった。

文子はだまっている。もともと、ぼくがはなしかけなければ、文子のほうからものをいうことはないが——。

「じつは……」

ぼくは、ゴクンとつばをのみこんだ。だれかにしゃべらないと、気がくるってしまうだろう。

「……会社のお客さんの接待で、築地にいったあと、あるバーによってね」

文子は、ほんのすこし、顔をこちらにむけた。

「どこのバー？」

「アゼリアっていうバーだけど――」

「カオルさんがいたバーね」

文子の声は、どこか、うんと遠いところからきこえてくるみたいだった。

「どうして、そんなことをしってるんだ？」

文子には、なにをかくしても、むだだとはわかってる。しかし、ぼくはおどろいた。

「胸がわるくて療養所で死にかかってるわたしの姉さんのところに、あなたがいっしょにつれていった、バーの女給さんでしょう。しってるわ」

文子の大きな瞳は、ぼくがしらない、ぼくの心の奥までみとおしている。

明け方のうすらあかり、窓からさしこむたそがれの街の灯、そして、今みたいな、午前3時すぎの、かたい電燈の光と、さまざまに色がかわる瞳だ。ある時は、黒大理石のようにかがやき、ある時は灰色ににごり、また、みどりがかってひかることもある。その瞳をみていると、ぼくの死んだワイフ、文子の姉のれい子の目をおもいだす。

ぼくは、だきしめていた腕をぬき、文子の髪に手をやった。まっ黒な、長い髪。蛍光燈の光をうけ、白いネグリジェに、黒い、ながい髪がながれる。れい子も、くせのない、つやのいい髪が自慢で、だから、一度も、パーマをかけたことがなかった。

文子がいうことは事実だ。文子の姉のれい子が結核療養所にはいる前から、ぼくの気持は、とっくに、れい子をはなれていた。死期がちかくなったためか、あまりうるさく、れい子があいにきてくれというので、カオルとピクニックみたいな気持で出かけたが――。

「お客さんを車にのせたあと、ひとりで、しずかに飲みたくてさ。アゼリアにいったのはいいけど……」

「カオルさんにあったのね」

ぼくは返事ができなかった。

「一年前に自殺したカオルさんが、アゼリアなんかにいるはずはないっていうんでしょう」

顔から血がひくのが、自分でもわかる。

「そ、そんなことまで、どうして、きみが……?」

「カオルさんは、一年前の、ちょうど今夜、自殺したのよ」

「カオルが死んだのは、去年の今夜だって?」

「だめ、しらばっくれても……。あなただって、だれかからきいてしってたはずだわ」

「いや、ほんとに……」

文子は天井をみつめたままだ。まばたき一つしない。

「カオルさんの死体は、とうとうあがらなかったそうね。十和田湖の底で、今頃、死体は、どうなってるかしら?」

「やめてくれ……」

ぼくは、文子のネグリジェをつかんだ。

「あの湖は、ふかくて、つめたいってはなしだけど……」

ぼくは、両方の手で耳をおおい、枕におしつけた。だが、文子のひくい笑い声は、錐《きり》でもつっこむように、頭のなかをえぐった。いや文子の声じゃない。カオルの声、喀血したあとの、スロージンフィズのような、あざやかな血泡がついたくちびるをまげてわらった、れい子の声。

今日がカオルの命日……。

ぼくは泣きだしていた。どうしようもなく、からだがふるえる。しがみつくように、文子のからだに腕をまわし、ぼくは、黒い、ながい髪に、顔をうずめた。


カオルと縁をきり、彼女がアゼリアもやめたときいてから、あのバーにいったことは、一度もなかった。

それが今夜、ふと気がつくと、ぼくはアゼリアの花模様を浮彫りにしたドアをおし、なかにはいっていった。

「ほんとに、おひさしぶりですね、小牧さん」

と、マスターの河井は声をかけたが、銀座のバーの女の子のうつりかわりははげしい。店にいる子は、みんなしらない顔だった。ぼくは、カウンターのまんなかあたりに腰をおろし、オールド・ファッションを注文した。

オールド・ファッションの、厚いグラスをかかえるようにして、ぼくは、つい、カオルやれい子のことをかんがえていた。

店でおもしろくないことがあったとかで、バーボン・ウィスキーをストレイトであおり、よっぱらっていたカオルを、青山のホテルにさそい……。カオルが、まさか処女だとは、ぼくもおもわなかった。

ぼくにしては、カオルとのあいだは、ながくつづいたほうだ。文子がいうように、れい子が寝ている療養所にもつれていった。

文子の姉のれい子は――もと、うちの貿易会社の速記《ステノ》をやっていた。れい子が会社にはいるとすぐ、関係ができたが、ぼくは、結婚なんてかんがえてもいなかった。いわゆるいいところのお嬢さんとの縁談もあったのだ。しかし、れい子はしつこく、とうとう、ぼくも根まけしたようなかたちになって、結婚してしまった。れい子は両親ともなく、おやじの遺産を、ちゃっかり株でふやし、ちょっとびっくりするほど金をもってたが――。

れい子がしつこく、底意地がわるいのには、結婚前から、ぼくはうんざりしていた。とくに、胸がわるくなってからは、ひどかった。病院か療養所にはいるように、いくら医者がすすめても、きかないのだ。ぼくを監視するつもりだったんだろう。そして、毎晩、やせたからだをすりよせ……。

だから、わざと、カオルをつれて、療養所にもいったのだ。療養所にはいった時から、れい子は、もうだめだとわかってたが、あのあとすぐ、れい子は死んだ。

カオルは、奥様きどりでよろこんでいた。文子があらわれるまでは――。

死んだれい子には両親はなく、妹があるような話も、一度もきいたことはなかった。しかし、文子の顔をみたとたんに、れい子の妹だとわかった。ひさしぶりに、ひとりで、はやくアパートにかえりベッドによこになって、ぼんやりしてた時に、文子はたずねてきたのだ。

その晩のうちに、ぼくたちは関係ができた。

別れ話をもちだすと、カオルは、気がくるったように、ないたりわめいたりした。文字どおり、ぼくは、カオルをおいださなければいけなかった。廊下につきとばし、ドアをしめようとした時の、カオルの顔――。

口から十センチばかりのところで、オールド・ファッションのグラスがとまっている。口もとにグラスをもっていこうとしたが、手がうごかない。

カウンターのすみに、なにか注意をひくものがあるのに、逆に噛みあった歯車みたいに、ぼくの首は、反対のほうをむこうとする。

指のあいだから、グラスがすべり、カウンターの上におちた。

と同時に、カウンターのすみに、ぼんやり白くうきあがっていたものがうごき、手がのびて、グラスをたてた。マスターの河井が、ダスターでカウンターをふく。

白い人影は、カウンターのすみにひっこみ、さけようとした、ぼくの視線は、ひきこまれるように、その人影をおっていた。

きれのながい、すこしつりあがった目。ややきつすぎる鼻の線。琥珀色のバーの間接照明をうけて、紙のように血の気のない顔に、くちびるだけが、生々しくうきあがっている。下くちびるが、アンバランスにちいさいところまで……。

相手も、じっと、ぼくの顔をみつめていた。その口もとが、かすかにほころぶ。

「おかわり、なさいますか？」

マスターの河井がたずねた。

「え？　うん……」

そうこたえている自分の声が、耳にはいった。

「びっくりしたでしょう？　カオルさんそっくりで……」マスターの河井は、グラスをとりあげた。

「まるで、幽霊でも見たみたい」

カウンターの隅の女が言ったが、影みたいに、口もとがうごいたのもわからなかった。

「き、きみは……？」

ぼくの声は喉でからまった。きこえないのか、女は返事をしない。

マスターの河井が、オールド・ファッションをつくりながら、かわってこたえた。

「マリ子さん。いや、さいしょ、顔をみた時は、あたしもびっくりしましてね。死んだはずのカオルさんが……」

マスターの河井は、オールド・ファッションのグラスを、ぼくの前においた。

「きみ、こっちにこないか……おごるよ」

ぼくは、カウンターの隅の女にいった。

女は、かすかに首をふった。やわらかくカールした前髪が額にかかる。カオルも、これとおなじヘア・スタイルがすきだった。

ぼくはグラスをもち、腰掛《ストール》をおり、女のそばにいった。足がこわばっている。

ちかくからみると、わりにこい眉毛のはえぎわまで、マリ子という女は、カオルそっくりだ。ぼくにはどうしても……いや、幽霊なんて、この世にいるはずがない。

「カオルさんって、だれ？　あなたの、なんなの？」

女はたずねた。語尾のはしをみじかくきる、ものの言い方まで似ている。カオルとおなじ、茶っぽい瞳がうごき、キラッとひかった。

「なんでもないよ」

ぼくは、カウンターに肘をつき、腰掛《ストール》の上で、からだをよこにまわした。カウンターのすみの女と、ななめにむかいあったようなかっこうになり、膝と膝がふれた。女は、すこし足をひき、すそに手をやった。すいてみえるような、青白い手だ。

「なにかのむかい？」

「バーボン・コーク」

ぼくの心臓は、また、ドキッととまってしまった。カオルも、バーボン・ウィスキーをコカコーラでわったハイボールがすきだった。

女の口もとがほころび、よくそろった歯がみえた。カオルは、右の糸切歯のよこに金をいれていたが……。

「どうしたの？　ひとの口もとなんか、じっとみて――」

「きみ、まさか……？」

ぼくはからだをたおし、女の手をつかもうとした。闇のなかをとぶ白い蛾のように、女の手が、するっとにげる。

「カオルさんっていうひとに、そんなに似てる？」

「うん」

「いやねえ、ひとにソックリだなんて……。しかも、その女《ひと》、死んじゃったんでしょう？」

ぼくは、おおきく息をはきだした。

「今夜は、いっしょに、うんと飲もうよ」

ファイトみたいなものがわいてきた。どうしても、この女の正体をつきとめてやる。そのためには……着てるものをひんむき、ベッドにころがすのが、いちばんてっとりばやい。女がすきなのが、ぼくのわるいクセだが、じまんするみたいだけど、ねらった女ににげられたことは、まだ、一度もない。

百パーセントの魅力と、年期のかかったテクニックを最大限につかい、口説きにかかった。女は、バーボン・コークのおかわりをした。ぼくは、すすめて、ダブルにさせた。いちおう、ぼくのペースにのってるみたいだが、このマリ子という女は、ほんとに、つかまえどころがなかった。

ぼくのきわどい冗談に、アルコールがまわった声でわらってるかとおもうと、急にだまりこむ。カウンターの下からの逆光線をうけ、きれのながい、すこしそった目を、白く、つめたくひからせて――。

ぼくも、かなり酔っていた。築地の料亭で、会社のお客さんを接待したあとだ。女がけっしてカオルではないことをたしかめようとしてるのだが、酔いがまわるにつれて、よけいぼんやりしてくるような気もした。

トイレにいき、かえってきたぼくの足が入口でとまった。カウンターのすみに片肘をつき、顔をすこし上にあげて、親指を顎にかけ、タバコを口のところにもっていったまま、なにかの像のようにじっとしている女のかっこうは……。アンバランスにちいさい、下くちびる。神経質な感じの首の線。着物がよくにあうなで肩。

その着物に見おぼえがあるのに、はじめて、ぼくは気がついた。いや、さいしょから、わかっていたにちがいない。ただ、意識の表面にだすまいと、ひっしになって、自分にかくしていたのだ。

ぼくは、女とのあいだに一つ腰掛《ストール》をおき、腰かけた。ラベンダーというのか、うすい藤色の小紋をちらした一越ちりめんに、博多の献上の帯を、すこし高めに、みじかくしめている。ブルーがかってるためか、よけい、つめたい白さを感じる着物の生地だ。

「おっかない顔をして、なにをみてるの?」

女は前をむいたまま、言った。タバコをもった手の位置も、タバコの角度も、固定したように、かわらない。

「きみの、その着物……」

ぼくは、とりあげたオールド・ファッションのグラスを、また、カウンターの上においた。

「ああ、これ……いいでしょう。むりしたのよ」

女のタバコのさきから、灰がポツンとおちる。

「でも、着物が、なにか……?　また、だれかのとそっくりなんていやよ」

オールド・ファッションのグラスをつかみ、カウンターにおしつけて、手のふるえをとめ、ぼくは、言った。

「もう、カンバンだろう?　店がしまったあと、ナイトクラブにでもいかないか?」

はじめて、女の顔がうごき、こちらをふりむくと、アンバランスにちいさい、下くちびるのはしがゆがんだ。わらったらしい。だが、声はきこえなかった。

表にでると、小雨がふっていた。まだ、そんな季節でもないのにぼくは、ブルッと身ぶるいした。

こんな時には、タクシーはつかまえにくいが、運よく、から車がやってきた。

タクシーにのり、はしりだすと、女は窓の外をみながらいった。

「あたし、もう酔っぱらったみたい」

「じゃ、うちまでおくろうか?」

「うちはいや。今夜はかえりたくないわ。どこか……しずかな旅館、しらない?」

ぼくは、シートのなかでからだをのりだした。こんなに、イージーにいくとはおもってなかったのだ。ほんとは、この女の正体をたしかめることも、あきらめかけていた。

正直いって、ぼくは、ただ、はだかになった女のからだをだき、カオルの幽霊なんかでないことをたしかめたいだけだった。文子と関係ができてから、なぜか、ぼくは、ほかの女へ興味がなくなっていた。つい、せんだっても、文子の姉の、ぼくの死んだワイフ、れい子よりも、古いつきあいの、会社のタイピストからさそわれ、旅館までいったが、とうとう、男と女のことができなかった。

「青山に、いいホテルがあるんだけど……」

女はだまっていた。ぼくは、タクシーの運転手に、ホテルへの道をおしえた。女は、やはり、なにも言わない。ということは、オーケーだ。

ホテルの部屋にはいり、ドアに錠をかけ、ぼくは、女をだいた。からだをかたくしている。キスしようとすると、女は顔をそむけ、するっと、ぼくの腕のあいだからぬけて、ベッドのそばのテーブルの上においたハンドバッグの口金をあけた。なかから、みどり色のちいさな壜をとりだす。

「これ、のまない？　強肝、強精、きくのよ」

「うん」

ホテルまできたのに、なぜかまだ不安だったが、もうだいじょうぶだ。服をぬぎ、ハンガーにかけるために、ぼくは、壁のスイッチに手をのばした。

天井の蛍光燈は、チカチカっとまたたき、ホテルの部屋のなかを漂白したような光でうきあがらせた。

そのとたんに、ベッドのはしに腰をおろし、みどり色の小壜から白い錠剤をてのひらにうつしている女の着物の左胸のあたりが、ぼくの目にとびこんだ。今までは、うすぐらいところにばかりいたので、半信半疑だったが、もう、まちがいない。うすい藤色の小紋だとおもったのは、かわいた血の跡だ！

文子と関係ができ、わかれ話をもちだした時、カオルがヒスをおこしてさわいだので、ひっぱたくと、口のなかがきれ、アンバランスにちいさい下くちびるをつたわって、この着物の胸もとに血がおちたが……。

ぼくは、ドアにぶっつかるようにして、廊下にはしりだしていた。

そして、文子がまっているアパートに、ふるえながら、もどってきたのだ。

なにもかも、ぼくは文子にはなした。文子は、またたきもせず、大きな瞳で天井をみつめている。

「カオルを死なせたのも、ぼくだった。わるいとおもってる」

「そして、わたしの姉さんも……」

文子は、ポツンと口をはさんだ。

「うん、ぼくは、もうごまかしたりはしない。それは、きみを、ほんとに愛してるからだ」

「愛してる？　わたしを……？」

文子の口からきくと、愛という言葉も、なぜかうつろにひびく。しかし、そんなことはどうだっていい。ぼくが、しがみついていられるのは、文子しかないのだ。

「嘘じゃない。その証拠に……結婚してくれ、文子」

「でも、あなた、もう結婚してるんじゃないの」

「え？　きみの姉さんが死んだのは、もう二年も前だぜ。しんけんなんだ。きみなしじゃ、生きていけない。たしかに、ぼくは、今まで女にだらしなかった。そのため、きみの姉さんをくるしめたのも事実だ。だけど、もう、そんなことはしない」

「姉さんにしたようなことは……？」

文子はわらった。こんな笑い声ははじめてだ。

ぼくは、文子をだきよせ、黒い、ながい髪に顔をうずめ、くりかえした。

「結婚してくれ、たのむ。文子、おねがいだ。きみだけは、きっとしあわせにしてみせる」

店のなかの電燈をけし、レジのうしろのスタンドをつけて、ソロバンをはじいていた、バー・アゼリアのマスター、河井は、ひょいと、カウンターのすみに目をやった。

いちばんはしの腰掛《ストール》に、白い人影がぼんやりうきあがっている。

「だれ？」

マスターの河井は椅子からたちあがり、カウンターのはしにあるいていた。

カウンターの上に肘をつき、親指を頰にあてて、口もとにタバコをもっていったきり、女の姿はうごかない。

「お、おどかすなよ、マリちゃんか……。不意に消えちまったんでどうしたのかとおもってたんだ」

マスターの河井も、ならんで、腰掛《ストール》に腰をおろした。タバコをくわえ、マッチをすった河井は、マリ子のタバコに火がついてないのをみて、マッチをもっていった。

「昨夜《ゆうべ》、ここで、きみと飲んでたひと……」

しばらくして、河井はいった。

「いっしょに、店をでたようだったけれど、なにもなかったのかい？」

マリ子のきれのながい目がキラッとひかる。

「いや……あのひと、死んだよ。××物産のひとなんだけど、お客さんにあう、だいじな用があるのに、今日、会社にもこないし、連絡もないもんだから、アパートにいってみたらしいんだ。そしたら……」

　河井は言葉をきり、片手で目をおさえた。

「服をきたまま、ベッドで死んでたっていうんだ。医者にも、はっきりした死因はわからないらしい」

「女の執念にころされたんだわ」

　河井は、ハッと手をはなし、マリ子の顔をみつめた。

「あたし、昨夜《ゆうべ》あの男とホテルにいったの」

「まさか、きみ……」

「あの男をころして、あたしも死ぬつもりだったのよ。毒薬を用意してたわ。でも、にげられちまった。このお店にいたカオルっていう女《ひと》と、あたし、あんまり似すぎてるとおもわない？」

　河井は声もでなかった。

「カオルはあたしの妹なの。大好きな妹だったのよ。そのカオルを、小牧って男にとられてしまい、あたし、気がくるいそうだったわ。そして、カオルは、あの男にすてられ、十和田湖で自殺してしまった。その時、あたしも死んだのよ。この世になんの興味もなく……でも、あの男にだけは復讐したかったわ。だから、このバーにつとめたの。ここにいれば、あの男にあえるかもしれないとおもって……。そしたら昨夜《ゆうべ》、ひょっくりはいってきたでしょう。昨日は、カオルの命日なのよ。あたし、カオルがつれてきてくれたんだとおもったわ」

　河井は息をつめたままだ。

「さっき、××物産のひとの話をよこからきいていて、あたし、あの男のアパートにいってみたの。あたしが復讐する必要なんかなかったのね。あの男は、自分がいびりころした女にころされたんですもの。アパートの人の話だと、あの男ひとりしかいない部屋のなかで、しょっちゅう、話し声がきこえてたっていうわ」

　河井は、ゆっくり息をはきだした。

「うん、小牧さんは、死んだ奥さんの妹の文子とかいうひとと、同棲してるみたいなことを言ってたそうだ。しかし、死んだ奥さんには妹なんかなかったし、その女《ひと》をみた者も、だれもいない。小牧さんは、もう色もかわった、死んだ奥さんのネグリジェをしっかりだき……」

　マリ子は、カウンターにかけた肘をおろし、胸もとの褐色のシミに手をやった。

「枕の上にちらばった女の髪に顔をつっこむようにして、死んでたんでしょう。まっ黒な、その髪だけが、へんにつやつやして、生きてるみたいだったそうね」

285　氷の時計

氷の時計

1

ウイスキーのびんをもつと、つめたさが、指さきから肩にはいあがってきた。ぬれた感じのつめたさだ。

氷がはいったアイス・ペイルを、戸川がおしてよこしたが、太田は首をふった。

アイス・ペイルのなかの氷が、いくらかとけて、また、くっつき合っている。

湖の氷はとけてなほ寒し三日月のかげ波にうつろふ
島木赤彦の短歌の文字が、風のある夜の電光ニュースのように、頭のなかをながれ、太田はブルッと身ぶるいした。

応接間の天井が高いので、シャンデリアの光もよわく、黄いろく、それが、アイス・ペイルの氷のあいだの水たまりに、身投げした三日月のみたいにうつっていた。

この短歌には、春まだ浅い夜の、なにか清冽《せいれつ》なつめたさがある。

しかし、三日つづいた雨がまだあがりきらない、この秋の夜の空気は、しめっぽくからみつくようで、なにか底意地がわるかった。アイス・ペイルの水たまりに、タバコの灰がういている。

夕暮れが、一日のうちで、いちばんくらいかもしれない。夜には夜の、あきらめに似た落ち着きと、あかるさがあるが、夕暮れは、くらさを未来にもつために、はてしなく深まっていく夜のくらさが、そこに凝縮《ぎようしゆく》してるからだ。

これとおなじように、長い、くらい冬におびえる秋の寒さが、じつは、いちばん寒いかもしれない。

肌を刺す寒さより、首すじや、そで口からしのびこむうそ寒さのほうが、どれだけ、心をつめたくするか——。

「安西は……ほんとに、どこにもいないのかね？」

この家の主人の戸川は、着物のえりをあわせ、腕をくんだ。というより、からだのなかで、まだいくらかあったかみの残っていそうな腋の下に手のさきをつっこんだのだ。

「いません。ともかく、わたしのほうもあたるだけはあたってみました。警察でもさがしています」

と、うすら寒い頭をした若禿《わかは》げの太田はこたえた。太田は、翻訳の出版がおおい風間書店の編集者で、この家の主人の戸川は、風間書店の翻訳をずっとやっている。

安西というのは、やはり翻訳家で、風間書店からも、何冊か訳本をだしていた。その安西の行方がわからないのだ。生きているのか、死んでいるのかもはっきりせず……というよりも、死体が見つからないので、問題になった。

安西は、色白で口数のすくない奥さんと、戸川の家とは東横線をへだてて反対側の、多摩川が南に見える、田園調布六丁目の丘の斜面の家にすんでいた。子供は小学校三年生の男の子ひとりだ。

ところが、その家が、きのうの夜（正確にいうと、きょうの午前三時すぎ）崖くずれで、便所だけのこし、おしつぶされてしまった。秋にはめずらしい、二日つづいたはげしい雨に、石垣がくずれ、上の家がずりおちてきたのだ。

真夜中の、しかも一瞬の出来事で、逃げだすひまなどはなかったらしく、奥さんと、大人《おとな》の寝巻きを着た父親似の坊やの死体がでてきたが、夜があけて、もう一度さがしなおしても、安西の死体はどこにもなかった。

そして、三日目にかかった雨のうちに、こうして夜になった今も、まだ、安西の行方はわからない。いや、どこにいったのか、その見当さえつかなかった。

2

たたきつけるようなはげしい降りかたは弱まったが、それだけ、ひっそり陰湿な雨になり、底冷えがしてきた。

「なにしろ、安西さんは、結婚以来、夜、うちをあけて、外にとまったことは、一度もないそうで……」

　言葉をきった太田のうすら寒い頭を、戸川はつめたい目でみつめた。

「ぼくは、うちにいたんじゃ仕事ができないんだ。家内も娘たちも寝ちまったからいいが、家内たちがいるところでは、そんな背筋が寒くなるような皮肉はいわんでくれよ。闘牛の前で、赤い旗をふるようなものだ」

　太田はウイスキーをなめ、水のグラスに手をのばしかけて、指先をひっこめた。

「皮肉だなんて、とんでもない。ただ、一度も外泊したことがない安西さんが、なぜ、昨夜だけ、うちにいなかったのかふしぎでしようがないんです」

「そりゃ、ぼくだって、ふしぎだ。しかし、きみ、まさか、安西が家をあけたことと、崖くずれがあって、奥さんや坊やがなくなったことが、関係があるとおもってるわけじゃないだろうね？　たとえば安西が、とつぜん気がへんになって、奥さんや坊やを殺そうとおもい、くるった頭で綿密に計画をたて、こっそり石垣に細工をして、雨が降るのをまってたとかさ。バカらしい。安西ぐらい、マトモで狂いそうもない男はない。それに、安西も奥さんも無口で、子供もおとなしい坊やだったが、あれで、けっこう親子、夫婦、仲がよくてね。おたがいに、ベタついたり、あまったれたりはしないが、なかなかしっくりいってる家庭だった。また、たとえ……たとえだよ、安西が石垣にそのような細工をしたとしても、どうやって雨を降らせる？　自然に雨が降るのをまってたのなら、雨模様になるたびに、安西はうちをあけてたはずだ。自分も崖くずれでペシャンコになったんじゃ、意味ないからね。ところが、今まで、外でとまったことなんか、いっぺんもないという。おたくの社では、ミステリーの翻訳もうんとだしていて、きみはその編集もやってるもんだから、すこし、ミステリーぼけしてるのとちがうか？」

「なにをいってるんです。先生こそミステリーの読みすぎだ。しかし、安西さんが、結婚以来、旅行も外泊したこともないというのはほんとなんですか？」

「おいおい、それは、きみがいいだしたことなんだぜ。しかし、ほんとだろう。安西は旅行ぎらいだった。というより、乗物恐怖症みたいなところがあってね。それに、堅い男で、女のところに朝までいたとか、飲んでいて、夜おそくなり、どこかにとまったというはなしもきいたことはない。だいたい、夜おそくかえってくるなんてことは、ぜんぜんなかった。ぼくは、安西とは、おなじK大学の英文科で、また、おなじ翻訳商売もやっており、おなじ田園調布で家もちかいので、おそらく、いちばん親しくしてきたほうだろうが、それでも、顔をあわすのは、翻訳家仲間の出版記念会か、ごくたまに散歩していてあうぐらいでね。だから、親しくしていたともいえないが、奥さんは、なぜだか、うちの家内と気が合って、小学校三年生の男の子をつれて、ちょいちょい、うちにあそびにきていた。そして、うちの家内のやつが、よけいなことに、ぼくの外泊がおおいとコボすと、安西の奥さんは、外泊という言葉の意味もわからなかったそうだ。たとえ、夜、亭主が出かけるようなことがあっても、十時前には、かならずかえってくるのが、あたりまえのことだとおもってたんだな。その十時というのも、だれがきめた門限でもないらしい。ただ、そのころまでには、いつも、うちにかえってたようだ」

「そうですね。出版記念会なんかで、みんながさわいでるうちに、いつのまにか安西さんの姿はきえている。もともと、しずかなひとだから、いなくなってもだれも気がつかないくらいで……。いや、だから、おかしいんですよ。夜、うちをあけるどころか、十時までには、かならずかえっていた安西さんが、昨夜《ゆうべ》はうちにいなかった。これは大事件です。ところが、おなじ夜に、崖がくずれて、寝ていた奥さんと坊やが死ぬという大事件がおこった。ひと晩のうちに、大事件が二つもかさなったわけです。これは、偶然でしょうか？　ぼくは、偶然ってやつは信じない」

「テレビにでてくる刑事さんのセリフみたいだな。で、どうだっていうんだ？」

「だから……」太田は言葉をなくし、途中でかってにどこかにいってしまった言葉をさがすように、火のはいってない暖炉に目をやった。

この暖炉は、何十年か前につくったときから、一度も火が燃えたことがないのかもしれない。

あたたかみのない古いシャンデリアの光さえ、つめたく、無愛想にはねかえす暖炉の大理石の灰色がかった肌。

四角にとりかこんだ壁の立方面。長方形の窓。油絵でもかけていたのか、そこだけ色がかわってはいるが、やはり四角に区切られた平面。高い天井。きちんとむかいあった椅子。そのあいだの、窓のかたちをよこにしただけのコーヒー・テーブル。キューブの立方面にとりかこまれた部屋のつめたさ。

応接間というのは、どうして、こう寒々としているのだろう。ながいあいだしめきっていた倉にはいったときのような、人の体温を拒絶するよそよそしさ。とくに、たまに訪ねていくうちの、夜の応接間は……。

3

太田は、このまま黙っていたら、生き腐れの冷凍人間になるような気がしたが、やはり言葉は見つからず、かわりに、うそ寒さが、その間隙にはいりこんだ。タバコの箱に手をのばし、一本ぬいてから、太田は、若禿げの頭をあげた。

「安西さんは、タバコを吸ってましたか？」

「タバコ？」

ききかえした戸川は、腋《わき》の下にはさんでいた手をぬいて、着物のえりのあいだにつっこんだ。自分の首を羽がい締めにしているような格好だ。

「タバコねえ。安西がタバコを吸ってたかどうか……おもいだせんなあ。考えてみれば、みょうなはなしだよ。学生時代から、つき合ってたというのに、安西がタバコを吸ってたかどうかもわからないんだから」

「お酒は飲んでましたね?」

「うん。パーティーに顔をだしたときなどビールのグラスには口をつけていたが……酔っぱらったところは、一度も見たことがないな。うちでは、ぜんぜん飲まなかったんじゃないかな。そんなことより、安西がいそうなところを、学文社にもきいてみたかい? 安西は、学文社からも、かたい訳本をだしてるからね」

「もちろん、きいてみました。しかし、だれもしらないんです。だいたい、安西さんは、学文社には一度もきたことがないそうで……」

「一度も?」

「ええ。うちの社にいらしたのだって、一度か二度かな」

「まさか、あれだけ、訳本をだしていて……」

「だって、安西さんは、いつも締切前に、原稿を送ってきてましたからね。そりゃ、律義なものでした。だから、締切におくれ、あたふた、とどけにくる必要もなかったわけです。こちらも、つぎに訳す原書を小包みでおくり、やがて、また、その原稿が、締切前に小包みで郵送されてくる」

「わかった、わかった。どうせ、ぼくは締切を守らないからな。股のあいだまで寒くなるような皮肉をいわんでくれ。しかし、安西みたいに、それが目的で翻訳家になった者と比べられちゃ、こまる」

「それが目的？」

「ああ。安西は、ぼくなんかとちがって、英文科の主任教授の森さんに見込まれて、研究室にのこってたが、大学みたいなところでも、人づき合いがめんどうだといって、大学をやめ、翻訳を専門にやりだしたんだ。訳した原稿を小包みでおくりさえすればいい翻訳家商売は、自分にはいちばんむいている、と安西はいっていた」

「かといって、べつに偏屈《へんくつ》でもありませんでしたしね」

「うん。すなおな性格で……人間ぎらいというわけでもあるまいが、ひとりでしずかにしてるのが好きだったんだな。だから、ぼくなんかも、安西の生活にはいりこんで、かきまわしたりするような結果になるのをえんりょしていた」

「それにしても……」うすら寒い頭の太田は、ツバをゴクンと飲みこんだ。「安西さん、どこにいったんだろう？　親とか、きょうだいとか、親戚なんてものはないんですか？」

「きょうだいはいない。ひとりっ子だ。そして、両親は、安西が小学の三年か四年のときに、その当時としてはめずらしい自動車事故かなにかで、いっぺんになくなったらしい。いくらか財産があったようで、K大学の英文科の学生だったころも、今の田園調布六丁目の家から学校にかよってたが、ばあやさんがいるだけでね。安西自身の口から、ひとりでさみしい、という言葉をきいたおぼえはないが、ともかく、バカさわぎをするような学生ではなかった。だいたい、安西は、昔のこと、子供のときのことなんか、なにもはなさない男で……もしかしたらまだ小学生のときに両親をいっぺんになくしたのが、よほどショックだったのかもしれない」

「じつは、口にだしては言えないけど、ちいさなときの思い出が胸にぎっしりつまってたというわけですか？」

「さあそこまではどうか……。親戚はないといっていた。親戚がないなんて、ふしぎにおもうかもしれないが、ぼくのうちだって、そうだからね。おやじにきょうだいがなく、それに、家柄の関係かなんかで、昔から、その土地の者とは縁組みをしなかったりすると、しぜんに、親戚はなくなってくる。安西のところも、そんなことだったんだろう。それに、奥さんも、千葉のほうの生まれだそうだが、あまり身寄りはないらしい」

「友人は？」

「今もいったように、安西は、はやく両親をなくしたせいかどうか、大人っぽいところがあってね。学生時代でも、ほかの連中と肩を組んで飲んで歩くということはなかった。名物の野球のSK戦でも応援にいったことはあるまい。そんなふうでは、友だちもできないよ。しかし、大学で比較的したしくしていた者には、一応、安西の居場所をたずねてみたが、みんなしらないそうだ。れいの英文科の主任教授の森先生にも電話したけど、びっくりしていた。そして、研究室の連中にもきいたらしいが、やはり、心当たりがない、と、さっき電話があった」

「警察でも、交通事故で救急病院にはこびこまれた者などをしらべたけど、それらしい人物はなかったそうです」

「ふーん」戸川はえりにつっこんだ手をだして、膝のあいだにはさんだ。「いや、こんなに急に冷えこんでくるとはおもわなかったんでね。電気ストーブも故障したままなんだよ」

「この状態では、奥さんと坊やのお葬式もだせませんしね」

「奥さんのほうも、身よりはすくないそうで、しかもどこに、どんなひとがいるのか、ぼくはぜんぜんしらないが、警察ではしらべているといっていた。殺人事件やなんかではないから、どのていど当たってみるかは、わからんが……」

「安西さんが、奥さんのほうの親戚のところにいってるってことはないでしょうね？」

「まさか。だいいち、奥さんは、ちゃんとうちにいたんだぜ」

「しかし、安西さんっていうひとは、まったく、変わったところのないひとでしたね」

「うん。背もふつうだし、ふとってもいないし、やせてもいない。顔も丸顔でもなく、面長《おもなが》でもない。メガネは……かけてたかな？　性格はおだやかで、いばりもしないし、ペコペコもしない。おかしな道楽やクセが、あったともきかないし……貧乏ゆすりもしなかったんじゃないかな。ただ……」

「なんです？」

「変わっているかどうかはしらないが、子供のときの夢しか見ないそうだ」

「子供のときの夢？」

「うん。ひと月ほど前だったか、散歩のとき出会って、ひさしぶりなのではなしながら歩いてるうちに——といっても、ほとんど、ぼくがしゃべってただけだが——夢のはなしがでてね。ぼくが、昨夜《ゆうべ》、みょうな夢をみた、なんてことをしゃべったんだろう。すると、安西が、れいのしずかな口調で、子供のときの夢しかみない、といったんだ」

「へえ。だれだって、いろんな夢をみるのにねえ。なかには、これからおこることを夢にみるというひともあるのに……子供のときのことだけ？」

「そうらしい。もともと、安西はウソはいわない男だ。それに、こんなことでウソをつく必要もないからね」

「みょうなはなしだなあ」

「なんどくりかえしてもおなじだが、安西は、いったいどこにいったんだろう。交際範囲がせまいというより、ほとんど、だれとも交際はなく、心当たりという心当たりには、みんなたずねてみたのだが……」

「おまけに、結婚以来、一度も、夜、うちを明けたことはないというし——。家の下敷きになって、まだ、死体が埋まってるんじゃないでしょうね」

「いや、それは考えられない。そんなに広くない敷地のなかを、ブルドーザーまでつかって、くずれた石垣なんかをおしのけ、隅から隅まで、かなり深く掘りおこしたが、安西の死体はでてこなかった。奥さんと大人の寝巻きをきた坊やの遺体は、さがす必要もないくらいだったんだからね。飼っていた子猫の死骸さえすぐわかった」

「すると、安西さんは……？」

太田は、また言葉をうしない、シャンデリアを見あげた。重い硬質ガラスが、洞窟のなかの氷柱《つらら》のようにぶらさがっている。

4

重苦しい沈黙が、ぬれた毛布のように部屋をおおった。

そのとき、玄関で呼びリンの音がし太田も戸川もギクッと腰をあげた。

玄関にでていった戸川は、氷柱にでもなったように、からだがうごかなくなった。うしろで、太田も声をのんでいる。

警察でその死体を確認してきた、小学校三年の父親似の安西のひとり息子、英一が、警官と、奥さんのほうの遠縁のひとに付き添われて、たっていたのだ。

英一は、きょうが、小学校の開校記念日で、きのうから、市川にある、その奥さんの遠縁のうちに泊まりがけでいってたという。冒険旅行のようなつもりだったらしい。

からだの表面にはカスリ傷ひとつなく、それこそ眠るように息をひきとっていた、警察で見た坊やの死体が、生きかえって、目の前にたっているのではないとわかるまでの、長い、つめたい恐怖の時間。

しかし、安西のひとり息子の英一が、こうして生きているとしたら、奥さんの遺体といっしょに発見された、大人の寝巻きをきた英一そっくりの坊やは、いったい、だれなのか？

そんな男の子には、ぜんぜん心当たりはないと、英一はいった。

パパがどこかに旅行にいくようなこともきいてないそうだ。

「まさか……」

太田は判りかけて、言葉をのみこみ、戸川が、隙間風がもれるような声でつづけた。

「安西は、子供のときの夢しかみないといってたが……」

太田も戸川も、こんな寒気《さむけ》を感じたのは、生まれてはじめてで、すぐにはふるえさえこなかった。

PART II

C面のあるレコード

さいしょ、その音に気がついたのは、ひと月ほど前の夜だった。テレビの深夜番組を見ながらジンを飲んでいて、その深夜番組もおわったので、手廻しの蓄音機で昔のレコードをかけてみたのだ。

いや、いつもそんなことをやっているわけではない。ただ、ぼくがジンを飲んでいた部屋は居間と食堂と台所も兼ねた部屋で、いろんな物がゴタゴタおいてあり、そのなかに、手廻しの蓄音機や昔の78回転（当時、コロンビア・レコードは80回転）のレコードもあるので、ひょいと、昔のレコードをかけてみる気になったのだろう。ぼくは物を片づけるのがきらいだ。週に三日やってくる家政婦の吉田さんは、逆に整頓好きで、わたしはなんのためにここにくるのかわからない、となげいている。

だれが手廻しの蓄音機をこの家にもってきたのかはおもいだせない。だれかから、なにかのことで古い蓄音機をあずかったのかもしれないが、忘れてしまった。

78回転の昔のレコードは、近所に捨ててあったのをひろってきた。大掃除のときにでたゴミのなかに、昔のレコードが三、四十枚ほどあったのだ。

考えてみると、近頃は、だれも大掃除をやらない。七、八年前までは、大掃除の日には、どこの家でも畳を表にもちだして、パタパタたたいていたのに……。

ぼくはエカキだが、スペインのマドリッドにいたとき、妻を亡《な》くしてからは、ずっとひとりで暮している。最近では、今年、渋谷のちかくの大学にはいって寮にいる姪の恵子が、ちょいちょい泊っていくが、あの夜は恵子はいなかった。

いや、その音がきこえるのは、いつも、夜おそく、ぼくひとりでレコードをかけるときのようだ。レコードもきまっていて、古賀正男（当時は政男ではなかったらしい）作曲の「影を慕いて」と「日本橋から」の二曲が裏表にはいったレコードだ。

「影を慕いて」は、今では、古賀政男の出世作のようにされているが、「日本橋から」もいい歌で、ぼくがひろってきたレコードは、昭和五年にさいしょに吹き込んだビクターのレコードだが、作曲者の古賀政男は、この歌によってコロンビアにスカウトされた、と日本流行歌史という本には書いてある。

歌ってるのは、どちらも、レコード歌手第1号といわれた佐藤千夜子で、伴奏は明治大学マンドリン倶楽部、「日本橋から」の作詞は「ひろすけ童話」で有名な浜田広介だ。

じつは、大掃除のゴミのなかからこのレコードをひろってきた場所は、田園調布の浜田広介先生のお宅のすぐ近くの通りの角で、これも、へんな因縁みたいに、ぼくはおもっている。

ともかく、その夜、テレビの深夜番組を見たあと、床にすわりこんで、蓄音機のハンドル(ぼくたちが子供のころ、九州では、あれをねじと言っていた)をまわし、ソーダをちょっぴりいれたジンのグラスをもって、たしか、「日本橋から」の歌をきいてると、へんな音が、レコードからきこえるのだ。

なにしろ、古いレコードで、針がひっかかる音もするし、もちろん雑音はまじってるのだが、そういった機械的な音ではなくて、ちいさな音だけど、みょうになまなましい、なにか切ない声のようだった。

ところが、「あれ?」とおもって、レコードをはじめからかけ直しても、今度は、その人声みたいな音がきこえない。

耳の錯覚だったのかと苦笑したが、それから三、四日して、また夜おそく、ソーダをちょっぴりいれたジンを飲みながら、気まぐれに、おなじレコードの「影を慕いて」のほうをかけると、あの切なくささやくような声がきこえるではないか。

ちいさな、かすかな声だが、くりかえすけどなまなましく、ぼくの耳もとでささやくひとの吐息を耳たぶに感じるような気さえした。

あきらかに女の声で、よくよく耳をすますと、タミ……タミ……タミオとくりかえしてるみたいだ。ぼくの名前は民雄だが、だれかが、深夜、レコードのなかから、ひそかにぼくによびかけてるのか?

しかし、この声の女は、さっぱり見当もつかなかった。マドリッドで死んだ妻の美佐子の声でもないし、おふくろの声でもない。そのほか、あれこれ、女の声をおもいだしてみたが、似てるのもない。

深夜、レコードのなかにふっとあらわれるこの声は、なにかたいへんにたどたどしい声で、しゃべりはじめの赤ちゃんか、人の声を真似してるオウムの声のようなのだ。

オウムの声みたいで、切なくなまなましいというのは矛盾してるみたいだが、事実、そうだからしかたがない。

ともかく、この女の声には、ぜんぜんききおぼえがないというのは、ぼくの知らない女だとしかおもえない。しかし、ぼくの知らない女が、深夜、切なく、ぼくの名前をよびつづけるということがあるだろうか?

だが、前にも言ったように、夜おそく、ぼくひとりでいるときにだけ、その女の声がきこえ、エカキ仲間などをうちによんで、「このレコード、へんな女の声がするんだ」とかけてみると、さっぱり、その声はきこえない。

だから、友だちに、「ジンを飲むのはやめろ。そんなふうに、頭もジン呆けになり、夜中におかしな音がきこえたりするんだ」と皮肉られたりした。

しかし、姪の恵子にそのはなしをすると、恵子の顔色がかわった。さいしょに、ぼくがレコードのなかのその女の声をきいた夜のすこし前に、ぼくが新宿あたりを飲んであるいていて、恵子が留守番をしているとき、何度か、そんな声の電話があったというのだ。

電話にでると、女の声で、タミとか、タミオとかくりかえすだけで、「どなたですか?」

とたずねても返事をせず、その声が、だんだん弱くなり、恵子も、へんなイタズラ電話だとおもって、途中で、電話をきったりしたのだそうだ。

「こんな声かい？」と、ぼくはれいのレコードをかけたが、恵子がいては、やはり、あの声はきこえてこない。

それで、テープレコーダーを用意し、深夜、あのレコードをかけてみたが、声はしなかった。もっとも、いつも、女の声がきこえるわけではない。

ある夜、いっぺんだけ、テープレコーダーをまわしてるとき、女の切ない声がしたが、あとで、テープをきいても、佐藤千夜子の歌や明治大学マンドリン倶楽部の伴奏は、ちゃんとテープにはいってるのに、女の声はなかった。

そんなわけで、ぼくは、ほんとに、ジンの飲みすぎで、頭がおかしくなり、つまり幻聴がきこえだしたのではないか、とかなりナヤんだ。

横須賀・どぶ板横丁のそのスナックには、ひさしぶりでいった。アメリカの軍艦が入港してないのか、ほかに客はなく、ママのサリーが、ひとりで、こよりをつくって、それにマッチで火をつけ、燃していた。なんのおマジナイかはしらない。いや、ただ暇でしようがなかったんだろう。

「ユキ、どうしてる？　また、ケッコンかい？」

ぼくは、すこし肥ってきたママのサリーにたずねた。

ユキは黒瞳《め》がきれいな、ソフトな皮膚のまだ若い唖の娼婦だ。ユキは気のいいコなんだが、しょっちゅう結婚するのにはこまった。一年に五回ぐらい結婚したこともある。

ユキが結婚して、ぼくがこまるのは、そのたびに、ぼくのところにきて、小遣いをくれというからだ。結婚すれば、夜の商売はできない。それで小遣いが足りないんだろう。

セールスマンの男のコ、アメリカの若い水兵、あるときは、ユキは小学校の先生とケッコンしていたこともある。

ケッコンしてなくて、夜の商売をやってるときは、このスナックを、ユキはたまり場にしていた。

ママのサリーは、自分でもジン・ソーダをつくり、ぽつんとこたえた。

「ユキは死んだわ。一月《ひと》ほど前に……」

ぼくはぼんやりし、信じられなかった。あのユキが……急性の腎臓病だそうだ。

「死ぬ前に、ユキは、病院から、あんたのところに何度も電話したらしいわよ」

「ユキが、自分で電話を……？」

ユキは唖の女のコだ。聾唖学校にもいってなく、しゃべることは、ぜんぜんできなかった。

「あんたの名前だけは言えるようになったのよ。あのコにしたら、ずいぶん練習したのね。それで、死ぬ前に、自分の声……あんたの名前だけは言えるのをきかそうと、電話をかけたんだけど、いつも、あんたは電話にでなかったって……。もちろん、ユキには電話の相手の声はきこえないけど、勘っていうかなんか、電話にでたのがあんたかどうかはわかったらしいわ」

姪の恵子がへんなイタズラ電話だとおもったのは、ユキがかけた電話だったのだ。

しかし、ぼくは電話にでず、ユキは息をひきとり、深夜、レコードのなかから、ぼくの名前をよびつづけた。

その声に、ぼくがききおぼえがなかったのも当然だ。ユキは口がきけず、ぼくはユキの声はきいたことがないんだもの。

あれから一度だけ、佐藤千夜子のすこし東北訛《なまり》のソプラノの声の裏からもれてくるユキの声をきいた。

タミ……タミ……タミオと切なくよびかける声に、ぼくは、ユキ……ユキとこたえて泣いた。

それっきり、あのレコードからは、ユキの声はきこえない。ユキは、ぼくへのお別れの挨拶はすんだとおもったのだろう。

動機は不明

砂はしろく、海はあかるかった。砂のしろさも、おだやかなしろさに見えた。秋のおだやかな陽ざしのためだろう。

海もおだやかだが、海のおもてにちいさな小皺があった。八月のなかば、まだ暑い日がつづいているときから、海の肌には初秋のさざなみ、小皺がたちはじめる。

今は十月のはじめだ。陽はあかるく、海の表面もあかるいが、ちいさな小皺がそよいでいる。

女は、波打際からすこしはなれた砂の上に腰をおろしていた。おだやかなしろさの砂に似合った、まるい、しろい腰の張りざまだ。

十月のはじめといえば、暦では、もう秋も落着いたころだが、真夏のぎらついた陽の光ではないけれども、海べのしろい砂のせいもあって、空気はあかるい。

あかるい陽としろい砂に、女の腰のまるい肉《しし》ぶりは、ほんとによく似合っていた。

砂浜には、ほかにだれもいない。バスがとおる道は、砂浜を見おろし、砂浜をとりかこむようにしてはしっている。そして、その道と砂浜とのあいだに、ちいさな集落がある。もとは、半農半漁の集落だろう。もっとも、平地に田畑はない。今は、田はないが、畑は山裾に段をつくっただんだん畑だ。

ぼくはバスをおり、だんだん畑のあいだのほそい石段をくだって、海ぎわにでた。海ぎわに近くなると、人家のあいだの道もしろくなる。しろい砂地だ。

海にむかって砂浜の右てのほうから、ぼくはあるいてきた。女は砂浜のまんなかあたりにいた。砂浜の長さは、それでも五、六〇〇メートルぐらいはあるだろうか。砂浜の右てからきて、三分の二ぐらいのところに、かさなった岩があり、そこで、砂浜は奥のほうにきれこみ、砂浜を二分している。

その岩は潮が満ちたときは、海面の下にかくれてしまうが、今は、ちょうどはんぶんぐらい姿をあらわしていた。

いつも、ぼくが泊る民宿は、今は、はんぶん海のなかに浸った岩をこしたむこうの砂浜のはしから、山あいにはいったところにある。

いや、だから、そのあいだの砂の上に腰をおろした女のほうにあるいていくのは、しかたのないことで……と、ぼくは胸のなかでつぶやいていた。

ここは、夏場でも、そんなには海水浴の連中がおしかけたりはしない。まして、十月にはいったウィークデイのきょうは、ほんとに、だーれもいなくて、秋のあかるく、おだやかな陽ざしのなかに、しろい砂浜が、あかるく、からっぽにつづいていた。

そこに、女がぽつんとひとりでいて、そちらにむかって、ぼくはぶらぶらあるいていってるわけで、ヒマなスケベだとおもわれないように、ぼくは、自分に弁解してるらしい。しかし、だれにきかせるわけでもなく、自分で自分に、そんなことを、ぶつぶつ弁解してるのは、やはり、ぼくに、女にたいするスケベ心があったからだろう。

年増……また、ぼくはつぶやき、ひとりでわらった。この女が年増だというのか？　女は着物をきて、砂の上に腰をおろしていた。そばにパラソルがある。

パラソルという言葉も、今では古い言葉なのだそうだ。そうおしえてくれたある大学の女子学生に、ほんじゃ、今は、パラソルのことをなんと言うのか、とたずねると、ちょっと首をかしげて考え、日傘、とこたえた。

日傘なんて、パラソルよりも古い言葉だとおもったのに……。〽土手の上ゆく、絵日傘、日傘……遠い子供のころの歌が、ひょいと、ぼくのぼやけて曇った記憶のなかにうかびあがってきた。

ともかく、この女が、そばの砂の上においてるのは、パラソルだった。日傘ではない。パラソルは、秋の陽ざしがあかるい、だれもいない砂浜にも、パラソルのむこうの、しろい砂に腰をおろした、女のその腰のまるさにも、よく似合った。

女はセルの着物をきていた。セルという言葉も、パラソルどころではなく古い。

セルもウールのうちだろうが、だから、ウールの着物と言ってしまっては、ぜんぜんべつのものになる。セルの着物はセルの着物だ。

セルにも薄地の上等のセルがあったらしい。だが、やはり普段着で、書生さんなども、セルの着物やセルの袴をはいたのではないか。女の書生さんも……。

さっきから、ぼくは、この女を、女の書生さんのように見てるらしい。女の書生さんなら、秋の陽ざしがあかるい、おだやかなしろさの砂浜に、ひとりでぽつんと腰をおろしていても、べつにふしぎではない。

また、年増……というぼくのつぶやきも、女の書生さん、なんてことに関係があるかもしれない。

ほかの女友だちは、もうお嫁にいき、子供もひとりぐらいはいるころなのに、学校にいて、女の書生であるために、婚期がおくれた、つまりは年増……。

しかし、ほんとは、そんなに歳をとってるわけではない。昔のひとが、二十四、五歳の女のことを、年増と言ったような年増……。

ほとんど化粧をしてない、この年増の頰はゆたかで、砂の上に、まるい、やわらかいカーブをしるしているお尻は、着物の生地を弾んでおしあげていた。

着物は、あんがいなまなましく、女性のお尻を浮彫りにすることがある。ふんわり、お尻のかたちをかくしたスカートの比ではない。

秋の陽にしろくひかる女の首すじで、おくれ毛がふるえていた。海ぎわなので、やはり、海をわたってくる風がある。

砂の上のぼくの足跡にも、風がふいていた。ぼくの足跡は、砂の上にながくつづき、そして、女のセルの着物の背中のうしろに、まだ見えない足跡がのびていた。

ぼくが砂をふむ、そのかすかなひびきに、砂の上に腰をおろした女のお尻のまわりの砂が、ちいさくくずれる（実際には、そんなことはないのだが）距離まできたとき、女の顔が、まばゆく、こちらをふりむいた。

「こんにちは……」

このあたりでも、道ですれちがった知らない人に挨拶をすることはある。しかし、それは、野良仕事のかえりの、背中に竹籠をしょったおばあさんやオバさんなどで、若い女が、しらない人に、こんにちは、などと言うことは、まずないだろう。

ぼくはこたえながら、すこしキョトンとした。砂の上に腰をおろしたまま、こちらを見あげた女の、秋の陽にしろくひかる額に（しろくひかるというのは、それだけのゆとりのある、広い額だった）ちいさなニキビが二つういている。

「ああ、こんちは……」

ニキビは、ゴマつぶかなんかを、額にならべておいたようではなく、額の皮膚を、なかからおしあげるようにして、てらっ、とうす赤くういていた。女のしろくひかる額のなかで、そこだけ、また、べつの、ちんまりしたひかりかたで……。

おでこにニキビがういている年増か……？　いや、女が口をきいたときから、セルの着物をきて、そばにパラソルをおいてるのはかわりなくても、もう年増でも、女の書生でもなくなっていた。

ふつうの若い女というのでもない。ふつうの女なんて、いったい、どこにいるのだ？　もし、いるとするならば、そんなことを言ってるひとの、頭のなかだけかもしれない。

年増とか、女の書生とか、あるいはふつうの女とかいった女の類型ではなく、ぼくの目の前の砂の上に腰をおろし、ぼくに声をかけている女……。

しかし、どこであった女だろう？　ぼくに挨拶をしたんだから、ぼくを知ってる女のようだが……。


この三津浦には、かれこれ七、八年、ほとんど毎年やってきている。U字形にふかくはいりこんだここの湾で泳ぐためだ。

ぼくは瀬戸内海で育ったので、泳ぐときは、しずかな海のほうがいい。ここは、湾がふかく、湾の外にでると、あらい波もさわいでるが、湾のなかは、ほんとにしずかだ。

前には、一・五キロぐらいは距離がある湾の入口の岩礁まで泳いでいったりしていた。砂浜からでは遠くてわからないが、この岩礁は、もう大きな波にあらわれている。だが、今では、おだやかな波にゆられながら、海のなかに浮いて、雲のかたちをながめてることがおおい。

こんなのを、ほんとに官能的というのではないか。女の素肌におおいかぶさっているよりも、もっと全身的な官能だ。波に浮いて、空をながめ……からだだけの官能ではなく、ココ口までも、すっぽり官能にひたっているようでもある。

　ぼくも歳をとって、性欲がおとろえてきたので、こんなことをおもうのか？　それもあるだろうが、波に浮んで、あるとき、ひょいと、官能という言葉がでてきたのだろう。

　そんなわけで、この二津浦には、毎年のようにやってきたが、七月、八月は、やはり民宿も混むので、九月になってきたことがおおい。

　九月になって、なんどかきて、十月のはじめに、泳いだこともある。もう、そのころには、砂浜にもほとんど人はいないし、民宿も空いている。

　だが、湾がふかく、わりと遠浅のため、海水が日向水《ひなたみず》みたいになっているのか、とてもあったかい。七月中よりも、海水はあたたかいくらいだ。しかし、海からあがると、陽はあかるくても、初秋の海風で、ひんやりすることはあった。

　ここの民宿は、どの家も温泉があり、湯の量も豊富なのに、夏の盛りの混むときと言っても、それほど混むわけでもないのは、やはり、東京からの交通の便がよくないからだろう。

　まず、新幹線できて、私鉄の線にのりかえ、半島を縦断して南下し、終点までくる。しかし、私鉄の線は半島の東側を、樹海のなかや、海をはるかに見おろす高いところをはしっていて、半島のこちらの西側にくるには、私鉄の終点の町から、バスで半島を横断しなければいけない。

　そして、半島を横断したところの町で、また、バスにのりかえ、岬をまわって、この集落にくる。岬をまわる道は断崖の上をとおり、バスの窓から青い海を見るたびに、ぼくは、ふーっとため息がでる。

すばらしい眺めと言えば、月並だし、夏ごとにあいにいく恋人のようだと言っても月並だけど、ほんとに、ため息がもれるおもいがするのだ。

しかし、半島を横断するバスも、あんまり本数はないし、この集落にくるバスは、もっと本数がすくない。

私鉄の終点の町から、半島の南端にでて（ここには、有名な燈台がある）半島のはしをぐるっとまわり、海岸線をたどって、この集落にくるバスがあり、一度だけ、このバスのほうが早くでるので、のったことがあった。

半島の南端のほうは、お花畑がおおく、景色もわるくないけど、時間がうんとかかるのにはおどろいた。若い女のコ二人といっしょだったが、若い女のコたちは、バスにゆられつづけて、うんざりし、かたっぽうの女のコは気分もわるくなった。

このとき、半島の南のはしのほうの漁村の舟泊り場の海のほうにななめに下るコンクリートの上で、三人のオバさんが、なにかを引っぱっているのがバスの窓から見えたが、三人とも上半身は裸で、大ぶりの乳房がぶらさがっていた。ぼくの子供のころには、漁村にいけば、乳房をだしたまま仕事をしてるオバさんなどもいたが、近頃になって、乳房をだしてはたらいてるオバさんを見かけたのは、このときぐらいだ。このあたりは、地図で見ると、東京の近県だけど、かなりの田舎なのだろう。

女は立ちあがり、着物のお尻についた砂をはらった。額のしろさとはちがう、ほっそり半透明の指で、あかるい陽に指の横腹があおみがかって透けている。

しろい砂つぶは、セルの着物のお尻のふくらみにはよく似合った。女のほっそり半透明な指さきではらわれて、ほろほろ、砂つぶがおちるのも、セルの着物のお尻には似合った。セルの生地には、絹などにはない、すこしざらざらした視覚的な肌ざわりがある。それも、しろい、こまかな砂つぶには似合っているのだろう。

女に挨拶されたときから、ぼくはキョトンとしていたが、女は立ちあがって、砂の上のパラソルをとると、ぼくとならんであるきだし、ぼくは、こりゃ、いったい、どういうことなんだ、と胸のなかで首をひねった。

砂浜を三分の二ばかりきたところの岩場で、ぼくと女は砂浜の上の道にあがった。この道は湾にそって右にまがり、そのさきに、舟着場がある。舟だけが、この集落への交通路だったことも、そんなに遠い昔のことではあるまい。

ぼくと女は、舟着場のほうにはいかずに、道が湾にそって右にまがるところで、逆に、左のほうの小道にはいった。

この小道は、もとは山あい、谷あいみたいだったところを、上にのぼっているのだろう。しかし、こんなちいさな集落でも、港町はたいていそうだけど、農村とちがい、人家は、せまいところにごちゃごちゃくっつきあってたっていて、山あい、谷あいのおもかげはない。

せせまい小道を、女はぼくのうしろにくっついてあるいており、そのせまい小道から、右にまがる石段をのぼりだしてからも、女はうしろにいた。

この石段の上には、ぼくがいく民宿しかなく、へえ、この女もこの民宿に関係があるのか、とおもいながら、ぼくは石段をのぼりきり、民宿の玄関の前に立って（この玄関のガラス戸は、夏、客の出入りのおおいときだけでなく、九月にはいって、客がいないころでも、いつもあいている）ふりかえると、うしろにいるはずの女の姿が消えていた。

瞬間、ぼくは、初秋のあかるい陽の光のなかで、ユーレイを見たかとおもった。だれもひとがいない砂浜で、古風なセルの着物をきて、ひとりで、ぽつんと砂の上にすわってるなんて、まさにユーレイ的だ。

しかし、あの女がユーレイだとすると、ぼくになんの用があったのか？　岬をまわって、この集落にくる道は、断崖の上をとおっている。あの女は、なにかの理由であの断崖の上から湾のなかに身を投げた女だろうか？

だけど、女が身を投げた断崖の下などには、夏場でもだれもきてくれないから、こうして、砂浜にひとりですわっているのか？　それとも、湾内のおだやかな波だけど、波にゆられ、満ちてくる潮におしあげられて、女の死体は、砂浜にながれついたのか……。

ぼくは、もう一度、うしろをふりかえった。女はいない。石段をのぼりきったところに、ひくい石の門柱だけがあって、そのよこに、コスモスがひょろりと立っている。

たよりにならないような、コスモスのひょろりとしたほそい茎。赤や白、ピンクの、これも、たよりにならないような花の色。

コスモスのむこうには、段々になってかさなった、くろずんだ瓦屋根の上の空間があって、高くのびたテレビのアンテナのあいだから、海が見えた。砂浜にいたときは、目の前の海面には、秋の小皺のちいさな波が立っていたが、ここから見える海は、青い色だけの児童画の海のように、うごかない海だった。

その海の青さにかさなって、コスモスの白い花がゆれている。白いコスモスの花は、風にゆれているというより、初秋のあかるい陽ざしにゆれてるみたいだ。

コスモスの花の白さがぼんやりひろがるようにして、見えない砂浜が見えた。そのしろい砂浜に、しろいものがある。しろい着物をきた女《ひと》だ。

ぼくは、あっ、とおもった。あの女……砂浜から、ずっと、ぼくのあとについてきて、石段もならんであがり、そして、この玄関先でふりかえると、消えていたあの女を、前に、ぼくは見てるのではないのか。

ここの砂浜は、とくに夏の盛りをすぎると、たいして混んではいないが、それでも、水着の男女が、砂の上に寝そべったり、子供たちがはしりまわったりしてるなかで、しろっぽい着物をきちんときて、ひとりはなれて、砂の上に腰をおろしていた女……。

あの女なら、なんども見ている。子供たちや、ほかの者といっしょに砂浜にきたが、自分は泳がないので、着物をきたまま、砂に腰をおろして、ながめている、といったことならば、ときどき、子供たちなどが、そのそばにもどってくるものだが、あの女は、いつも、ひとりで、砂の上に腰をおろしていた。

真昼の、混んではいなくても、水着の男女が寝そべったり、若い人たちはボール投げをしたり、波打際では、子供が甲高い声をあげたりしている砂浜で、だれの目にも見え、そして、だれもユーレイだと気がつかなかった孤独な女のユーレイ。

しろい砂も、あかるい陽の光も、海べにきてはしゃいでる男女のココロも、すべてがあかるすぎ、そのため、よけい、ぽつんと孤独なユーレイ……ぼくは頭をふった。

あの女がユーレイだとしても、くりかえすが、ユーレイが、このぼくになんの用があるんだ？　いや、ぼくは、ユーレイには用はない。

民宿の玄関のあいたままのガラス戸の前で（たとえ、玄関のこのガラス戸がしまっていても）ぼんやり、つっ立っていても、しようがない。

「こんちは！」

ぼくは大きな声で言った。家のなかはがらんとして、だれもいないみたいだ。ところが、玄関のむこうの廊下の奥のほうから、人かげがあらわれた。廊下はうすぐらく（ぼくが立ってる戸外があかるすぎるのだろう）さいしょは、ただ人かげだとわかっただけだったが、人かげが廊下を玄関のほうに近づいてくるにつれ、それは、女の姿になり、着物をきていて、セルの着物だった。

ぼくは、くっくっ、わらいだした。玄関で、こんちは、とどなったら、ユーレイが、ハーイ、と家の奥からでてきちゃいけない。

ぼくがわらってるので、女は、どうしたのかというように、ほほえんだ。

「いや、玄関のところにきたら、急に、あんたがいなくなったんでね。ところが、奥からでてきた」

「お台所の入口のほうにまわったんです。お泊りですか？」

そして、こんどは、女のほうが、くすっ、とわらった。前にも言ったが、谷あいのちいさなのぼり道からもわかれた、この石段の上には、この民宿の家しかない。

女は階段をあがって、二階の部屋に案内した。窓から海が見える、あかるい部屋だ。この二階は建増したのだろう。このところ、毎年のように、客がふえる民宿では、めずらしいことではない。

ぼくが、この民宿にきだしてからも、六年ぐらいたつ。はじめは、べつの民宿に泊っていたのだが、あるとき、その民宿が部屋がぜんぶふさがっていて、親戚だという、この民宿に案内された。もっとも、この集落では、ほとんどの家が親戚みたいなものだそうだ。

そして、この民宿が気にいり、それからは、ここにきたときは、いつも、この民宿に泊っている。そうだ、この二階の部屋は、そのころ、建増したばかりだということだった。

ここの家のひとは、みんなザックバランで、それに、夜おそく、酒を注文したりしても、いやな顔をしない。いくらかゾロッペエなところもあり、それも、ぼくにはむいていた。漁船にのっているご主人が家にいるときは、いっしょに飲んだりもする。酒好きで、話好きなオジさんだ。

さいしょに、この三津浦にぼくをつれてきたのは、ぼくにすれば、みょうな相手だった。

結婚に失敗した（という言葉を、その女はつかった）女で、ぼくの相手としては、めずらしく、だれでもが美人とおもうような女だった。だれでもが美人だとおもうのはかまわないが、本人も、当然のようにそうおもっており、こんなのはこまる。

あの女は、どうしてるだろう？　東京の近県の資産家の娘だということだったが……。

女は、二階の部屋にお茶をもってきて、すこし、はなしていった。タタミにすわると、海べの砂の上に腰をおろしていたときよりも、女の着物の腰の曲線が、よけいなまなましいまるみを感じさせる。

この家のオジさんは、すこし遠いところまで漁にでており、夏場の民宿のいそがしいさかりもすぎたので、オバさんは、親戚か近所のひとと旅行にいったという。

「だから、わたし、東京にかえってたんだけど、また、こちらに手伝いにきたんです」

女は言った。東京にかえってたというのは、彼女は東京にすんでるのだろうか。言葉づかいや、そのほかの態度なんかでも、この女は、この集落の女のようには見えない。

もともとは、この集落の生れだけど、はやくから東京にでて、東京で結婚し、そして、その結婚がうまくいかなくて、夫と別れて東京でひとりぐらし……。どうも、ぼくはよけいなことを考えすぎるようだ。さっきは、この女をユーレイにしてしまった。ただし、こういうよけいなカンは、ぼくはよく当る。よけいな、なんの役にもたたないカンにかぎってよく当る。

「今ごろ、セルの着物なんてめずらしいね」

ぼくは、海が見える窓に腰をおろして、言った。

「母の着物なんです」

「よく似合うよ」

「わたしも、これが好きなんです。だから、ときどき着るの。でも、まだ、すこし暑いわ」

セルの着物の襟もとからでた女のうなじが、なにかけぶるようにしろくなっている。上気して、血色がよくなったときも、女の肌はこんなうるんだしろさになる。

「そのセルの着物、なんの色だろう？　うす茶のようだし、きいろっぽくもあるし……」

「セルの生地は、だいたい中間色ですからね。父も、学生のとき、セルの袴をはいたことがあると言ってました」

その口ぶりだと、父親は死んでるのだろう。そして、父親がこの集落の出なのかもしれない。また、ぼくはよけいなことを考えた。

「前に、うーん……ここで、おれはあんたにあってるのかな？」

女はほほえんだ。おだやかなほほえみかただが、小首をまげて「このひと本気なのかしら」とあきれてるようでもある。

つい、このあいだも、新宿ゴールデン街のせまいバーで、ぼくがある女のコにキスして、いっしょに踊った、とそのコからきかされた。

ところが、ぼくは、ぜんぜんおぼえてないのだ。そういう事実だけでなく（だいいち、ぼくは踊れないのになあ）そのコのこともおぼえてなかった。しかし、その前にも、やはり、その女のコとはキスなどをしてるそうで、ぼくがキョトンとしてきいてると、「あまり酔ってないときのオジちゃんは、まるっきりべつな人みたい」と、そのコはわらった。

ぼくは、もう年数が消えるぐらい、ずーっと、ふらふら、新宿で飲んでいる。そして、新宿には、いろんな人がくる。また、ぼくはアホみたいに、いろんな人と調子よく口をきき、調子にのって、いいかげんなことをしてきた。

ぼくは、まだ学生のころから、ずーっと、ふらふらしつづけている。いろんな女にもあった。そのなかには……和服になどまるっきり縁がないような若い女が、ある夜、それこそ御殿女中のような、古風な矢絣の着物をきてきたり、こんなセルの着物に、女学生っぽい青い帯をしめた女もいたが……。

ぼくは、また、「えっ?」とユーレイをみたような気がした。

「そ、そのセルの着物、お母さんの着物だって? お母さんは……」

「九州でなくなりました」

女は、それを、ぼくに告げて**いる**のだろうか? ぼくは、九州の女には、へんなふうに縁がある。ぼくにしてはめずらしく、夫婦みたいに暮したこともある女も、九州の熊本の女だった。だいいち、ぼくのおふくろが九州の女だ。それからも、気がつくと、九州の女といっしょにいたということが、なんどかあった。

しかし、東京で九州の女にあったり、九州のはなしがでてもおかしくないが、こんな半島の南のはずれのようなところで、九州の名前がでるのはおかしい。

「お夕食には、ビールにお酒……あ、ジンがいいのよね。ジンを買ってくるわ。でも、ここの酒屋に炭酸があるかしら」

ぼくは、海が見える窓に腰をおろし、頭をふった。ぼくは、いつもは、炭酸《ソーダ》をちょっぴりいれたジンを飲む。しかし、この民宿で、そんなものを飲んだことはないのではないか。この女は、いったい、なに者だろう?

その夜は、大龍巻《トーネード》におそわれたようだった。キャバレー「シャングリラ」の連中が、とつぜん、やってきたのだ。そう言えば、「シャングリラ」は日曜日に休まないで、月曜日に休む。

ホステス四人に、マネージャーの花井と、もうひとり、ぼくは名前をしらない男だ。ホステス四人は、もう古くから「シャングリラ」にいる、いわゆるベテランのホステスで、アリ子もいた。

「シャングリラ」の社長の有川に、この民宿をおしえたのはぼくだけど、それから、ちょいちょい、海水浴シーズンをはずして、「シャングリラ」の連中は、ここにやってきてるようだ。それで、ひとりでやってきてるぼくと、偶然、ぶつかったのだった。いや、ふつうの意味では偶然だが、これも、はっきり偶然と言えるかどうかわからない。

「シャングリラ」の社長の有川は、ぼくが新宿でテキヤの商売《バイ》をしてるころ、ぼくの弟分みたいにして、ちょろちょろ遊んでいた。

ただ、たいていの者は、ちょろちょろ与太《よた》ってるのは若いときだけで、やがては、まともに、なにかの仕事に精をだすようになる。

有川は有名なキャバレーのマネージャーをしたりしたあと、彼の言葉で言えば、ミニ・キャバレーをはじめ、自分でキャバレーをもった。それには、若いとき、ちょろちょろ与太《よた》っていたのが役に立った、と有川は言う。

有川のキャバレー「シャングリラ」は、そんなに大きなキャバレーではないが、新宿・歌舞伎町のいい場所にあり、近頃、売りだしてるキャバレーは、チェーン店の数で有名だけど、有川に言わせると、チェーン店の数をふやしたって、実質はそんなにもうけにはならないそうで、有川は、そんな有名キャバレーのチェーン店に店舗を貸して、権利金や家賃をとってるらしい。そのほうが確実だ、と有川は言う。

ぼくは、社交雑誌という名のキャバレー業界誌の集金、セールス、記事あつめみたいなことをしているが、この業界誌に金をだしてるのも、有川のようだ。げんに、このキャバレー業界誌の編集兼営業の部屋も、新宿・新田裏の有川がもってるビルのなかにある。

こんなふうに、ぼくはなんでもやってるのだが、雑誌の経営といったことには、いっさい、関係しないことにして、かなり気ままにやらせてもらっている。こんなちいさな業界誌をやっていて、利益にもなるまいし、有川のねらいはほかにあるのだろうが、そんなことにも、ぼくはカンケイない。

ともかく、その夜は、ぼくもいっしょに、乱痴気飲みになった。四人のホステスとも酒好きだ。酒を飲むのが好きで、飲屋の女や、キャバレーのホステスになる者は、ほんとにいる。この四人もそうだった。

しかし、乱痴気飲みをしたからといって、乱交パーティみたいにはならない。だいたい、乱交パーティみたいなものは、素人《ネス》のやることだ。ぼくは、キャバレー業者相手の業界誌の仕事をしてるので、キャバレーのホステスとはつき合いがあるが、だいたい、店以外では、男と女のはなしさえもしない。ある種のコンプレックスがあって、そういうはなしをさけてるのではなく、自然に、そういうはなしはでてこない。だからと言って、キャバレーのホステスに男がいないわけではない。

ただ、アリ子が酔っぱらって、ぼくのからだによりかかったりはした。しかし、ほかの者は、そのことで冷やかしたりもしないし、だいいち、アリ子がそんなことをしてるのも、目にはいらないようだった。

アリ子は甲府のキャバレーにいたのだが、東京にでたいというので、ぼくが、「シャングリラ」の社長の有川に口をきいた。玉ころがしというほどではないが、たまに、たのまれれば、ぼくもそんなことはやる。

アリ子が甲府のキャバレーにいたときから、ときどき、ぼくはアリ子と寝ていて、東京にきてからも、アリ子とは寝た。しかし、ごくたまにだ。この一年ぐらいは、ぜんぜん、アリ子とは寝ていない。

ともかく、いつものことだが、ぼくは酔っぱらい、自分の部屋で寝た。きょう、この民宿にきたときは、ほかの客はいなかったので、二階の八畳間に案内されたが、「シャングリラ」の連中が、とつぜん、クルマでやってきたので、ぼくは、となりの六畳と部屋をとっかえた。連中は雑魚寝みたいにして寝るのだが、ぼくは、寝るときは、ひとりのほうがいい。

布団の上によこになり、どれくらい、ぼくは眠っただろうか。まだ、うつらうつらしながら、ぼくは、やわらかな素肌を感じた。ほんとにやわらかな素肌だ。

アリ子……ぼくは目をとじたまま、つぶやいた。みんなが眠って、アリ子がそっと抜けだしてきたのだろう。ほかの女が、わざわざ、ぼくのところにくるということはない。

アリ子のやわらかな素肌が、ゆったり、ぼくのからだにかさなっている。ぼくのからだぜんたいを、アリ子のやわらかな素肌がつつみこむようにして……。

アリ子は、けっして大きな女ではない。ふつうの身長の、ふつうの肉づきの女だ。それが、ぼくのからだぜんたいをつつみこんでいる。

こんなにやわらかな素肌を、アリ子はしていたのだろうか。やわらかいと言っても、べちゃっとしたやわらかさではない。

かぎりなくやわらかく……やさしいやわらかさだ。アリ子のやさしさが、裸身の素肌を、こんなにもやわらかくしている。

だけど、アリ子はそれほどやさしい女だったか？　気のいい女で、ガメツイところはなかったが、身長や肉づきがふつうのように、ふつうの気のいい女ではなかったか？　しかし、ふつうに気がいいというのは、とっても気がいいってことかもしれない。

かぎりなくやわらかいものと言えば、もう固体ではなく、液体だろう。指のあいだをさらさらとながれる水、からだぜんたいを、やさしくゆれうごかしている海の水。

事実、ぼくは、雲を見ながら、海のなかにういてるようだった。ぼくのからだのすみずみまでつつみこんだ、アリ子のやわらかな素肌。

指でふれると、アリ子のからだのあちこちのくぼみやふくらみが、ぼくの指のあいだを、液体のやわらかさ、すべっこさで、すべりぬけていく。

ぼくは、うつらうつら気がついたときから、アリ子のからだのなかにはいっていたようだ。しかし、こんなにも、アリ子のからだの奥にはいったことがあっただろうか？

海のなかにういてるように、アリ子の素肌が、ぼくのからだのすみずみまでつつみこんでるとは言っても、波におしあげられるときもある。

ぼくのからだは、高くひくく、波のまにまにうごき、やわらかく、あたたかいアリ子の素肌の海のなかにしずんでいった。

「ごはんよ」とおこされた。おこしにきたのは、四人のうちで、いちばん若いホステスの由里だ。ぼくはおぼえてないが、アリ子は、また、そっと、となりの部屋の仲間のところにもどったのだろう。朝まで、ふたりで寝てるなんてことはできない。

ぼくは、二日酔の頭をふりながら、顔をあらい、となりの八畳間にいった。もう、みんな食べている。飲んでるときは、ぼくもけっこう飲んでさわぐが、翌日はいけない。ところが、この連中は若いのか、みんな、けろっとして、食欲もさかんだ。

アリ子はいなかったが、ちょっとどこかにいってるんだろう、とぼくはおもっていた。ところが、なかなか、アリ子は部屋にかえってこない。それに、よく見ると、アリ子のお膳はないようなのだ。

なにかの用で、アリ子ひとり、食事もしないで、東京にかえったのか？

「アリ子は？」

ぼくは、ぼんやりたずねた。二日酔の頭がいたい。

「アリ子は、って？」

チビで気が強いメグミがききかえした。

「アリ子は、どこにいったんだい？」

「いやねえ、ヤマちゃん（ぼくの名前）。まだ酔っぱらってるの」

「もう、ガタガタよ」由里が言った。「昨夜も、わたしを抱いて、アリ子、アリ子って……」

アリ子は、はじめから、ここにはきてはいないのだそうだ。だから、ここにきた「シャングリラ」のホステスは四人ではなく、三人だという。

「そんなバカな。昨夜も、アリ子は酔っぱらって、おれによっかかってたじゃないか」

「だから、それは、今、由里が言ったように、ヤマちゃんは、アリ子、アリ子って、由里を抱いてたのよ」メグミはつづけた。「うちの社長も心配してたわよ。いくらなんでも、ヤマちゃんは飲みすぎだって……。しかも、バクダン焼酎の昔から、ずっと飲みっぱなしだから、すこしは注意しなきゃ……」

メグミの声が遠くなる。アリ子は、みんなが眠ってからも、そっと、ぼくのところにきた。しかし、はじめから、アリ子がここにきてないとすると、ぼくの部屋にきたのは、この三人のホステスのうちのだれだろう？

アリ子の素肌をあんなにもやわらかく、甘美に感じたことはなかったが、ほかの女だとすると……？

海のなかにひたって、ういているくらい、官能的なことはないなどと、ぼくは言ったけど、昨夜（だれかと？）素肌をかさねあったときは、ほんとに、そんなふうだった。

あんまり夢うつつのような甘美さで、いつおわったのかも、ぼくはおぼえていない。いや、どうも、ぼくはおわってないようだ。あんまり甘美で、おわってないというのも、おかしい。

だが、この三人の女のうちのだれかが、これまでなんの関係もなかったぼくのところに、夜中に、わざわざ、やってくるなんて考えられないし、それに、男に飢えてる女たちでもない。


食事がすんで、ぼくはタタミに寝ころがっていると、「シャングリラ」の社長の有川から電話がかかってきた。マネージャーの花井が階下の電話にでたが、やがて、花井は大きな足音をさせて、階段をかけあがってきた。

アリ子が東中野のアパートで死んでいたという。この二日ほど、アリ子は、電話もなしに、店をやすんでいて、今まで、そんなことは、一度もなかったアリ子なので、社長の有川が、東中野のアリ子のアパートに使いをやると、アリ子が死んでいたのだそうだ。自殺ではないらしいが、ともかく急死で、今、遺体解剖をやってるという。

「昨夜、アリ子が酔っぱらって、ヤマちゃんによりかかってたなんて、アリ子はヤマちゃんが好きだったから、ユーレイになってでてきたのよ。ヤマちゃん、アリ子になにかわるいことをしたんじゃない？」

メグミが、へんに目をすえていい、由里が露出度のいい胸と肩を、ぶるっとふるわせた。

「いやよ。わたし、ユーレイにからだを貸すなんて、いや！」

キャバレーのホステスは、入れ替りがおおいけど、アリ子とこの連中とは、とくべつなかのいい仲間だ。アリ子が急死したときき、みんな、あたふたと東京にかえっていったが、ぼくは、いこじに、ここにのこった。

新宿百人町のぼくのアパートには、アリ子も、なんどか泊っていってる。今夜だけでも、あんなところで、ひとりで寝る気はしない。

ぼくは、昨日、あの女がセルの着物をきて、腰をおろしていた砂浜あたりにすわりこんだり、湾のまわりをぶらぶらあるいたりして、昼間はすごした。

セルの着物をきた女は、「シャングリラ」の連中がクルマできたころから、どっかにいったらしい。夜の食事の支度も、三人ばかりのほかの女たちがやっていた。

これは、今までにも、よくあったことで、九月のおわりごろのヒマなときに、この民宿にやってくると、オバさんも畑仕事かなんかにいってるのか、家のなかには、だれもいなくて、ぼくは、ひとりでかってに、二階の部屋にあがって、やすんだりした。

そして、食事のころになると、ここのオバさんもうちにかえり手伝いの女のひとも二人ぐらいきて、食事の支度をはじめる。

今は、泳ぐのにはもう寒く、泳ぐひとのいない砂浜は、初秋のあかるい陽の下で、しらじらとのび、波もおだやかながら、よそよそしい秋の小皺をつくっている。

U字形にふかくはいりこんでいるこの湾の、海にむかって左側の山にも、ぼくはのぼった。山といっても、となりの浦とのあいだに、ノコギリの刃をたてにしておいたような、なんだかうすっぺらな山で、むこう側は、ほんとに削げおちたような断崖になっており、おそろしい断崖のま下には、イノセントな青さの海が見えた。

ぼくは、また砂浜にひきかえし、そして、砂浜のうしろ、ごちゃついた人家のあいだをぬけ、バスがはしる道をこしたむこうの山にのぼった。

昨夜、みんなが眠ってしまったあと、ぼくの部屋にきて、海のなかでただようような、甘美な官能のあそびをした相手の女は、やはり、アリ子なのだろうか？　そして、そのころには、アリ子はもう死んでいたという。

ぼくは、山道をのろのろとあがり、また、ひょろつきながら、山道をおりてきた。アリ子、アリ子……頭のなかに綿毛のようなものがいっぱいつまっていて、はっきり考えることができない。しかし、考えないでもいられない。

ぼんやり、ぼくはバスにのっていた。山道をおりてきて、バスがとおる道のバス停のところまでくると、U字形にいりこんだ湾を見おろす道のU字の底のカーブを、バスがまわってきたのだ。

ふだんでも、ぼくは、たまたま、バス停のそばをあるいていて、バスがくると、行先もわからないで、とびのってしまうことがある。

バスにのってると、みょうに、頭がからっぽになる。それほど、モノがつまってる頭ではないが、からっぽの頭がよけいからっぽになるというのは、空腹が気持のいいときがあるように、気持がいい。

しかし、きょうは、バスの窓の外を、海の景色が、つぎつぎに、むだにぜいたくにとおりすぎていっても、頭につまった綿毛は、よけい濃くからみつくだけだった。

ぼんやり、終点まで、ぼくはバスにのっていたんだけど、これはちょいとマズった。だいたい、バスにのったときが夕方の時間だったが、終点までいけば、そのバスはひきかえしてくるのだとおもいこんでたのが、まちがいだったのだ。このバスは、終点どまりで、そこで夜をあかす。

しかし、半島の最南端をまわってくる、ぼくも一度だけのって、つれの女のコたちが、あまり時間がかかるのでうんざりし、気分がわるくなったバスが、最終の客をひろったり、おろしたりしながら、あと一台だけとおる。ただし、そのバスがくるまで、一時間半ほど待たなきゃいけないが、あるいてかえるわけにもいかない。

結局、そのバスにのり、民宿にかえりついたときは、もちろん、あたりはまっ暗になっていた。

民宿の階下には、うすぼんやりした電灯がひとつついてるだけで、だれもいなかった。ぼくはつかれてもいたし、やれやれ、とおもいながら、二階の部屋にあがっていくと、夕食の膳がテーブルにのっていた。お銚子も二本あったが、とっくに燗はさめている。

ぼくのかえりがおそいので、民宿のひとは、ぼくの夕食をこしらえて、部屋にはこび、どこかにいったのだろう。

民宿のひとと言ったが、ここのオバさんは旅行中、オジさんは遠いところに漁にいっており、息子も大きくなって、都会にでも働きにいってるのか、去年あたりからその姿も見ないようだし、ここの民宿のひとはいないのだ。

だから、客があれば、親戚のひととか、ほかの人が、かわりにやっているのだろう。とくに、こうした漁村では、共同作業、共同生活といったものが、ふつうのようだ。だから、だれかが、ぼくの夕食をこしらえ、部屋にはこんだあと、どこかにいったりというより、たぶん、自分の家にかえったのではないか。

旅館でひとりで夕食の膳を前にして飲んでるくらい、なさけないことはない。いや、そんなことは、これまでに一度か二度あったぐらいで、ぼくは、すぐ旅館をとびだして、どこかニンゲンのいるところで飲む。

しかし、海水浴シーズンがすぎた、こんなところでは、もちろん外で飲めるところもないし、さっき、バスをおりてからも、この集落の、ほぼ、はしからはしまでよこぎって、この民宿にくるあいだ、道ですれちがったひともなかった。おまけに、この家にもだれもいない。しかたなく、ぼくは飲みはじめたが、だんだん、深い海のなかにいるような気がしてきた。まわりは海の水で、そのなかを、きりがなくしずんでいく。

昨夜は、アリ子のやわらかな素肌を海のようにして、うかび、ただよっているみたいだった。

しかし、ぼくは、げんに、アリ子が素肌でぼくにかさなっているとばかりおもって、その素肌を抱いていたのだが、今はちがう。

部屋の電灯のあかるさはかわらないが、ぼくのまわりは、深い海のなかの蒼いかげを濃くしていき、たゆたゆとぼくを浸した海の水にアリ子の素肌がにおい、耳にはきこえないアリ子のしのび笑いが、ぼくの胸をついた、腹をさがって、股のあいだにもひびく。

たまらなくなって、ぼくは部屋をでて、階段をおりていったが、この家にはだれもいないんだし……とひきかえそうとしたとき、階下のぽつんとひとつともった電灯の下にだれかがすわっているのが目についた。着物をきた女で、セルの着物だった。

「なんだ、あんたがいたのか……」

ぼくは女のそばにかけよるようにして言った。女は電灯の下にすわってるだけで、なにかをしてるというわけではない。そして、砂浜の砂の上に腰をおろしていたときとおなじように、そばに、パラソルがおいてあった。

タタミの上にすわって、そばにパラソルというのはおかしなものだが、女が外からかえってきて、こんなふうに、ぺたんとすわりこんでることはある。もっとも、それだって、昔のぼくの記憶で、今では、そんなことはあんまりないかもしれない。

「ひとりで飲んでるのは、さみしくってしようがない。ここで、飲んでいいかい？」

女は、ぼくを見あげて、しずかにほほえみ、ぼくは、かってに、がたがた、夕食の膳を、二階からもってきた。

「やはり、ここの酒屋には炭酸はないのね。だから、昨日《きのう》、ジンも買ってこなかったの。ごめんなさい」

女の額のちいさなニキビのぽちぽちが、うすぼんやりした電灯の光に、なにかいたずらっぽいかげをつくっている。ニキビのかげなど、ぼくは、はじめて見たのではないか。そのニキビのかげも、セルの着物によく似合う。

「かまわない、かまわない。おれは、なにか飲むものがあればいいんだ。お燗もめんどくさい」

ぼくは、これもかってに、台所から地酒の一升壜をもってきた。ぼくは、それまでの深い海のなかにしずんでいたような状態から（気分ではあるまい。ほんとに、ぼくはふかい海のなかにしずんでるようだった）、いっぺんに、海中をつきぬけ、海面をとびだし、青空高く舞いあがったみたいに、大はしゃぎで、酒を飲みつづけた。

女は、ほとんど口をきかず、ぼくのはなしをきいてるだけだったが、セルの着物をきた頭のいい女の書生さんのように、ぼくのはしゃいだ、とっぴなはなしも、ちゃんとわかってくれ、おだやかにほほえんでいる。

そして、ときどき、女は、くっくっ、とからだをおりまげてわらい、すると、セルの着物の胸もとから脇腹、腰へと、あったかいにおいのするような波動がおこった。セルの着物の見かけよりも若い、若い女の甘えたからだの波動だ。

しかし、その笑い声はなんだか透明すぎ、わらってるうちに、もう透けてきて、そのむこうのただあかるいだけの空間が見えるようだった。

ぼくは、はてもなく、青空高く舞いあがるように、大はしゃぎにはしゃいで飲みながら、ひょいと、二階の部屋で、ひとりで寝ることが頭にうかび、あんまり高く舞いあがりすぎて、ぼく自身が、ぽしゃんと破裂してしまったような気持になった。

「冗談じゃない、ひとりでなんか、寝れるもんか」

ぼくは声にだして言い、女に抱きついていった。セルの着物の、視覚的な肌ざわりは、コーン・ブレッドのように、いくらかざらざらした感じだが、こうして、ぼくの腕の下にあるセルの着物の生地は、それがつつんだ女のからだの弾みのある肉《み》のあたたかさのなかに、ざらざらなんて、どこかにいってしまった。

……ここは、だめ。あとで、かならず、あなたの部屋にいくから、と女は約束し、ウソではなさそうな顔つきだったので、ぼくは二階の部屋にあがっていったが、おもったより、酔いすぎていたのか、ぼくは眠ってしまったらしく、夢うつつに、女が肌をかさねてきたのに気がついた。

　昨夜は、海のなかに浮き、ただようように、アリ子の素肌につつまれたが、この女の肌は、あかるい陽ざしをたっぷりすいこんだ海べの砂みたいに、さらさらと、ぼくのからだのくすぐったい部分にもはいりこんできた。

　あかるい陽ざしをたっぷりすいこんだ砂のあたたかさが、ぼくのからだの深部までしみとおる。

　砂のやわらかさの女の下腹のくぼみ、海べの砂のノンシャランな（あたえることへのノンシャランさの）ふくらみ。さらさら、こだわりのない、やさしい砂だが、流砂のはげしさは、その渦にまきこまれてみないとわかるまい。

　海もそうだけど、砂もつかれはしらない。ぼくは女の素肌のやわらかく執拗な砂のくぼみに、からだごとすべりこみ、とろとろにつかれて、眠った。

　目をさましたときには、女はおなじ布団のなかにはいなかったが、それは、ま、当然のことだろう。

　しかし、朝食のときも、女はいなくて、朝食の膳をもってきたのは、べつの女のひとだった。

　そのひとに、女のことをたずねると、そんな女はしらないと言う。この民宿に手伝いにくるひとは、いろいろいるけども、だいいち、そんな女はこの集落にはいないそうだ。

「セルの着物をきてる女《ひと》？　セルの着物ってなんですか？」

もう中年に近いその女のひとは、ぽかんとして、ぼくの顔を見ていた。

すると、あの女も、一昨夜のアリ子とおなじように、この世のものではなかったのか？しかし、どうして、そんなものが、ぼくのところにきて、いっしょに寝て、肌をあわせたりするのか？

アリ子だって、この二年ぐらいは、ぜんぜん寝ていない。アリ子には男がいたはずだ。また、ぼくは、アリ子が恨むようなことをしたおぼえもない。それに、恨んで、この世にでてきた女が、恨んだ相手といっしょに寝るというのもおかしい。

昨夜のセルの着物の女とは、この世では、あったこともあるまい。そんな女が、なぜ、ぼくのところにでてくるのか？

ぼくは、この世では、女にモテるほうではないが、あの世の女にはモテるのだろうか？それも、急に、なぜか、あの世の女にモテだしたのか……ぼくは、あの世の花か。

ま、これは冗談だけど、ほんと、どうして、しかも二日つづけのダブル・ヘッダーで、あの世の女がぼくをたずねてきたのか、その理由ないし動機はわからない。

11PM殺人事件

新橋駅を銀座口のほうにでて、外堀通りの交差点をわたっていると、むこうから、11（イレブン）AMがきた。

ぼくは、やあ、と手をあげ、11AMは、「あら、あら……」と言って、ぼくたちはすれちがった。

歩行者信号はもう赤になっており、そのまま、ぼくは足をはやめ、交差点をわたりきってふりかえると、11AMは、あたりまえのことだが、こちらに背中をむけてはしっていた。

そして、11AMは、通りのむこう側につくと、ふりかえり、ぼくにむかって、手でメガホンをつくってよびかける真似をしたり、両手を交互にうごかして、手旗信号をやった。もちろん、デタラメの手旗信号だ。

信号が青になると、11AMもぼくも、外堀通りの交差点を、もときたほうに逆もどりし、通りのまんなかでぶつかり、ちょっとのあいだ、相手のほうにいこうともみあったあと、結局は、11AMがぼくの肩に手をあてて、ぼくがいたほうにきた。

こんなことなら、さっきすれちがったとき、どちらかのほうにいけばよかったのに……。

通りをひきかえし、歩道にあがって、ぼくたちはむかいあって立ち、おたがい、ふっふ……とわらい、ぼくは言った。

「11（イレブン）PMはどうしてる？」

「うーん……」

11AMはうなり、耳のうしろをかいた。ちょっと、舞台でのしぐさのようだ。こんなしぐさも、今では見かけなくなった。もう使わなくなった言葉みたいに、近頃では、やらなくなった古いしぐさもある。

この耳のうしろをかくという古いしぐさに似つかわしく、11AMは、前とかわらない、耳の上に髪がかぶさったリーゼントのヘアー・スタイルをしていた。

死んだ流行歌手のエルビス・プレスリーがやっていたようなヘアー・スタイルだ。リーゼント・スタイルの髪のことを、レコードの盤面をよこから見たような、と言ったひとがいた。11AMのリーゼントの髪も、そんなふうに、たっぷりヘアー・オイルが塗ってあり、てらっ、とひかっていた。

それにしても、つやのいい髪だ。また、若々しい顔をしている。11AMは、もう四十はすぎてるはずなのに……。しかし、これでは、まだ若者ではないか。芸人には、ときどき、こんなのがいる。しかし、若者みたいでも、四十すぎだってことも事実ないし現実で、芸人のバケモノさかげんが見えている。

「11PMは元気なのか？」

ぼくはくりかえしてたずね、11AMは、また、うーん、とうなった。

「……元気ってわけには……」

「おいおい、11PMは病気なのかい？」

「病気じゃないねえ」

「病気でもなくて、元気でもないというと……」

「11PMは死んだよ」

「死んだ！　いつ？」

「それも殺されたらしいんだ」

「殺されたらしいって……」

「死体を見た者もいるし、やつが殺されるときの悲鳴をきいた者もいる。おなじ人物だがね。ところが、死体が消えちまった」

「ど、どこで殺されたんだ？」

「新宿百人町のやつのアパート」

「だれに？」

「わからない」

「しかし、死体が消えたというのは……？」

ててひらいた。

「それが、消えたんだなあ」

11AMは、奇術師が鳩を消したときみたいに、Ｐｕｆｆ！　と片手のてのひらを上にむけてひらいた。

11PM、11AMというのは、この二人が漫才のコンビを組んだときにつけた名前だそうだ。そのほかの芸名や本名は、ぼくはしらない。

この二人に、さいしょにあったのは、小田急沿線の田圃のなかのストリップ劇場だった。ぼくはピンク映画に二本ばかりでた女のコを相手に「性医学アルバム」というあやしげなものをやっており、11PMたちは漫才というより、ドタバタのコントだった。

ぼくや11PMのコントなどがでるのは、この劇場の本業のストリップが派手にはできないとか、ストリッパーの人数が足りなかったとかで、どっちみち景気のいいことではない。事実、なさけない客の入りだった。その日の一回目の11PMたちの出番のとき、お客はたったの九人ということもあって、11AMがなげくと、11PMが、「それでも、ちゃんと井目《せいもく》はいってらあ」とわらった。

11PMと11AMは、ずっとコンビを組んでいたのではない。二人とも、さいしょはいわゆるコメディアンで、ある時期、二人で漫才をやったりコントをしたり、また別れて、それぞれがヌード劇場などをまわったり、または芸界からははなれて、べつの仕事をしていたこともあるだろう。

芸人というのは、みんな、そんなふうだ。ボクシングと芸人なんて関係はなさそうだけど、元ボクサーの芸人というのもめずらしくない。新宿百人町で「タコ部屋」という飲屋をやってたこともあるコメデアンのたこ八郎は、元日本フライ級チャンピオンの斎藤清作だ。

さて、ぼくのことだが、ぼくは学生のころ、ストリップ劇場の進行係をしてたことがあり、そんな関係で、ときどきよばれて、ヌード小屋の舞台にでた。前にも言ったように、たいてい、だれかのアナ埋めだ。今、ぼくは、社交雑誌という名の、キャバレー業者相手の雑誌のセールス、集金、記事集めなどをやって食っている。

近頃では、ぼくは、ほとんど、ヌード劇場にはでないので、劇場の楽屋で11PMや11AMといっしょになるということはないが、れいのタコちゃんのタコ部屋で、11PMとあって飲んだりしたことも、なんどかある。11AMはあまり飲まない。

11AMはなんだか角ばった顔つきで、色もあさぐろいが、よく女にモテる。ところが、11PMは色白のちょいとした美男で、一見、女にモテそうだけど、どうもはかばかしくない。

これは、さっき、交差点をわたっていく11AMのうしろ姿を見ておもったのだが、そのうしろ姿が粋ですっきりしていて、そんなところのちがいだろう。

今日《きょう》は、11AMは芸人らしくないダーク・スーツを着ていたが、粋ですっきりしたうしろ姿は、芸人か役者でないと、こうはいかない。

しかし、11PMは、11AMなんかよりよっぽど芸人っぽい芸人なのに、うしろ姿がぴしっときまらない。

使いかたがだらしない手帳のはしが、うす汚れてめくれこんでるみたいなところが、11PMのうしろ姿にも、色白で、ひとつひとつの造作はきれいな顔つきにもある。たとえば、それこそ、口のはしが、ちょっぴりだらしなくめくれていたり……。

だらしない男には、女が母性本能をかきたてられるなんてのは、だらしない男がかってにおもってる迷信で、だらしない男は、やはり女にはモテない。

11PMが11AMに、「おまえ、おれの女をなん人とれば、気がすむんだ」と言っていたのを、ぼくは、なんどもきいた。

冗談に、11PMは言ってたこともあるだろうし、事実、なん人も、自分の女を、11AMにとられてるのかもしれない。

そんなことで、二人はケンカ別れし、しかし、なにかでヨリをもどしてコンビになり、すると、また女をとられて頭にきた11PMが、舞台の上で、「おまえ、今まで、なん人、おれの女をとった?」なんて11AMに文句を言ったり……。

そんな漫才やコントが、客におもしろいわけがないが、そういう芸人は、今では、もうすくないのではないか。いや、芸人そのものがいなくなっている。

11AMはぼくを喫茶店にさそい、ぼくは、「うーん、喫茶店か……」と頭をふりながら、11AMについていった。

ぼくは喫茶店はきらいだ。11PMも喫茶店はきらいだった。だった、なんて、なさけないはなしだ。それはともかく、喫茶店がきらいでは、女にはモテない。だけど、喫茶店でコーヒーを飲みながらおしゃべりをして、たのしんでる女たちを見ると、なにか不気味で、モテなくていいともおもう。

考えてみると、喫茶店がきらいなことなんかでも、11ＰＭとぼくとはよく気があった。それも、おたがい喫茶店がきらい、みたいなつまらないことばかりで、つまらないことで気があうというのが、よけい気があう証拠のようでもある。

それに、11ＰＭには、なにか底が抜けてるところがあって、ひょいと、とんでもないことを言いだしたり、ぼくにはいい飲み相手だった。

ふつうの人ならば、11ＰＭのようではしようがないが、芸人だと、おもしろがられて出世するかというと、芸人でも、やはり着実な人のほうが出世する。11ＰＭなどは、けっして出世はできない。また、出世できないようだから、みょうなおかしさがあるのだ。

11ＰＭには、ほかにもへんなインネンがある。小田急沿線のストリップ劇場で11ＰＭにあったあと、ぼくは、おなじ小田急沿線の米軍の医学研究所につとめた。

ぼくはストリップ小屋にいたり、ときには、テキヤの商売《バイ》をやったりしてるあいだに、ちょいちょい、米軍キャンプでもはたらいた。あれこれやったのは、その仕事ができなくなったり、クビになったりしたためで、しかたなしに、そんなことになったのだ。

その米軍の医学研究所で、ぼくは生化学部にいて、はじめは、ガラス器具などを洗う仕事だったが、米軍の各病院から送られてくる血液や尿などのいわゆる臨床検査をするスペシャル・テクニシアンという職種になった。

生化学のれいの亀の子記号なども、ぜんぜんしらないぼくが、そんな仕事をやるなんて、米軍はいいかげんなもので、そのいいかげんさがむいていて、ぼくは、こちらの米軍施設をクビになっちゃ、しばらくテキヤの商売《バイ》をやっていて、また、あちらの米軍施設にもぐりこむというようなことをくりかえしていた。

ともかく、その米軍の医学研究所の日本人従業員のロッカー・ルームで、ぼくは、11PMによく似た男にあった。

ぼくのロッカーのうしろにロッカーがある男で、はじめ、ぼくは、てっきり11PMだとおもい、よう、と声をかけそうになった。それぐらい、11PMにそっくりだったのだ。

それは顔かたちがよく似ているだけでなく、11PMのにおいのようなものが、その顔かたちやからだつきにあったからだった。

しかし、よく見ると、歳も11PMよりは若いし、背もいくらか高い。

この男はパソロジイ（病理部）にいて、ぼくとは部がちがうので、ロッカー・ルームで見かけるたびに、11PMによく似てるなあとはおもったが、ただそれだけのことで、声をかけるのはえんりょした。

ところが、この男も、かえりによる近くの酒屋の立飲みの常連で、ぼくは新参だから、あとから、この常連にくわわったわけで、飲んだ気やすさで、この男と口をきいた。

酒屋は、米軍の医学研究所とおなじ敷地の病院の正　門《メイン・ゲート》をでて百メートルほどいったところの通りの角にあり、さいしょに、ぼくをここに連れていったのは、ヴァイラス（ビールス）部の実験用の二十日ネズミやフィリピン産の猿を飼ってる部屋のオジさんだった。

猿のエサは、猿がフィリピン産だからか、バナナがおもで、ぼくは、ヴァイラス部のオジさんから、そのバナナをごちそうになったりした。

また、ヴァイラス部では、日本脳炎の実験用に、研究所の二階よりも高い鉄の大ドームのなかで、白鷺を飼っていて、そのエサはドジョウだった。そのドジョウも飯盒で煮て、ごちそうになった。

実験用の二十日ネズミは、なにかの理由で、使われなくなったり、使えなくなったりすると、生きたまま、金属性の残飯缶《ガベージ》みたいなものにすてられた。それが一匹や二匹ではなく、なん十匹、なん百匹というようなことがあって、ムゴい光景だった。

さっき、ぼくは、白鷺のエサのドジョウを飯盒で煮ると言ったが、これは日本陸軍の飯盒で、このオジさんは、酒屋で立飲みをしながら、いつも、兵隊のときのはなしをした。

このオジさんには、おなじ実験動物の飼育室ではたらいてる相棒がいて、二人が、なにかの親類のようだった。女房どうしが、親類とか姉妹とかいうことなのかもしれない。

オジさんは中国戦線にいた四年兵で、兵長だったが、終戦後、いわゆるポツダム伍長になったと言った。しかし、兵隊のときの階級は、とくに、ぼくの周囲にいる者は、たいてい水増しをするから、オジサンのポツダム伍長もアテにならない。

しかし、オジさんは背はひくいが、あるきかたなども、いかにも行軍できたえたようで、がっしりしたからだつきをしていた。

相棒は、歳もオジさんより十歳ぐらい下で、もとは理髪店の職人をしていたとかで、なんだか、なよなよしたところがあった。

それで、オジさんは、なにかで相棒がいないときなど、酒屋で立飲みしながら、「あいつは、気合いがはいっとらん」などと、それこそ気合いをいれるような声で言った。

しかし、声までもなよなよとしたこの相棒とオジさんとは、いつも、つながって飲んでいて、これは、仲がいい、というような言葉にはおきかえられない、そういうつながりがあった。

相棒は、飲むと、理髪店のことばかりはなした。もっとも、二人とも、この研究所が東京の丸の内にあったころから勤めてるようで、相棒が理髪店ではたらいていたのは、それにくらべると、みじかい期間かもしれない。

酒屋の立飲みの常連には、バクテリア部の中国人の医者がいた。このひとは、左右の眉のところがぐっとせりだしていて、なんだか中国の貴人のような人相だった。このひとは、新潟でまなんだ医科の学校の学生だったころのことや、そのころの新潟の町のことばかり、立飲みをしながら、はなした。

11PMに似た男は、なんのはなしをしたか？　じつは、この男は、かえりには、いつも酒屋によるのに、立飲みの常連のおしゃべりにはくわわらず、ひとりはなれて飲んでいた。だから、ぼくがこの男に口をきいたのも、酒屋の立飲みの常連になってから、しばらくたったときだった。

いや、この男は、あまりはなしはしなかった。だいいち、みんなのおしゃべりにくわわらず、ひとりで飲んでいたんでは、はなしのしようがない。

ただ、ときどき、ひとりはなれて立飲みをしながら、「あっ！」などとさけび、さいしょは、みんなもおどろいてふりかえったりしたらしいが、ぼくが常連になったころには、この男がうなっても、さけんでも、みんなしらん顔だった。

ぼくと口をきくようになっても、この男は、ぶつぶつ、不平みたいなことをつぶやくだけで、それもなんの不平なのか、たいていぼくにはわからなかった。

病理部《パソロジィ》には、アメリカ人もニホン人も医者がおおい。だから、この男はつまらない雑用みたいなことばかりやらされて不満だったのか。病理部《パソロジィ》では死体の解剖もする。そのきたない後始末なども、この男がやってたようだ。

ある日、立飲みでよっぱらったぼくは、大げさに言うと、もうこらえきれなくなったといったぐあいに、この男にたずねた。

「あんた、11PMってひとをしらない？」

「11PMって、テレビの番組の？」男はききかえした。

「いや、11PMってひとだ」

「しらない」

男は首をふり、もう前をむいて飲んでおり、ぼくも、しらないんじゃ、しようがない……

みたいな気持で、ほかの常連とのおしゃべりにもどった。

だが、ちらちら、この男の横顔を見てるうちに、また、こらえきれなくなって、ぼくははなしかけた。

「11ＰＭという芸人でね」

ぼくは、ひとりで飲んでるのをじゃまされたくないという相手の表情にはかまわず、11ＰＭは、背はちょっとひくいが、顔つきなんか、あんたにそっくりで……と説明した。

ぼくがはなしおわると、男は、ぽつんと、「それは、うちの兄貴だよ」と言った。わらいもしない。ただ、そう言っただけで、男はコップ酒のおかわりをした。

あとでわかったことだが、この若い男（戸川という名だった。だったら、11ＰＭの姓も戸川なのか？）が11ＰＭをしらないと言ったのはウソではなかった。兄貴がそういう芸名をつかっていることを、弟はしらなかったのだ。

その後、一年ぐらいたって、ぼくは人員整理で医学研究所をクビになったあと、11ＰＭにあったとき、米軍の医学研究所で部はちがうが、彼の弟といっしょだったこと、今でも、弟はその医学研究所にいることをはなしたが、兄貴の11ＰＭは、へえ……と感心したみたいな声をだし、兄貴の11ＰＭのほうも、そういったことは、なんにもしらなかった。

ともかく、顔つき、からだつきが、ただかたちが似ているというだけでなく、なにかおなじにおいのようなものを感じたのも、兄弟ならば、おなじ兄弟の血のにおいがするわけだ。

ただ、顔つきなどは、兄の11ＰＭの顔の造作がひとつひとつはきれいなのだが、なんだかだらしなくくずれてるようなところがあって、と前に言ったけど、こうして、弟の顔を見ていると、あきらかに、ズレがわかる。

弟の顔は、端正な顔の造作が、きちんと端正にならんでいて、なるほど、これが原画かとおもわれる。11ＰＭのほうは、おなじ印刷でも、印刷ズレなのだ。

しかし、端正な顔の弟が、酒屋で立飲みをしながら、ひとりで、ぶつぶつ、わけのわからないことをつぶやいたりするのは、端正な顔つきだけに、よけいきみょうだった。

それに、弟は飲んでいて、「ひやっ！」とか、なんの意味か、「前へ！　前へ！」などと、とつぜんさけぶ。この弟は、背もすらっと高く、姿勢まで端正だが、やはり、変り者の兄弟なのかもしれない。また、酒が好きなのも、兄の11ＰＭに似ているようだ。


新橋の土橋の近くの喫茶店で、11ＡＭがはなしてくれたのは、だいたいこんなことだった。

11ＰＭは新宿百人町のアパートに住んでいた。このアパートには、ぼくもいったことがある。木造の古いアパートだが、これが、なにかみょうな建物だった。二階に四部屋、階下に四部屋ならんだアパートが、倉庫などに見えるわけがないが、どうも住居らしくない感じがするのだ。たぶん、規格品の材木をつかってないのだろう。どこかの横ながしの材木のようなものかもしれない。住居用の材木ではなくて……。闇という言葉が日常につかわれていた戦後に建てられたものにちがいない。

11ＰＭの部屋はこの二階のいちばん奥だった。二階にあがるのには、建物の外側に階段があり、階段をあがったところから、いちばん奥の11PMの部屋の前まで通路がある。

ひと月ほど前の昼近く、11PMのとなりの部屋、つまり、二階の奥から二ばんめの部屋にいる女性は、わめき声に悲鳴、そして、となりの部屋とのあいだの壁に、はげしくからだをぶっつける音に目をさました。音だけではなく、壁がゆれたそうだ。

そんな時間まで、この女性が寝ていたのは、新宿のクラブにつとめていて、夜がおそい水商売だったからだ。

「銀座や赤坂ならともかく、新宿にもクラブっていうのがあるのかい？」

ぼくは11AMにたずね、11AMは、かけていない鼻メガネを、人差指と親指ではさみなおすようなしぐさをした。

「あるさ」

「へえ、どんなクラブ？」

「ふつうのクラブだよ」

「ふつうのクラブって？」

「おたく、銀座や赤坂のクラブにいったことがあるの？」

「ない」ぼくは首をふり、11AMは、また、かけてない鼻メガネを、右手の人差指と親指ではさみなおすようなしぐさをして、クラブ論争をうちきった。

新宿歌舞伎町のクラブだそうだ。歌舞伎町ならば、百人町のアパートからは、職安通りをこえ、都立大久保病院の前をとおりすぎれば、もう、歌舞伎町の繁華街だ。

11ＰＭのとなりの部屋の女性の名前は浜圭子、亭主はいない。もっとも、戸籍までしらべたわけじゃないがね、と11ＡＭは言った。

11ＰＭも女房はいなかった。11ＰＭだって芸人だから、一度や二度は女と同棲したことぐらいあるかもしれないが、ぼくがしっているかぎりでは、世帯なんかもちそうな男ではなかった。

11ＡＭのほうは、戸籍上の女房があり、その女房よりも、もっと女房みたいな女がいて、そのどちらの家にも、11ＡＭはかえらないで、ほかにいろいろ女がいるという噂だ。もっとも、女の噂というのも、はなはだアテにならない。

さて、浜圭子だが、棚の仏壇がおちそうになるくらい、となりの部屋とのさかいの壁に、はげしくからだがたたきつけられ、それに、殺してやる、たすけてくれ、というような悲鳴、あえぎ声などもきこえる。

これはほっとけない、と浜圭子は布団からでて、ガウンをひっかけ、だれかにしらせるか、アパートの階下の入口にあるピンク電話で一一〇番にかけようとおもって、部屋をでた。

ところが、このときには、となりの部屋は物音がせず、ただ、かすかに、11ＰＭのくるしそうなうめき声がきこえた。

それで、浜圭子はおっかなびっくり、11ＰＭの部屋の入口の戸の前で足を止め、戸をガタガタたたいて、11ＰＭの名前をよんだのだそうだ。（しかし、11ＰＭの名前をよんだというけど、どうよんだのだろう？　11ＰＭが、あの弟とおなじ姓なら、戸川さん、なんてとこか

な)

もう、11ＰＭのうなり声もきこえず、部屋のなかはしーんとしており、浜圭子は入口の戸をあけようとしたが、錠がかかっていてあかず、入口のよこのガラス窓もあかない。

それで、11ＰＭの名前をよびながら、戸をガタガタやってると、戸のそばのすりガラスのひとつが、ななめにずれてきた。戸をガタガタやったので、古いガラス窓だから、ガラスが窓の桟からはずれたのだろう。

窓ガラスがずれたあいだから、部屋のなかをのぞきこんだ浜圭子は、へなへなっと、二階の通路にすわりこみそうになった。

いわゆる腰がぬけたのだろう。だが、完全に腰がぬけてしまったのではなく、浜圭子は、また、からだをひきたたせて、部屋のなかを見た。

四畳半の部屋のまんなかに11ＰＭがあおむけにたおれているが、一目見て、もう死んでることがわかったそうだ。

11ＰＭはかっと白眼をむいて、ひっくりかえったままうごかず、そんなことよりも、腹も切られたのか、内臓がはみだし、あたりいちめん血だらけだったという。

浜圭子は悲鳴をあげようにも声もでず、それでも、だれかにしらせるため、二階の通路をあるきだし、階段をおりたが、膝ががくがくして、階段の手すりにつかまっていても、ころげおちそうになった。

その前に、浜圭子は、二階のもう二つの部屋の入口の戸をたたいたか、どうかはおぼえていない。ともかく、この二つの部屋にいるのは、独身の左官とタイル工で、昼間は仕事にいっていない。この日も、二人ともいなかった。

やっと階段をおりた浜圭子は、アパートの階下の部屋の者にしらせ、一一〇番に電話した。浜圭子が11ＰＭの部屋のなかをのぞいたときは、11ＰＭの死体がころがってただけで、犯人の姿はなかったという。せまい四畳半のことだ。見まちがえようはあるまい。

そして、浜圭子が11ＰＭの部屋の入口の戸をガタガタやってたときには、戸には錠がかかり、ガラス窓も内側からネジ錠がかかっていた。

「だったら、密室殺人じゃないか」

ぼくはぼんやりした。いくらかあきれていた。

「そうなんだ」11ＡＭはおもおもしくうなずいた。これも、ちょっぴり、舞台でのしぐさのようだった。

大久保通りの交番から、すぐ警官がやってきて、階段をかけあがり、ずれたすりガラスのあいだから手をつっこんで、入口の戸の錠をはずし、部屋のなかにとびこんだ。

ところが、11ＰＭの死体がない。死体が這って、どこかにもぐりこむことはあり得ないけど、押入れのなかやトイレもさがしたが、11ＰＭの死体はなかった。

ほんとに死体はあったのか、と浜圭子は刑事からきかれたが、これは、警察が、浜圭子が錯覚してるか、ウソをついてる、と本気でおもったからではない。

部屋のなかには、かなりの量の血がながれ、壁や天井にまで血しぶきがかかっていたし、内臓の一部も、ほんのきれっぱしだがのこっていた。そして、これは検査の結果、犬や猫などの血ではなく、人血、そして、人間の内臓の一部だということがわかった。

しかし、犯人はどうやって、11ＰＭの部屋にはいりこんだのだろう。入口の戸にもガラス窓にも錠がかかっていた。ほかに、部屋に出入りする方法はない。

犯行につかった凶器は鋭利な刃物のようだが、凶器は現場にはなかったし、また、どこからも発見されていない。

それにしても、いったい、だれが、なんのために、11ＰＭを殺したのだろう。11ＰＭを殺すほど、恨んだり、憎んだりしてる者がいるとは信じられない。殺すほど、重要な人物ではないということだ。

浜圭子は、殺してやる、という声をきいており、だったら、怨恨という線も考えられるが、警察では、強盗殺人と推定してるらしい。

11ＰＭの部屋の金目のものが、ほとんどなくなってたからだ。しかし、それも、11ＰＭの部屋のうちでは金目のものということで、たとえば、現金や腕時計がないといっても、死体が身につけていたかもしれず、その死体が消えているのだ。ともかく、そもそも、11ＰＭの部屋におしこむ強盗なんて、よっぽど変り者の強盗かドジな強盗だろう。そして、そんなドジな強盗が、どうやって、密室殺人をやったのか？

おまけに、死体が消えている。浜圭子が階段をおりて、階下の部屋の者にしらせ、一一〇番をかけて、警官がくるまでのあいだに、だれが、なんの目的で、死体をはこびだしたのか。

そんなことを、犯人以外の者がやるとはおもえないから、たぶん、犯人が死体をはこんだのだろうが、なぜ、そんな不可解な、めんどくさいことをやったのか。

浜圭子から、11PMが殺されてることをきいた階下の者というのは、建材屋の事務をしている男の奥さんだが、こわい、と言って、二階まで死体を見にいったりはしていない。

しかし、その奥さんも、浜圭子も、アパートの階下の入口あたりにいて、二階への階段は、すぐ目の前だ。だれかが、11PMの死体をかついで、階段をおりてきたりしたら、目につかないはずがなかった。

死体がなければ、なにかと、犯人には便利だろう。げんに、犯人はつかまっていない。それに、ふつうは、死体がなければ、犯行もなかったことになる。

だが、この場合は、浜圭子が11PMの死体を見ているし、多量の血痕やわずかだが内臓の一部も現場にのこっていた。こういうときには、たとえ死体はなくても、もちろん警察では犯人の捜査をする。

だけど、くりかえすが、いったい、だれが、なんのために、密室にはいりこんで、11PMみたいな男を殺し、また、これも、なんの目的で、しかも、どうやって、死体をはこびだしたのか？　そして、どこに死体をかくしたのか、死体も発見されていない。

新聞や週刊誌でも、世にもふしぎな事件として、だいぶさわがれたが、しらなかったのか、と11AMはぼくに言ったけど、ぼくは、新聞も週刊誌も読まない。あんなものを読むのは、時間のむだだとおもっている。もっとも、ほかは、むだなことばかり時間をつかってるのだが……。

それから、四、五日して、また、ぼくは11AMにあった。だれかとあいだすと、よくあうもんだ。あったのは、こんども、交差点のまんなかだった。

丸の内線の地下鉄の新宿三丁目でおりて、紀伊国屋ビルの地下歩廊をとおり、もとの都電通りにでて、新宿区役所通りにはいる交差点をわたりかけたとき、むこうから、11AMがやってきて、ぼくは、やあ、と手をあげ、11AMは、「あら、あら……」と言った。この男は、あら、あら、というのが挨拶らしい。

しかし、こんどは、新宿の外堀通りの交差点のときみたいに、そのまますれちがわないで、ぼくは、11AMの肩に手をかけて、彼があるいてるほうに逆もどりした。

区役所通りのほうからいくと、この交差点の角には、米軍放出の軍服（そんなふうにつくった新品か）などを売ってる露店、右に喫茶店がある。このあたりは、いつも通行人がおおい。

11AMは、ぼくに肩に手をかけられて、もとの都電通りをよこぎりながら、「いそがしくてね」と言った。11AMは、この前みたいに、ぼくを喫茶店にはさそわなかった。

米軍放出の軍服屋の前で立ちどまり、ぼくは11AMにたずねた。

「新宿百人町のアパートで、11PMのとなりの部屋にいて、殺してやるという声や、11PM

の悲鳴、それに、はらわたをだした血まみれの11ＰＭの死体を見たという女は……」

「ああ、浜圭子か……」

「その浜圭子は、歳はいくつぐらいだ？」

「二十四、五かな。どうして？」

「新宿のクラブに勤めてるそうだが、色っぽい女かい？」

「ま、ふつうだな。なんだい、急に？」

「あっちのほうは？」

「あっちのほうって？」

「からみかげんさ」

「なんで、そんなことを、おれがしってる？」

11ＡＭは、サングラスごしに、ぼくの顔をのぞきこむみたいなしぐさをした。11ＡＭはサングラスはかけていなかった。つまり、ぼくの顔をのぞきこむようにしながらも、自分の目の表情はかくしてたのだ。

「しってるさ。おたくは浜圭子とおネンネしてるもの。おたくが、ちゃんと名前をしってるってのは、その女とおネンネしてる証拠だ。ま、これは冗談だがね」

11ＡＭはだまっていた。自分の靴を見ている。いやに派手なクラシックのサドル・シューズだ。

「それに、浜圭子は、11ＰＭの女だったんじゃないのかい？　すくなくとも、11ＰＭは浜圭子に惚れていた」

11AMは古風で派手なサドル・シューズの鞍《サドル》の上につっ立って、馬をはしらせてるみたいに、からだをゆらゆらさせた。

「その浜圭子を、おたくは、よこから、ちょろっと盗《ぎ》っとばしてしまった。いつものことで、11PMはムクレただろうなあ」

「おい、おい……おれが11PMを殺したと言うのか？」

11AMはサドル・シューズの鞍《サドル》からすべりおちたみたいな顔になった。ぼくはニヤッとわらった。

「犯人はわかってるよ」


こんどは、11PMにあった。福岡市の渡辺通り一丁目の飲屋だ。このあたりも、柳橋の市場の裏のほうにつづく飲屋は、ほとんど取りこわしてビルになり、11PMとあったのは、もと城南線の電車の停留所があったほうだった。ぼくは、れいのキャバレー業者相手の雑誌の用で、福岡にいったのだ。

いや、11PMの死体にあったのではない。死体はあまり酒は飲まない。

11PMはカウンターの奥で飲んでおり、ぼくがその飲屋にはいっていき、やつに気がつくと、こちらに片手をつきだし、てのひらをふった。おまえなんか、いらないよ、よけいな幻想は消えてくれ、といった手つきだ。

ぼくもおなじように手をふった。ほんとは、こっちがやることだ。死体だった11ＰＭが酒を飲んでるんだもの。

となりの部屋の浜圭子がきいたり、見たりしたことは、錯覚でもウソでもない。11ＰＭが血だらけになり、はらわたを見せて、部屋の中にぶったおれているのを、浜圭子はたしかに目撃した。

だが、こうして、11ＰＭはちょっぴり血まみれだけど、酒を飲んでいる。ちょっぴり血まみれなのは、レバー刺身《サシ》で飲んでるからだった。レバーなんて、ほとんど血の塊だ。ぼくは、カウンターの奥から二ばんめ、11ＰＭのよこにわりこんだ。

11ＰＭは、ヘルスセンターなどをまわる剣劇の一座にいるのだそうだ。

「剣劇をやるのか?」

ぼくは、すこしおどろいたように言った。じつは、おせじにおどろいてやったのだ。あんのじょう、11ＰＭは、ぼくが考えたとおりにこたえた。

「なんでもやるさ。おれは役者だもの。それに、芝居のほかに歌謡ショーがあるだろう。その司会」

「ふん、おめでとう」

「へ、おめでとうさん」

11ＰＭも酒のコップをあげた。おめでとう、というのには意味はない。一晩のうちに、二十回ぐらい、11ＰＭとおめでとうをやったこともある。

「だいじょうぶ?」11PMはきいた。

「なにが?」

「いや……おたく、あんまりびっくりしてないね」

「死体が酒を飲んでるのに?」

「うん、でも、みんなカラクリはしってるのかな?」

「いや、このカラクリがわかってるのは、おれぐらいだろう」

「ほう。おたくにそんな推理の才能があるとはおもわなかったよ」

「推理の才能なんかじゃない。おれが、あんたの弟をしってたからさ。米軍の医学研究所で、あんたの弟さんといっしょだったこと、はなしただろ?」

「うん。それまで、長いあいだ、おれは弟がなにをしてるのかもしらなかったんだが、おたくから弟のことをきいて、あの医学研究所にたずねていったんだ。ちょうど、サガミ劇場にでていて、あそこは、小田急線で駅ひとつこっちだからさ。おたくと、はじめてあったのも、サガミ劇場じゃなかった?」

　新宿百人町のアパートで、11PMのとなりの部屋にいた浜圭子は、血だらけになり、はらわたを見せて、たおれている11PMを見た。

　そして、11PMが内臓までぶちゃまけ、じっとうごかないので、まちがいなく、死んでるとおもった。

　しかし、その内臓が、11PMの内臓ではなかったとしたら、どうだろう。11PMは、ただひっくりかえって、ひとの内臓を、自分の腹の上にぶちゃまけていたとしたら……。

「弟に、研究所から解剖した死体の内臓と血液をかっぱらわせたんだろ？」

「かっぱらったんじゃないよ」11PMは重大な誤りを指摘するような顔をした。「ちょいと、はらわたを借りただけさ。あとで、弟が、ちゃんとかえしておいた。血液も、どうせすてる血液だったそうだ」

11PMの弟は、米軍の医学研究所の病理部《パソロジィ》にいた。病理部《パソロジィ》では遺体の解剖もやり、遺体をいれた冷凍ロッカーが、解剖室の片側にずらっとならんでいる。

解剖は病理部の医者でやるが、解剖後の後始末などは、前にも言ったが、11PMの弟がみんなやらされていた。だから、遺体の内臓の一部をきりとってもちだすのも、べつにむつかしくはない。また、ぼくもあそこに勤めてたからしってるが、門《ゲート》での検査《サーチ》も、ほとんどなかった。

血液は、実験用の血液でも、古くなったのはどんどんすてるし、また、検体としておくってきた血液も、検査につかったあとは、そのまま、流し《シンク》にすててしまう。

「内臓ったって、腸のほんの一部だったらしい。それでも、腹の上にのっけとくと、からだじゅうのはらわたがみんなでてしまったように、ひどい状態に見えるからね。ただ、もう臭くて……」

そう言いながら、11PMのやつは、血がにじんでるレバー刺身《サシ》を食ってやがる。

「そして、となりの部屋の浜圭子があんたの部屋をのぞいて、おどろき、階段をおりて、階下の者にしらせ、一一〇番に電話してるあいだに、そのはらわたを、用意しといたビニール袋にいれ、血だらけのからだにはレインコートでも着て、階段とは反対側から、二階の通路の支柱をつたわっておりた。おたくは、舞台で見てても、身がかるいからね」

「あんなところ、だれだってカンタンにおりられる、腸の長さも、せいぜい一メートルぐらいかな、見たところはものすごいが、ビニール袋にいれればたいしたことはない。そいつを首からぶらさげ、トレンチ・コートを着て、ハイ、グッドバイさ」

「出ていくとき、部屋の入口の戸はあけたままにしといてもよかったが、戸のそばの窓ガラスがずれてたので、そこから手をいれて、戸の錠も、内側からかけといたんだな」

「そう。密室殺人に密室よりの死体の消去だ」

「殺してやる、なんて声は、芸人は声色はみんなやるからね」

「ついでに、ひとりでドタドタ格闘して、壁にぶつかったり……」

「そんな手のこんだイタズラをしたのも、浜圭子を11AMにとられた腹いせに、彼女をおどかそうってコンタンだったんだろ？」

「ああ、だけど、あれだけやったせいか、未練もなくなった。子供のとき、弟とふたりで、よく、大人《おとな》たちをびっくりさせるようなイタズラをしたもんだよ」

「ついでに、ためていたアパートの部屋代も払わずに、トンズラしたってわけ？」

「ユーレイにはおあしがないもの」

11PMたちの剣劇の一座は、あと半年ぐらいは、九州のあちこちをまわってあるくという。

その一座での芸名をきくと、11PMはコップの酒に指さきをつっこんで、カウンターの上に、芸名をかいた。もちろん、ちゃんとしたかたちの字になったわけではない。

真田裸亜……人殺し《マーダラー》のつもりらしい。

部分品のユーレイ

「このクーラー、冷えてるのかい？」

　ぼくはスツールから腰をあげ、左手をのばして、クーラーの正面にてのひらをもっていった。

　ふた月ほど前から、右肩がだるく、力がはいらない。いや、右肩だけでなく、からだじゅうが、なんだかばらばらになったみたいで、しまらない感じだ。

　これも暑さのせいだろうか。九月になってからの暑さはこたえる。テレビ人種の言葉をかりると、七月、八月からの暑さが、おせおせで九月のなかばまでつづき、うんざりした気持だ。

「西瓜《すいか》じゃあるまいし、クーラーが冷えますか。でも、クーラーのゴミをとらなきゃね」

　ママのトリ子は、富田の前にウイスキーの水割りのグラスをおいた。

「クーラーのゴミ？」

　富田は水割りのグラスをもちあげ、それが、からだのなかのどこかで、機械的な関係でもあるみたいに、顎《あご》がカクンとあがった。

「あら、クーラーにゴミがたかるのをしらないの。ときどき、ゴミをとらなきゃ、クーラーはよく冷えないのよ。もう、クーラーは使わなくなるころだとおもって、ゴミをとらないでいたもんだから……」

　トリ子だって、西瓜みたいなことを言っている。

「クーラーのゴミがなにさ」この店に飲みにきていた、この路地の奥の《ベラミ》のママが、カウンターにつっぷしたまま、つぶやいた。

「あたしなんか、頭にゴミがたまったんだよ。それで、手術して、頭のゴミをとったんだけど……戦争中でさ、麻酔薬がなくてさ、麻酔なしで……頭のゴミをとる手術をしたんだよ。お医者さんが、よくがまんした、ってほめてたわ。ほら、これが、その手術の跡よ」

《ベラミ》のママは、カウンターにつっぷしたまま、片手で頭のうしろの髪をかきあげた。

「みんな、見てごらんよ。頭のゴミの跡……」

　うしろ頭の首すじに近いところに、×印の傷跡がある。それが、なんだかてろーっとひかって、首すじにひとでが這《は》ってるみたいだった。

　ここは、新宿・歌舞伎町、区役所裏の袋小路になったバー街の入口の飲屋だ。

　なんでユーレイのはなしになったかわすれたが、富田が言いだした。

「ユーレイのはなしってのは、だれかがユーレイにあったというはなしばかりで、自分がユーレイを見たというのは、ほとんどいないんだな。ところが、人魂《ひとだま》は、この目で見たというひとがたくさんいる」

富田は詩人だが、翻訳もやっている。詩人で翻訳をしてる者はおおい。やはり、詩だけでは食えないからだろうか。ぼくは、詩は書けない、ただの翻訳業だ。

「うん、おれも人魂は見た」ぼくは口をはさんだ。富田とは、翻訳仲間でもある。「広島県のおれの家の下の段々畑に墓があってね。それを一段上の畑にうつしたんだな。ちょうど、今ごろの季節のむし暑い夜でね。となりの家のおかみさんが、人魂、人魂……と金切声をあげるんで、窓から首をつきだしてみると、その日あたらしく掘った墓のあたりを、おたまじゃくしみたいなかたちのやつが、よこにながれてた。ふわふわといった感じではなく、もとはまるっこいものがなにかにおしつぶされてほそ長くなったようにうごいてるんだよ。色は、赤くも見えるし、青っぽいところもあり、それに、みどりがかった、それこそ燐光の色がちらついている。それが、うまくまざらないで、うごくたびに、赤や青、みどりがかった尻尾《しっぽ》を、めらーっとひくってわけだ。墓の下にあった家の主人が、肺病でずっと寝たっきりでいて、その夜、息をひきとっているんだが、墓がえしたための人魂か、肺病の主人の人魂か、と近所では、人魂のはなしでもちきりだったよ。そのはなしを、ほら、ベンツでしたら……」

《ベンツ》というのは、ここからほんのちょっとはなれた、やはり新宿区役所裏のスナックだ。

《ベンツ》のウエイトレスのクミちゃんという女のコに、この人魂のはなしをしたら、クミちゃんは、こわがりも、感心もせずに言った。

——なーんだ、そんなこと……。わたしなんか、星が……あの空の星がよ、すーっとうごくのを見たんだから。星が……うごいてるのよ。

「ふ、ふ……」富田がわらった。「東京怪談……流れ星をしらない子がいる大都会の怪談か。いや、大気汚染の公害怪談ともいえる。怪談まで、公害怪談なんてのがあらわれるようじゃたまらないよ。あんたは、そのことをどこかに書いてたけど、《ベンツ》でクミちゃんがしゃべったときの迫力はなかったな。あのときは、ぼくもいたけど、一瞬、みんな、しーんとしたものね」

「あたしは、ユーレイじゃないよ」《ベラミ》のママは、カウンターにつっぷした頭をふった。髪の根もとが茶っぽく、さきのほうがくろい。染めた髪がのびてくると、根もとのほうがくろくなったりするが、逆に、根もとが茶っぽく、さきのほうがくろいというのは、どういうことだろう。その根もとのほうも、茶っぽいだけでなく、血がにじんだように赤みがかっていて……。「蕎麦《そば》の根はなぜ赤い」という怪談があったが。

「あたしはユーレイじゃなくて」《ベラミ》のママは頭をふって、くりかえした。「お化けさ。お化けとユーレイでは、たいへんなちがいだよ。あたしも若いときは、ユーレイになれると己惚《うぬぼ》れてたけど、とうとう、お化けになっちゃった。考えてみりゃ、頭にゴミがたまるようじゃ、ユーレイにはなれないねえ。ユーレイは、美人でなくちゃ……。女優でも、ユーレイになれたのは……鈴木澄子、入江たか子……みんな有名な美人女優だった。頭にゴミがたまる美人なんて……ああ、あ、は、は……」

「わたしは新宿生れの新宿育ちだから」ママのトリ子は、客がぼくと富田と《ベラミ》のママだけになったので、自分用の水割りをつくり、カウンターのなかの、ちいさなザブトンをくくりつけた丸椅子に腰をおろした。「人魂はしらないけど……」

「しかし、新宿の焼跡には、人魂がうようよ、集団でとんでたってはなしもあるぜ」富田は水割りの氷をなめ、くちのさきをすぼめて、またぺろん、と氷のかけらをグラスにもどした。

「わたしが生れたのは戦後よ」トリ子は言い、《ベラミ》のママは、頭をもちあげて、なにか信じられないものでも見るように、トリ子の顔に、焦点のきまらない目をやっていたが、また、がくっとカウンターにうつぶした。

「わたしが物ごころがついたときには、それこそ焼跡のマーケットで、うちのおふくろは飲屋をやってたけど、もう、そのさきに映画館の地球座もたってたし、人魂なんかいなかったわ。だから、人魂は見てないけど、ユーレイはおなじみよ」

「おなじみ?」ぼくは、ぼんやりききかえした。

「ええ。ここの二階、ユーレイがでるんだもの。わたし、ここの二階に寝てるでしょ」

ぼくと富田は顔を見あわせた。富田は口をぽかんとあけている。それでわかったが、ぼくも口をあけていた。

だいたい、トリ子はふつうの女だ。いつだったか、トリ子にそう言ったら、「ふつうの女?」と気分をこわしたけど、この界隈《かいわい》でふつうの女っていうのは、貴重なもんだよ、とぼくは説明した。

この《ベラミ》のママだって、ご本人も言ってるけど、ユーレイにもなれない化け物だし、区役所通りをこして、新宿・花園の路地にいくと、毛脛《けずね》のはえたおねえさんとか、客をひっぱたくためのすりこぎを、いつもカウンターのはしにおいている《やまだ》のママとか、おそろしいのばかりだ。

なかには、「唯尼庵《ゆにあん》」のおキヨみたいな美女もいるけど、美女なりにカミナリの子に似ていて、お化けといっちゃ失礼だけど、やはり妖怪すじのほうだろう。

新宿のこのあたりのそういった女たちにくらべると、トリ子はめずらしくふつうで、きりょうも、じゅうぶんにニンゲンの女なみだし、だいいち、この店にもトイレはあるけど、となりのバーの《どんば》のマリみたいに、男といっしょにトイレにはいって、同時にオシッコができるか、なんてトリ子は賭けたりはしない。

「この店の二階に……ユーレイがでる?」

富田はつきだした顎を上にしゃくり、ぽかんとあけた口が、シャッターを下からあげたような音をたて(実際に、そんな音がきこえたわけではないが)、しまった。

「そうよ」トリ子は、ごくあたりまえのことみたいにこたえた。

「どんなユーレイ?」

トリ子が、あんまりつるんとふつうの顔なので、ぼくはおそるおそるたずねた。

「うーん、ユーレイっていっても、手とか足とか首とか……そんなのね。夏になって暑いから、窓をあけて寝たのよ。そして、明けがた、ひょいと目をさましたら、あけたままの窓の桟《さん》になにかのっかってるじゃない。なんだろうとおもってたら、ニンゲンの手なのよ。ちゃんと指が五本あって……。わたし、はじめは、自分が寝ぼけてるんだとおもい、ぼんやり見てたんだけど、そのうち、もうがくがくしちゃって……。ううん、ユーレイだなんて考えなかったわ。だれかが、片手を窓わくにかけてぶらさがってるとおもったの」

トリ子は、「おかわり?」ときき、ぼくは、からのグラスをいっしょうけんめいににぎりしめてるのに気がついた。

「ところが、じっとみつめてるうちに、その手がふっと消えてさ。窓ぎわに這いよってみたけど、窓わくに片手でぶらさがってたひとが、下の通りにおっこってもいないし、だれも、なんにも見えないのよ。

つぎの晩も、やはり明け方に目がさめ、こんどは、窓の桟に足首がちょこんとのっかってるの。もう、こわくって、姉のところにいるおふくろに泊りにきてもらったの。ところが、おふくろがいたって、あいかわらず、ユーレイはでるし、だけど、おふくろにはそれが見えなくて、眠いところをおこされ、こっちまで気がへんになるとぷりぷりおこるし、そのうち、わたしもユーレイに慣れてきてさ。うるさいから、おふくろも姉のところにかえってもらったの。だって、だまって、窓の桟にのっかってるだけのユーレイなんだもの」

「ユーレイでも、手や足首なら口がきけないからな」富田はよけいなことを言った。「首は？」

「首もあったわよ。でも、いつもむこうを向いていて、だまってるの。おかしいのは、お尻のユーレイね。お尻だけで、ほかはなにもなくて窓わくに腰かけてるの」

「部分品のユーレイか……そりゃ、めずらしいな。男？　女？」

「男よ。オチンチンのユーレイもあったもの」

「へえ、どんなオチンチン？」

「ふつうのオチンチンよ」

　ぼくは、富田とちがい、マジメなことをたずねた。

「男だとして、ひとりの男のいろんな部分が、ユーレイになってあらわれてるんだろうか？」

「じゃないかしら。大きさが釣合いがとれてるし……。ただ、ふつうの手や足や胴とちがうのは、青い、ちいさなしるしみたいなのがついてるの。はじめ、わたし、入墨《いれずみ》かなんかしてるのかとおもったけど、そうじゃなくて、豚の骨つきの太腿《ふともも》のハムだとか、肉屋さんの冷蔵庫のなかにぶらさがってる肉のかたまりに、青いスタンプのようなのがおしてあるでしょ、あんなのね」

「男のからだのばらばらになった部分を、もとどおりにするとき、どこをどこにくっつけるかの目印の符号みたいなものかな」

　ぼくは、瀬戸内海の島の神社で、ゆいしょあるらしい大理石の燈籠《とうろう》を解体してほかにうつすため、それこそ燈籠が入墨でもしてるみたいに、いろんな部分に符号がかきこんであったのをおもいだした。

「ともかく、もう慣れっこになっちゃってさ。ばらばらからだのユーレイがあらわれないと淋《さび》しいというのは大げさだけど、すっかりおなじみのお客のような感じなの。足首とか手とかが、ころんとあるとかわいい気持でさ」

「それで、オチンチンのユーレイを、ひとり寝のつれづれに、コケシがわりにつかったりしてるんじゃないのか」富田のやつが、またつまらないことを言った。

「だめだわ、さわろうとすると、とたんに消えるのよ」

「ふーん」ぼくは息をはきだした。「男のからだの部分品のユーレイは、ひととおりあらわれた？」

「ええ、ひととおりも、二《ふた》とおりも……暑くなって、二階の窓をあけて寝だしてから、ずっとだから、もう二月《ふたつき》はたつし……」

「しかし、部分品のユーレイなんて、まったくめずらしい」富田はおなじことをくりかえした。「おれも見たいな。いつか……いや、さっそく今夜でも、二階に泊めてくれないか」

「ああ、こわい、こわい」トリ子が手をふった。「ユーレイより、よっぽどこわいわ。ユーレイは、窓の桟やタタミの上に、ちょこんとのっかってるだけで、なにもしないけど、富田さんと、二階でいっしょに寝たら、なにをされるかわからない」

「ユーレイ？」《ベラミ》のママが、頭はカウンターにつっぷしたまま、静脈のういた手だけをうごかして、冷や酒のはいったコップをさがした。「あたしはユーレイじゃなくて、お化けだってば……」

それから五日ほどして、新宿・歌舞伎町のトリ子の店にいくと、ほかの客はおらず、ママのトリ子ひとりが、カウンターの外にでて、カウンターによりかかり、ウイスキーの水割りを飲んでいた。

ぼくは、この五日ほど、脱力感というか、なんだか、からだがばらばらになったようで、とくに、前から痛んでいた右肩は、肩だけでなく、きょうなんか手首からさきが脱《ぬ》けていくようにだるく、あんまり飲みに出かける気にもならなかったのだ。

友人にはなすと、四十肩じゃないかというけど、まだ四十には、いくらか年齢がある。すると、前借りの四十肩か……。

トリ子は、蛍光燈の光のかげんではなく、青い顔をしていた。その青さが透いていて、だから、肌を透かして、トリ子の髑髏《どくろ》が見えるような……。ユーレイの絵は、よく、こんなブルーに描いてある。ネービー・ブルーというのもあるぐらいだから、ユーレイ・ブルーという言葉もあってもいいかもしれない。

ぼくが店にはいっていくと、トリ子はカウンターに手をついて立ち、「よかったわ」とぼくの指に指をからませた。

トリ子の指はつめたかった。肌のつめたさというより、骨のつめたさだ。それも乾いた骨ではなく、じっとり湿《しと》った骨か……。

そして、トリ子は、意外なことを言いだした。

「今夜、この二階に泊っていってくれない？　おねがい」

じつは、きょうの明け方、目がさめると、れいのユーレイが（手首のユーレイだったそうだが）窓の桟にのっかっていた。

それだけなら、もうおなじみのユーレイでどうってことはないけど、猫がやってきて、その手首をくわえていったのだそうだ。

「《ベラミ》のママのところの大きな白猫なのよ。ユーレイはユーレイで、幽明界《さかい》を異にするっていうが、目の前に見えていても、つまり次元がちがうものだとおもって、安心したような気持でいたのに……だって、ユーレイのほうもじっとしてるし、こっちが手をのばしてさわろうとしても、消えてしまってたんだもの……それを、《ベラミ》の猫がくわえていったでしょう。わたし、もうこわくて、こわくて……」

トリ子の気持は、ぼくにもよくわかった。ユーレイを、そこいらにいる猫がくわえていったというのは、こっけいだが、ある意味では、こんなにこわいことはない。

「ともかく、今夜だけでも、わたしのそばにいて……」

トリ子は手をあわせ、湿《しと》った、つめたい指の骨がカチカチ音がしたようにおもったが、ぼくの耳のせいだろうか。

ただし、おなじ部屋（二階）に寝るだけで、へんなことをしちゃだめよ、とトリ子に念をおされた。詩人で翻訳家の富田ではなく、ただの翻訳業のぼくに泊ってくれ、とたのんだのも、まだぼくのほうがおとなしいとおもったからだそうだ。

明け方、トリ子の悲鳴で、ぼくは目がさめた。トリ子は、「ユーレイ！」とさけびながら、階段のほうに這いさがっている。腰がぬけて立てないらしい。

だが、二階の部屋のなかにも、窓の桟にも、それらしいものは見えなかった。もっとも、ここに泊ったトリ子のおふくろさんも、ユーレイは見えなかったというから、トリ子にだけ見えるユーレイかもしれない。

だけど、ぼくは、いちおうきいてみた。「どこ？　どこにユーレイが……？」

トリ子は、まっすぐ、こちらに手をつきだした。くちびるがわなわなふるえるだけで、なかなか声にならない。

「ユ、ユーレイ……あ、あんたが、あのユーレイ……」

トリ子は、まっすぐぼくをゆびさしてる。

「ぼくは、昨夜《ゆうべ》、おたくにたのまれて、ここに泊ったんだよ。ぼくがユーレイだなんて……」ぼくはふきだした。トリ子のおふくろさんが言うとおり、やはり、トリ子はどうかしてるのだ。もともと、世の中にユーレイなんかあるものか。

「でも、その手首……」

トリ子のうわずった声に、目を下にやったぼくは、息をのみこんだ。

ぼくの右手の手首からさきがないのだ。目の錯覚かとおもって、左手でさわってみたが、右手の手首からさきが、すっぽり消えている。

そういえば、からだのあちこちに、青いスタンプでもおしたように、「トの16」なんて符号がかいてあるではないか。

すると、この部屋にあらわれていた、ばらばらユーレイ、部分品のユーレイは、このぼくだったのか。

どうりで、この部屋にばらばらユーレイが出はじめたころから、ぼくのからだは力がはいらず、ばらばらになったような感じだった。それに、今朝、目がさめてからは、右の手首からさきが脱けてしまったようにだるく……。

ちくしょう、《ベラミ》の猫がぼくの右手首をどこかにくわえていってしまったのだ。

しかし、なんで、ぼくは、本人のぼくにもことわらないで、かってにユーレイになってしまったのか。

自分では気がつかなくても、ぼくは、かなりトリ子に惚れていて、だから、毎晩、この店にもかよい、いつか、この店の二階でトリ子と寝たいという気持が……だが、それには、やはりえんりょもあって……今まで、ばらばらの姿で、ユーレイになってでていたのだろうか？

「いや！　さわらないで！」

トリ子は目をつり上げ、手をふりまわした。

「だけど、ぼくのユーレイとは、もうおなじみで、かわいいみたいな気持だって言ってたじゃないか」ぼくは、トリ子ににじりよった。

「あれは、ばらばらのユーレイだったときのことよ。こんなに……ひとつにまとまっちゃうと、気味がわるい、こわーい！」

桃源社版『幻の女』あとがき

書いた本人が言うのもおかしいが、なんだかなつかしい本ができた。

たとえば、このなかの「たたけよさらば」などは、戦後、ぼくが新宿でテキヤの子分をやってたころに考えたストーリイだ。

このはなしでは、新宿のマーケットの飲屋で飲んでると停電になる。この停電がないと、はなしがなりたたないのだが、そのころは、停電は毎晩のことだった。

そのほか、旭町の銭湯とか「新宿第一劇場」とか、今はない名前がでてきて、いささかおセンチな気持になっている。

また、「海は眠らない」も、ぼくが、横浜北波止場《ノースピア》ではたらいていたときのことをおもいだす。ぼくは貨物検数員《カーゴ・チエッカー》で、船の積荷をのせたパレットがおちてきて、その下じきになって死んだ仲間を、目の前で見たこともある。

それに、今は東京中央郵便局の前で靴みがきをやってる剛ちゃんは、ぼくをさがして横浜港にきて、風太郎になり、朝鮮戦争にいくアメリカの軍用船にのせられてしまった。

その朝鮮戦争も遠い昔のことだ。太平洋戦争どころか、朝鮮戦争のあとに生れた男のコや女のコなんかと、ぼくは、新宿・花園の路地で飲んでる。新宿・花園が、昔の青線だったことも、もちろん知らない連中だ。

だが、新宿・花園の路地が昔とおなじように、旭町には、戦後のマーケットのままの（女もいる）飲屋があるし、新宿だけでも、戦後の時間が、ごっちゃになって、ぼくのまわりにはある。

ともかく、そんなのんべんだらりの長い期間の、ぼくのわがままなミステリをあつめて、一冊の本にしてもらえたことは、ほんとにありがたい。

ミステリの先輩の都筑道夫さん、桃源社の小沢一雄さんはじめ、みなさんにお礼をもうします。

田中小実昌

（『幻の女』桃源社　一九七三年）

編者解説

日下三蔵

　本書は田中小実昌の、ほぼ唯一のミステリ短篇集『幻の女』の、初めての文庫版である。田中小実昌といえば、ストリッパーやテキヤの世界を生き生きとした文章で紹介する一連のエッセイや、クリスチャンだった父を描いた『アメン父』、谷崎潤一郎賞受賞作『ポロポロ』などの作品で知られているから、ミステリを書いていたと聞いて意外に思う方が多いかも知れない。

　だが、田中小実昌の文筆歴は、ミステリの翻訳家としてスタートしているのだ。八十冊以上の訳書があり、その大半が推理小説である。原文を日本語に移す際に、独特の形容を付け加える田中訳はテンポがよく、特にハードボイルド作品で、その効果を最大限に発揮していた。

ちょっと先走り過ぎた。まずはミステリとの関係に注目しながら、著者の経歴を振り返ってみよう。田中小実昌は一九二五（大正十四）年、東京生まれ。牧師だった父の赴任先の広島県呉市で育つ。旧制福岡高校在学中の四四年に召集され、翌年、中国で終戦を迎えた。四六年に復員、高校は繰上げ卒業となり、東京大学文学部哲学科に無試験入学することになる。

大学にはほとんど行かず、米軍基地や渋谷のストリップ劇場で働き、バーテンダー、香具師、占い師など職業を転々とする。横田基地勤務を経て、横浜港の波止場、丸の内の医学研究所と米軍関係の仕事を続けるうち、米兵の読み捨てたペーパーバックを拾い読みして、多くの海外作家と出会う。

五六年、早川書房が翻訳ミステリ雑誌「エラリイ・クイーンズ・ミステリ・マガジン」（以下「ＥＱＭＭ」）を創刊。これは現在の「ミステリ・マガジン」の前身に当たる。田中小実昌は翻訳家の中村能三《よしみ》の紹介で同誌の編集部を訪ねた。編集長の都筑道夫に好きな作家を訊かれ、ジェイムズ・Ｍ・ケインと答えたところ、ケインの短篇「冷蔵庫の中の赤ん坊」を渡され、訳してみるように言われた。これが「ＥＱＭＭ」十一月号に掲載されて、田中小実昌の翻訳家としてのデビュー作となった。

五七年一月にはハヤカワ・ポケット・ミステリ（通称ポケミス）からＪ・Ｂ・オサリヴァンの長篇ミステリ『憑かれた死』を刊行。何者かに射殺された男の幽霊が探偵役となって自分を殺した犯人を探す、という風変わりな作品だが、この設定は田中小実昌自身のミステリにも、かなりの影響を与えているように思う。つまり、普通の人間が普通に捜査するだけがミステリではない、もっと自由な発想の作品があってもいいんだ、ということを意識したのではないか。本書に収められた作品群にも、かなりの頻度で「ユーレイ」が登場する。

以後、翻訳家としての活躍は目覚ましく、ピーター・チェイニイ『女は魔物』、ジェイムズ・ハドリー・チェイス『殺人狂想曲』、A・A・フェア（E・S・ガードナーの別名義）『寝室には窓がある』『笑ってくたばる奴もいる』、エド・レイシイ『ゆがめられた昨日』、レイモンド・チャンドラー『湖中の女』『高い窓』と、ハードボイルド系の作品を中心に毎年五冊から多い年には十一冊もの訳書を刊行している。

リチャード・マシスンのSFホラー『吸血鬼』や秋元書房の少女小説の翻訳も手がけているが、何といっても田中訳の印象が強いのは軽ハードボイルドの人気作家カーター・ブラウンだろう。ポケミスで出た六十四冊の長篇のうち、半数近い二十六冊を田中小実昌が訳しており、六二年にはブラウンだけで九冊、六三年には八冊を訳出しているのだ。

一方、早くから創作にも手を染め、五七年に同人誌「シグマ」を創刊して、ハードボイルド・タッチの短篇「上陸」を発表している。この作品は同人雑誌優秀作として同年の「新潮」十二月号に転載された。

五九年の第一回EQMM短篇探偵小説年次日本コンテストに投じた「火のついたパイプ」は、杉山季美子（後の小泉喜美子）「我が盲目の君」とともに準佳作となった。このときの入選作は結城昌治「寒中水泳」であった。この年の「別冊クイーンマガジン」秋号に掲載された「海は眠らない」が、田中小実昌の作家としてのデビュー作ということになるだろう。

六〇年には「別冊クイーンマガジン」に「犯人はいつも被害者だ」「たたけよさらば」、六一年には「ＳＦマガジン」増刊号の恐怖小説特集に「悪夢がおわった」を、それぞれ発表。これらの作品はすべて本書に収録されているから、意識的にミステリやホラーを書いていたことが分かる。

六四年五月に最初の単行本『かぶりつき人生』を三一書房の三一新書から刊行。タイトルの通り、ストリップの世界を題材にしたコラム集だが、これは久保書店の翻訳ミステリ誌「マンハント」に連載された「Ｇ線上のアリャーしゃり・まん・ちゅう」をメインにしたものであった。二〇〇七年十一月に河出文庫に収められた際に未収録回が増補され『新編　かぶりつき人生』と改題されている。

六六～六七年ごろから翻訳書の刊行が減り、入れ替わりに「オール讀物」などの中間小説誌に進出。六八年八月には講談社から最初の小説集『上野娼妓隊』を刊行している。翻訳家、コラムニスト・エッセイスト、作家と仕事のフィールドを数年ごとに拡大してきた訳だ。

短篇集『姦淫問答』（69年8月／講談社）、『色の花道』（69年10月／文藝春秋）、長篇『すいばれ一家』（70年5月／徳間書店）、『自動巻時計の一日』（71年8月／河出書房新社）を刊行して、『自動巻時計の一日』が直木賞候補になったものの、まだ一般的な知名度はなかった。そんな時期に刊行されたのが、この『幻の女』なのである。

収録作品の初出は、以下の通り。

ＰＡＲＴⅠ

たたけよさらば　「別冊クイーンマガジン」60年夏号（7月）
幻の女　「エラリイ・クイーンズ・ミステリ・マガジン」64年10月号
タイムマシンの罪　「ＳＦマガジン」66年5月号
えーおかえりはどちら　「推理ストーリー」68年12月号
犯人はいつも被害者だ　「別冊クイーンマガジン」60年冬号（1月）
洋パン・ハニーの最期　「小説宝石」68年12月号
海は眠らない　「別冊クイーンマガジン」59年秋号（10月）
ベッド・ランプ殺人事件　「推理界」68年11月号
先払いのユーレイ　初出不明
悪夢がおわった　「ＳＦマガジン」61年8月増刊号
氷の時計　「平凡パンチ」67年11月27日号

ＰＡＲＴⅡ

C面のあるレコード　「月刊太陽」75年8月号
動機は不明　「野性時代」79年2月号
11ＰＭ殺人事件　「野性時代」78年5月号
部分品のユーレイ　「別冊小説新潮」73年10月号

第一部には、大衆小説出版の老舗・桃源社から七三年三月に刊行された作品集『幻の女』を、そのまま収めた。七八年六月には元版の司修の装丁と同じ表紙で同社の新書判叢書〈ポピュラーブックス〉からも刊行されている。

七九年九月には著者の直木賞受賞を受けて、新装版の単行本が出ているが、この版はよく売れたと見えて、十一月に三刷が出ていることを確認している。また、七九年版では著者あとがきが削除されていた。

初刊本の帯のコピーは、以下の通り。

田中小実昌・ミステリ集
己れの死因を求めて天国と下界の間を往き来するテキヤのユーレイ……進駐軍のキャンプで、場末のバアで、街の片隅で、さまざまな人たちが醸し出す不可思議な夜の世界を描く、田中小実昌のミステリ

ミステリといっても、謎解きメインの本格推理ではなく、サスペンス、ハードボイルド、SF、ホラー、奇妙な味の作品集である。「洋パン・ハニーの最期」だけは『姦淫問答』にも収録されているが、それ以外は初めて本になる作品ばかりだった。

まだ名前の出ていない掲載誌について触れておくと、「推理ストーリー」は双葉社の月刊

(左上)『幻の女』桃源社（1973年3月）装幀：司修
(右上)『幻の女』〈ポピュラーブックス版〉桃源社（1978年6月）装幀：司修

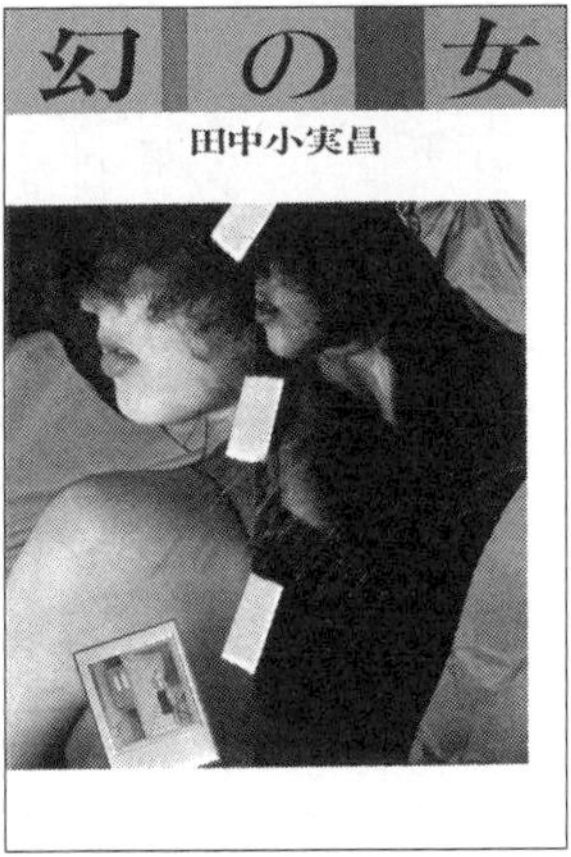

(左)『幻の女』桃源社（1979年9月）
装幀：石川勝

誌で現在の「小説推理」の前身、「小説宝石」は光文社、「推理界」は浪速書房の月刊誌である。「平凡パンチ」は平凡出版（現マガジンハウス）の週刊誌。

都筑道夫は東京創元社の小冊子「創元推理コーナー」第五号（68年10月）に発表したコラム「怪奇小説の三つの顔」で、ベスト10として、E・A・ポオと岡本綺堂の名を挙げ、こう続けている。

あとはラヴクラフトの「インスマウスの影」、セオドア・スタージョンの「The Other Celia」、アイラ・レヴィンの「ローズマリイの赤ちゃん」、三遊亭円朝の「乳房榎」、田中小実昌が昨冬《平凡パンチ》に書いた「氷の時計」などが、目下の私のベストである。

スタージョンの短篇は「箱のなかのシリア」として「推理界」六九年一月号に訳載（伊藤典夫訳）され、ハヤカワ・SF・シリーズのスタージョン短篇集『奇妙な触合い』（69年2月）には高橋豊の訳で「もう一人のセリア」として収録された。現在は河出書房新社《奇想コレクション》で刊行されて河出文庫に入ったスタージョン短篇集『不思議のひと触れ』に大森望訳の「もうひとりのシーリア」として収められている。

「氷の時計」はこれらの錚々たる名品と同列で語られる「隠れた傑作」だったが、本書の刊行によって怪奇ファン、ミステリ・ファンが気軽に読めるようになったことを喜びたい。

第二部には、直木賞受賞後初の作品集として、七九年九月に文藝春秋から刊行された『ひとりよがりの人魚』から、ミステリ味の強い四篇を選んで収めた。この短篇集も『幻の女』と同じく文庫になっていないが、奇妙な味の作品ばかりで構成されていて、ミステリ短篇集に近い一冊と言えるだろう。「太陽」は平凡社の月刊誌、「野性時代」は角川書店（現KADOKAWA）の月刊小説誌である。

実は田中小実昌には、まだ本になっていないミステリ系の作品が十本近くある。本書が好評をいただけるならば、『ひとりよがりの人魚』の残る六篇と併せて、単行本化の機会を見つけたいと思っている。

それはともかく、まずは名手が変幻自在の語り口で綴る奇妙なお話の数々を、本書でたっぷりと楽しんでいただきたいと思う。この一冊が「ミステリ作家・田中小実昌」の再発見、再評価のきっかけとなることを祈っている。

『ひとりよがりの人魚』文藝春秋（1979年9月）　装幀：和田誠

・本書は、ＰＡＲＴⅠに『幻の女』（桃源社　一九七三年三月）を全篇収録しＰＡＲＴⅡとして『ひとりよがりの人魚』（文藝春秋　一九七九年九月）より「Ｃ面のあるレコード」「動機は不明」「11ＰＭ殺人事件」「部品のユーレイ」の四篇を加えた、ちくま文庫のためのオリジナル編集になります。

・本書のなかには今日の人権感覚に照らして不適切と思われる語句がありますが、差別を意図して用いているのではなく、また時代背景や作品の価値、作者が故人であることなどを考え、原文通りとしました。

吉行淳之介ベスト・エッセイ　吉行淳之介　荻原魚雷　編

創作の秘密から、ダンディズムの条件まで。「文学」「男と女」「紳士」「人物」のテーマごとに厳選した、吉行淳之介の入門書にして決定版。（大竹聡）

田中小実昌ベスト・エッセイ　田中小実昌　大庭萱朗　編

東大哲学科を中退し、バーテン、香具師などを転々とし、飄々とした作風とミステリー翻訳で知られるコミさんの厳選されたエッセイ集。（片岡義男）

山口瞳ベスト・エッセイ　小玉武　編

サラリーマン処世術から飲食、幸福と死まで。——幅広い話題の中に普遍的な人間観察眼が光る山口瞳の豊饒なエッセイ世界を一冊に凝縮した決定版。

色川武大・阿佐田哲也ベスト・エッセイ　色川武大／阿佐田哲也　大庭萱朗　編

二つの名前を持つ作家のベスト。文学論、落語からタモリまでの芸能論、ジャズ、作家たちとの交流も。もちろん阿佐田哲也名の博打論も収録。（木村紅美）

開高健ベスト・エッセイ　開高健　小玉武　編

文学から食、ヴェトナム戦争まで——おそるべき博覧強記と行動力。「生きて、書いて、ぶつかった」開高健の広大な世界を凝縮したエッセイを精選。

中島らもエッセイ・コレクション　中島らも　小堀純　編

小説家、戯曲家、ミュージシャンなど幅広い活躍で没後なお人気の中島らもの魅力を凝縮！　酒と文学とエンターテインメント。（いとうせいこう）

文房具56話　串田孫一

使う者の心をときめかせる文房具。どうすればこの小さな道具が創造力の源泉になりうるのか。文房具の想い出や新たな発見、工夫や悦びを語る。

ぼくは散歩と雑学がすき　植草甚一

１９７０年、遠かったアメリカ。その風俗、映画、本、音楽から政治までをフレッシュな感性と膨大な知識、貪欲な好奇心で描き出す代表エッセイ集。

快楽としてのミステリー　丸谷才一

ホームズ、００７、マーロウ——探偵小説を愛読して半世紀、その楽しみを文芸批評とゴシップを駆使して自在に語る、文庫オリジナル。（三浦雅士）

超発明　真鍋博

昭和を代表する天才イラストレーターが、唯一無二のＳＦ的想像力と未来的発想で〝夢のような発明品〟１２９例を描き出す幻の作品集。（川田十夢）

飛田ホテル	黒岩重吾	刑期を終えたやくざ者に起きた妻の失踪を追う表題作など、大阪のどん底で交わる男女の情と性。直木賞作家の傑作ミステリ短篇集。（難波利三）
あるフィルムの背景	結城昌治 日下三蔵編	普通の人間が起こす歪んだ事件、そこに至る絶望を描き、思いもよらない結末を鮮やかに提示する。昭和ミステリの名手、オリジナル短篇集。
赤い猫	仁木悦子 日下三蔵編	爽やかなユーモアと本格推理、そしてほろ苦さを少々。日本推理作家協会賞受賞の表題作ほか〈日本のクリスティー〉の魅力をたっぷり堪能できる傑作選。
兄のトランク	宮沢清六	兄・宮沢賢治の生と死をそのかたわらでみつめ、兄の死後も烈しい空襲や散佚から遺稿類を守りぬいてきた実弟が綴る、初のエッセイ集。
落穂拾い・犬の生活	小山清	明治の匂いの残る浅草に育ち、純粋無比の作品を遺して短い生涯を終えた小山清。いまなお新しい、清らかな祈りのような作品集。（三上延）
真鍋博のプラネタリウム	真鍋博 星新一	名コンビ真鍋博と星新一。二人の最初の作品『おーい でてこーい』他、星作品に描かれた挿絵と小説冒頭をまとめた幻の作品集。（真鍋真）
熊撃ち	吉村昭	人を襲う熊、熊をじっと狙う熊撃ち。大自然のなかで、実際に起きた七つの事件を題材に、孤独で忍耐強い熊撃ちの生きざまを描く。
川三部作 泥の河／螢川／道頓堀川	宮本輝	太宰賞「泥の河」、芥川賞「螢川」、そして「道頓堀川」と、川を背景に独自の抒情をこめて創出した、宮本文学の原点をなす三部作。
私小説 from left to right	水村美苗	12歳で渡米し滞在20年目を迎えた「美苗」。アメリカにも溶け込めず、今の日本にも違和感を覚え……。本邦初の横書きバイリンガル小説。
ラピスラズリ	山尾悠子	言葉の海が紡ぎだす、〈冬眠者〉と人形と、春の目覚めの物語。不世出の幻想小説家が20年の沈黙を破り発表した連作長篇。補筆改訂版。（千野帽子）

沈黙博物館　小川洋子

「形見じゃ」老婆は言った。死の完結を阻止するために形見が盗まれる。死者が残した断片をめぐるやさしくスリリングな物語。（堀江敏幸）

星間商事株式会社社史編纂室　三浦しをん

二九歳「腐女子」川田幸代、社史編纂室所属。恋の行方も友情の行方も五里霧中。仲間と共に「同人誌」を武器に社の秘められた過去に挑む!?（金田淳子）

つむじ風食堂の夜　吉田篤弘

それは、笑いのこぼれる夜。——食堂は、十字路の角にぽつんとひとつ灯をともしていた。クラフト・エヴィング商會の物語作家による長篇小説。

通天閣　西加奈子

このしょーもない世の中に、救いようのない人生に、ちょっぴり暖かい灯を点す驚きと感動の物語。第24回織田作之助賞大賞受賞作。（津村記久子）

この話、続けてもいいですか。　西加奈子

ミッキーこと西加奈子の目を通すと世界はワクワク、ドキドキ輝く。いろんな人、出来事、体験がてんこ盛りの豪華エッセイ集！（中島たい子）

君は永遠にそいつらより若い　津村記久子

22歳処女。いや「女の童貞」と呼んでほしい——。日常の底に潜むうっすらとした悪意を独特の筆致で描く。第21回太宰治賞受賞作。（松浦理英子）

アレグリアとは仕事はできない　津村記久子

彼女はどうしようもない性悪だった。すぐ休み単純労働をバカにし男性社員に媚を売る。大型コピー機とミノベとの仁義なき戦い！（千野帽子）

まともな家の子供はいない　津村記久子

セキコには居場所がなかった。うちには父親がいる。うざい母親、テキトーな妹。まともな家なんてどこにもない！　中3女子、怒りの物語。（岩宮恵子）

こちらあみ子　今村夏子

あみ子の純粋な行動が周囲の人々を否応なく変えていく。第26回太宰治賞、第24回三島由紀夫賞受賞作。書き下ろし「チズさん」収録。（町田康／穂村弘）

さようなら、オレンジ　岩城けい

オーストラリアに流れ着いた難民サリマ。言葉も不自由な彼女が、新しい生活を切り拓いてゆく。第29回太宰治賞受賞・第150回芥川賞候補作。（小野正嗣）

ちくま文庫

幻《まぼろし》の女《おんな》　ミステリ短篇傑作選《たんぺんけっさくせん》

二〇二一年一月十日　第一刷発行

著　者　田中小実昌（たなか・こみまさ）
編　者　日下三蔵（くさか・さんぞう）
発行者　喜入冬子
発行所　株式会社　筑摩書房
東京都台東区蔵前二―五―三　〒一一一―八七五五
電話番号　〇三―五六八七―二六〇一（代表）
装幀者　安野光雅
印刷所　中央精版印刷株式会社
製本所　中央精版印刷株式会社

ISBN978-4-480-43715-0 C0193